W0395853

TROIS ENTERREMENTS

"Lettres anglo-américaines"

Titre original :
Three Burials
Éditeur original :
Hamish Hamilton / Penguin General / Penguin Random House, Londres
© Anders Lustgarten, 2024

© ACTES SUD, 2025
pour la traduction française
ISBN 978-2-330-20883-7

ANDERS LUSTGARTEN

Trois enterrements

roman traduit de l'anglais
par Claro

ACTES SUD

Pour toutes les Cherry. Et tous les Omar.

PREMIÈRE PARTIE

Le premier enterrement

CHAPITRE 1

OMAR

Ils sont sept en tout sur le bateau.

Un Afghan qui jure pouvoir les mener à bon port. Bizarre de la part d'un type venu d'un pays sans le moindre débouché sur la mer, mais personne d'autre ne s'en sent capable, donc à lui de jouer. Trois Iraniens et un Sénégalais. Juste des vaches à lait, qui ont payé pour le passage. C'est Omar et Abdi Bile qui ont tout planifié. Omar et Abdi Bile qui ont choisi dans le camp les candidats les plus aptes. Qui sont allés voir les pêcheurs français et sont revenus avec tout ce qu'ils ont pu acheter : un bateau à rames au moteur rouillé qui n'a jamais été plus loin que l'enceinte du port. C'est Omar et Abdi Bile qui ont le courage et la conviction, qui font croire aux autres que c'est possible.

Au début c'est la joie, alors qu'Omar et Abdi Bile poussent l'embarcation loin du rivage, en rigolant quand le froid saisit leurs jambes et en éclaboussant les autres comme des gamins. Les longues semaines de lassitude, de frustration et d'incertitude, tout ça est dissipé par la brise marine. Ils vont le faire. Ils vont y arriver.

L'excitation dure jusqu'à ce qu'ils arrivent en eaux profondes, et que les courants les emportent.

Le petit bateau est ballotté et secoué, il bondit hors de l'eau comme un saumon. Ils cherchent à se cramponner à quelque chose de solide mais il n'y a rien de solide, juste des sauts, des secousses et du roulis. Les courants arrachent la barre à leurs faibles mains et les trimballent dans tous les sens. Ils s'accroupissent sur le fond en bois et la panique les submerge. L'impuissance totale. Le sentiment de ne plus être maîtres de leur vie. Ils regardent droit devant eux tels des coureurs dans les starting-blocks, leurs doigts crochetés au bois, en essayant de se projeter vers l'autre rive à la seule force de leurs yeux.

Omar doit faire la vigie. Il s'agenouille à la proue en protégeant ses yeux de l'écume. Abdi est à ses côtés, c'est lui qui pilote. Il a lancé l'appli Google Maps sur son téléphone, et ils sont un point bleu dans une immensité bleu pâle. Le vent se déchaîne, la main d'un géant qui les repousse. Les invite à rebrousser chemin.

Tout d'un coup, Omar est chez lui, à s'entraîner avec son père. Le vent pareil à un coude enfoncé dans sa poitrine haletante, le sable qui tourbillonne sur la piste. Son père posté derrière la ligne d'arrivée, qui lance un regard noir à son chrono comme si ce dernier lui parlait et gueulait les temps intermédiaires. Des promesses d'études aux États-Unis, de courses internationales, de coachs et d'un moyen de faire vivre sa famille, tout ça disparaissant quand son père tombe malade et meurt deux jours avant les quinze ans d'Omar.

C'est Omar qui a donné à Abdi Bile ce surnom. Ça vient de sa ressemblance (pour ce qui est du visage, à défaut du physique robuste) avec le plus célèbre athlète somalien, le champion mondial du 1 500 mètres dans les années 1980. Le héros du père d'Omar. Son père a entraîné Omar dans le style Bile : le champion jaillit du virage le plus serré, se lance dans un *negative split*. Le *negative split* – ça veut dire courir la seconde moitié plus vite que la première, en foulées plus rapides – c'est la façon la plus difficile de gagner une course de fond. Ça exige une incroyable détermination. Vos poumons explosent, l'acide lactique crame, vous n'avez envie que d'une chose, que la douleur s'arrête, mais vous faites la sourde oreille et vous redoublez d'effort. C'est aussi émotionnel que physique. Le truc, c'est de ne pas paniquer. Omar a appris à ne pas paniquer.

Se laisser submerger par le mal du pays, c'est courir à sa perte. Il refoule tout ça. L'avenir se profile. Asha l'attend.

Le bateau tient bon.

*

JAKUBIAK

Il frissonne et s'accroupit, engoncé dans sa mince veste en jean. L'inspecteur de police Barratt lui a dit que la nuit serait chaude et sèche. C'est pour ça qu'ils sont ici. Un temps chaud et une mer calme, c'est l'idéal pour une traversée clandestine, c'est donc le moment qu'ont choisi les Défenseurs du Royaume pour accomplir leur tâche, la tâche dont devrait s'acquitter le gouvernement : intercepter les bateaux de migrants et renvoyer ces derniers chez eux. Mais au lieu de ça, la pluie tombe à verse et siffle comme un chat furieux, sa veste est trempée et le vent se déchaîne. Il regarde les grosses gouttes de pluie se fondre dans le coton détrempé et regrette de ne pas pouvoir en faire autant.

Andy Jakubiak est un errant, et pour cela il se déteste. Pour une raison inconnue, il n'a pas eu droit à sa place dans ce monde, on ne lui a pas collé une de ces étiquettes scolaires aléatoires qui deviennent votre identité : drôle, sportif, intello, beau gosse, voyou, même crétin ou tordu, quelque chose qui vous permet au moins de vous situer. Il a pour lui un physique entretenu à la salle de gym, une armure de muscles pour tenir tête au monde, mais il n'a toujours pas trouvé sa place. Il est un article illégal dans le compartiment bagage de la vie.

Son père vit en Pologne avec sa vraie famille. Sa mère est une carpette. Lui : passé inaperçu à l'école – ni loué ni critiqué, simplement ignoré. Les profs à l'affût des garçons noirs, des filles asiatiques, les motivant pour qu'ils décrochent des prix, leur donnant la parole alors que lui a la main levée. Le conseiller d'orientation lui conseillant de ne pas avoir d'objectifs "irréalistes". Pas doué pour se dégoter une petite amie, s'emmêlant les pinceaux en présence des filles. La colère qui monte, la bile qui bouillonne. Faire passer la frustration en soulevant des poids, la musique grossière du métal qui claque. Un enfant meurtri caché dans un corps massif.

Il s'enrôle dans la police juste après l'école. Avide d'une identité clé en main, un endroit où s'intégrer. Des signes de tête respectueux (voire craintifs, peu importe, mais juste qu'on me remarque, qu'on fasse attention à moi) dans la rue. La solidarité, les plaisanteries. Mais rien n'avait changé. Il y avait les cools, les malins et les populaires, et Andy n'était aucun d'eux. Ça peut être marrant de matraquer les autres, mais la plupart du temps c'est de l'administratif et Andy se ment s'il pense pouvoir s'en contenter, son truc n'est pas de taper sur les autres. Ce qu'il veut vraiment, même s'il l'ignore, c'est de l'amour. Un amour social, le sentiment d'appartenance.

Il a mariné longuement dans l'âcre saumure de la cantine, à s'imbiber de dégoût, à s'imprégner de préjugés. Négligé pour les promotions, tous les bons plans réservés aux autres, à savoir les minorités et les femmes. Des années à faire le planton tandis que des flics deux fois moins doués que lui grimpaient les échelons. Tout ce temps passé à ravaler sa bile, ça n'en sera que plus doux quand tu y arriveras, Andy, mais le ressentiment s'accumule, s'accumule et finit par lui monter dans la gorge et l'étouffer dans son petit lit la nuit, et nulle part où le mettre, rien pour le calmer.

Jusqu'à ce jour. Jusqu'à ce que Barratt le choisisse.

La fierté ressentie par Andy quand Barratt l'a désigné pour cette mission. L'a élu. Jugé fiable. Convié à faire partie d'un truc positif. Mille clandestins qui arrivent chaque jour. Mille cinq cents. Deux mille. Le gouvernement, élu sur la promesse du bâton et de la clôture de barbelés, ne fout rien. C'est notre pays. C'est un pays pour les Blancs. Mais si eux ne font rien, alors nous devons intervenir. Un groupe de volontaires pour refouler les clandestins. Défendre nos frontières. Protéger nos âmes.

Ça gronde dans ses entrailles. Il lève les yeux. Barratt a démarré le moteur. Il adresse à Andy un coup d'œil appuyé. Andy le salue. À vos ordres, capitaine.

"Ça tourne !" gueule l'inspecteur principal Freddie Barratt. C'est le boulot d'Andy pour cette nuit. Filmer l'invasion des migrants. Montrer au monde l'ampleur du problème. Réveiller les consciences. Il sort son téléphone. Le tout dernier modèle, une qualité caméra incroyable. Ça lui a bouffé presque tout son salaire du mois, mais faut ce qui faut.

Il appuie sur le carré rouge. Barratt se marre et roule des biceps. Ils font des haltères ensemble. Davantage le bas du corps que le haut, en fait. Fentes avant, soulevés. Soulevés : épaulés puissants, arrachés. C'est du bas du corps que vient la force principale. Le canot pneumatique à coque rigide s'éloigne en mer. Une corde tendue vibre quelque part dans le cœur d'Andy. Peut-être, enfin, il a sa place.

*

OMAR

Il jette un nouveau coup d'œil à la photo d'Asha, envoyée juste après son arrivée à Londres, son sourire si large qu'il fend presque sa tête. Lui quittait déjà le village, la faim, la chaleur et les milices, mais surtout sa mère sanglotant dans le noir et la promesse qu'il a faite à son père de ne jamais la laisser mourir de faim. Mais c'est Asha qui a choisi la destination.

Il pose ses lèvres sur le plastique déchiré autour de la photo. Son porte-bonheur. Abdi Bile l'a charrié à mort quand il a vu ce truc.

"Plastifié ? Désolé, j'ignorais qu'on était en 1997.

— Il peut arriver tout et n'importe quoi avec un téléphone. Le perdre. Se le faire voler. Le laisser tomber dans l'eau. On va traverser l'océan, tu sais. Et soudain, plouf, toutes tes photos et tes souvenirs à l'eau. Ça ne peut pas arriver avec une photo plastifiée. Le plastique est éternel, frangin."

Le bateau s'est arrêté. Omar se dit que le moteur est encore grippé, mais tous les autres regardent dans sa direction. Il jette un coup d'œil par-dessus son épaule et son cœur s'arrête. Le pétrolier arrive par la droite. C'est comme de voir une ville flottante se diriger vers eux. Essayer d'en voir la fin file à Omar le vertige, ça le déséquilibre, l'étourdit, c'est comme de scruter un trou noir sans fond. Il l'a aperçu il y a quelques minutes à l'horizon, très loin. Trois kilomètres, quatre ? Et maintenant il est là, de plus en plus proche et menaçant.

Il y a un tremblement de terre. Omar a déjà vécu des tremblements de terre. Les vibrations tambourinent dans vos oreilles, le grondement vous broie les tripes, tout est suspendu, impossible de bouger. Et pourtant la mer ne change pas, les vagues n'augmentent pas. Soudain, un silence assourdissant, ses oreilles sifflent, sa poitrine n'est plus horriblement comprimée, il comprend que le tremblement de terre était en fait la corne du bateau.

Tous cessent de retenir leur souffle en même temps et sont libérés du sortilège. Le moteur tousse comme une mule à l'agonie, puis fredonne de nouveau. Ils bondissent à la surface des eaux, hors de la trajectoire du pétrolier, tout le monde se marre et s'en prend à Omar. "C'est quoi cette vigie qui voit pas un bateau aussi gros ? T'es aveugle ou quoi, débile ?!"

Mais je vois quelque chose, leur dit-il, à l'horizon : une traînée bleu-vert. Une terre. L'Angleterre.
Et juste derrière, un énorme nuage noir.

*

JAKUBIAK

Le vent réprimande Andy pour sa stupidité. Une langue hurlante qui cingle sa joue d'un sel barbelé, avant qu'une pluie glacée le jette à genoux. Il se cramponne à la corde à deux mains et essaie de ne pas montrer sa terreur. Une autre vague s'écrase sur leur proue, les renverse sur le flanc, l'embarcation penche à quarante-cinq degrés avant de se remettre brutalement d'aplomb. Il s'essuie les yeux et s'accroupit alors que le bateau gravit difficilement des collines avant de s'écraser juste après dans des vallées dures comme de la roche, faisant claquer sa mâchoire du bas contre ses dents du haut, lui arrachant un bout de langue sur le côté. Il crache du sang. La pluie est presque horizontale maintenant, de la neige fondue, acérée.

Il jette un regard au seul autre volontaire, un concepteur graphiste mollasson du nom de Roger à la barbe merdique qui vomit XXL par-dessus bord, la fente pâteuse de sa raie du cul à l'air. Pour la première fois, Andy se demande s'il a été choisi parce qu'il est spécial, ou pour une autre raison. Il lance un regard interrogateur à l'inspecteur principal Barratt, penché sur le tableau de bord, en train de manipuler le radar en quête de cibles. Crâne rasé, profil granitique. D'autres flics ont pris Andy à part, lui parlant à voix basse et gravement des choses que fabrique Barratt. Des activités en dehors du service, un, hum, le patriotisme évident. Nous, on y pense parfois, mec, mais lui il le fait *vraiment*. Un conseil : reste à l'écart. Les stéroïdes n'aident pas, en tout cas pas ces trucs que Barratt s'enfile avec sa boisson après l'exercice en pensant qu'Andy n'a rien vu. Mais Barratt a été sympa avec lui. Il l'a formé, lui a demandé son aide. Il a fait ça, lui. Au moins.

Comme s'il pouvait lire dans les pensées d'Andy, Freddie Barratt tourne la tête vers lui, le dévisage dans le vacarme et le tumulte. Un long regard qui s'enfonce dans de noirs tunnels. Un frisson de peur secoue Andy. Puis de nouveau le clin d'œil appuyé et le sourire paternel, et la chaleur revient en lui.

"Ça va, petit ? crie-t-il.

— Oui, ça va.

— Ça secoue pour ta première en mer.

— Pas grave."

Barratt pointe le pouce en direction du pauvre Roger.

"Tu t'en sors mieux que ce fion, c'est clair. Lui, il reviendra pas."

Ils rient tous les deux, et Andy se sent de nouveau spécial, puis un bip retentit. Un bip émanant du radar. Andy se penche en avant, tout excité. Barratt regarde l'écran.

"Sors ton téléphone." Fini de badiner. De rouler des biceps. C'est du sérieux.

Andy sort son téléphone et commence à filmer, le cœur battant dans la poitrine. Barratt ajuste le cap et fait rugir le moteur. Ils prennent de la vitesse.

*

OMAR

Le monde s'est disloqué. De l'eau partout. La mer bouillonne et enfle comme une soupe oubliée sur le feu, se débat comme un animal enchaîné, griffe et chuinte comme une sorcière enragée. Soudain, des montagnes enneigées, écumantes, glaciales, froides, impitoyables. Soudain d'énormes crocs dans une mâchoire avide. Soudain des éboulements, de gigantesques plaques qui s'écroulent et se heurtent. Ils sont pris dans des tourbillons et secoués en tous sens. De gros paquets d'eau disparaissent sous la petite embarcation en bois et ils sont plongés dans un puits profond, cernés par des murailles noir-vert, puis recrachés dans l'air avant de s'abattre de nouveau sur la mer impitoyable. Mais le plus effrayant, c'est que quand les énormes vagues se dressent, elles révèlent l'immensité perturbante des profondeurs marines. Un gouffre liquide impossible, comme une chute sans fin dans l'espace aqueux.

Omar n'a pas peur jusqu'à ce qu'Abdi Bile lui dise qui appeler au pays s'il ne s'en sort pas. Ils n'en ont jamais parlé, tout au long de leur périple. Mais Abdi insiste à présent, il lui fait répéter le nom. C'est alors qu'Omar a peur. Il demande à Abdi de mémoriser le numéro d'Asha. Le lui fait répéter quatre fois jusqu'à ce qu'Abdi lui dise d'un ton sec d'aller se faire voir, il leur fout la poisse.

Omar est désormais trop fatigué pour avoir peur. La mer n'arrête pas. Les vagues arrivent et ne cessent d'arriver. Elles s'abattent sur eux et enfoncent le bateau sous la surface et il se dit que c'est fini et ils émergent de nouveau et ça recommence. Il pense à Asha et porte une main à la photo plastifiée. Elle est toujours là, son porte-bonheur.

Ils sont trempés et glacés jusqu'aux os. Le moteur est noyé et le petit bateau tangue désespérément sans qu'ils puissent rien y faire. Abdi murmure en boucle le *dua* de la protection. *"Bismillahil-ladhi la yadhurru ma'asmihi syai'un fil ardhi wa la fis-sama'i wa huwas-Sami'ul 'Aleem…* " Il brandit désespérément son téléphone trempé, en se tenant sur la pointe des pieds, dans l'espoir que la carte se réactualise.

Omar pense : À qui sont ces doigts morts ?, mais c'est sa propre main, qui se raccroche au bois. Il ne la sent plus, ses doigts sont jaunes comme de la vieille cire. Il leur envoie un signal afin qu'ils remuent, mais rien ne se passe, puis ils bougent, mais il ne les sent toujours pas et ils ont toujours l'air d'être les doigts d'un cadavre.

Alors, à bâbord, entre les vagues, il aperçoit quelque chose. Un cône de lumière vive. Qui s'intensifie.

Les secours. *Alhamdulillah.* Les secours arrivent.

*

JAKUBIAK

Le cône de lumière vive du projo illumine les eaux démontées, les vagues qui se ruent sur eux tels des spectres en colère. Andy ne voit rien au-delà des murs de vagues, mais le radar est formel, des clandestins sont droit devant. Le bateau continue sur sa lancée. Barratt braque le faisceau lumineux d'un côté puis de l'autre. Un bruit peut-être, des cris ? Andy tend l'oreille, ses sens stimulés par l'excitation, mais le vent rage et disperse tout. Puis les voilà face à face avec l'embarcation des migrants.

Silhouettes entassées, éprouvées. Deux types accroupis à la proue, trois assis au milieu, deux à l'arrière. Trempés et gelés, clignant des yeux dans le faisceau violent et agitant les bras, la joie remplaçant le désespoir à la perspective d'être sauvés. Tout d'un coup, ces gens sont réels, et plus de la théorie ; instinctivement, Andy se dit qu'il doit les aider. Il fait machinalement un pas en avant et Barratt l'attrape par le bras.

"Reste derrière moi, crie-t-il. Donne l'impression qu'ils sont plus nombreux. Et puis c'est mon bon profil", suivi d'un troisième clin d'œil, certes moins probant, mais Andy se rappelle pourquoi ils sont là. Témoigner. Prendre du recul. Il fait un pas en arrière et continue de filmer.

Barratt porte son mégaphone à ses lèvres : "Nous sommes les Défenseurs du Royaume. Nous avons le droit d'empêcher l'immigration illégale au Royaume-Uni. Vous devez repartir. Je répète : vous DEVEZ repartir." Des cris et des hurlements côté migrants, mais le vent disperse leurs paroles. L'embarcation se cabre, fait presque tomber Barratt par-dessus bord.

Il se stabilise, vérifie qu'on le filme toujours, redresse les épaules, prend une voix plus grave : "Nous sommes les Défenseurs du Royaume. Les passeurs vous arnaquent. Vous devez repartir." L'autre bateau ne bouge pas. Barratt braque le faisceau du projo droit sur eux.

*

OMAR

Une explosion de lumière, comme un coup de poing en plein visage. Omar vacille en arrière, la mer s'élance vers lui, toutes griffes dehors, comme si des sirènes tentaient de l'attirer par le fond. Les silhouettes noires des autres qui ferment les yeux, éblouis. Un torrent de paroles qu'aucun d'eux ne peut comprendre. Yeux plissés, têtes baissées, ils se ruent vers leurs sauveteurs, les hèlent imparfaitement dans leur langue, Abdi Bile criant : "Roi ! Roi ! Nous aimons votre roi !" Le bateau donne dangereusement de la bande. Une vague les soulève et les jette contre la coque solide du canot pneumatique, le bois fragile se brise sous le choc.

Abdi Bile met un pied dans leur canot, un autre en l'air prêt à le suivre. Il oscille un moment, comme suspendu, se ravise, retombe d'où il vient. Les trois silhouettes sombres qui leur font face ne bougent pas. Personne ne tend une main. Ils se contentent de les regarder fixement. C'est effrayant. Une anguille de peur se tortille dans les entrailles d'Omar.

Abdi fait une nouvelle tentative, un fil-de-fériste s'avançant prudemment dans le vide. Cette fois-ci il réussit, s'empare du rebord glissant de l'autre bateau, les jambes ballantes dans la mer glacée. Il se redresse, tend une main pour qu'on l'aide – la plus grande des ombres lui balance son pied dans la poitrine. Abdi est propulsé en arrière, atterrit brutalement sur le dos dans leur bateau. Un cri de douleur, le craquement des côtes sur le bois.

Ils veulent qu'ils repartent. Les autres restent figés par la peur et la confusion, mais Omar, lui, comprend. Les silhouettes furieuses qui agitent les mains pour les repousser. Ils veulent qu'ils se noient.

Omar pense aux fascistes grecs qui ont brûlé sa tente, à la matraque du flic italien qui lui a cassé sa dent de devant. Il pense aux mains noueuses de son père serrant les siennes, lui arrachant la promesse de ne pas laisser sa mère et ses sœurs mourir de faim. Les draps tachés de sang dans lesquels ils l'ont emporté ce même soir. Il pense à Asha qui l'attend. Il s'élance vers la ligne d'arrivée, comme son père le lui a appris.

Il saute dans l'autre bateau.

*

JAKUBIAK

Un autre a sauté ! Un gamin maigre et élancé, avec une dent cassée. Il atterrit sur Barratt. Les deux hommes se débattent en une danse folle jusqu'à ce que le flic le repousse. Le gamin chancelle mais conserve son équilibre. La caméra d'Andy se déporte aussitôt sur lui. Barratt débite de nouveau son laïus : "Nous sommes les Défenseurs du Royaume. Vous devez quitter les eaux anglaises."

Le garçon grogne, tombe à genoux, agrippe un cordage. Barratt fait signe d'urgence à Andy d'arrêter de filmer mais Andy ne le voit pas, absorbé par le drame qui se déroule sous ses yeux.

Barratt agrippe le jeune. "Lâche. Dégage. Dégage." Il déchire la veste d'Omar mais ce dernier se recroqueville encore plus.

"Va te faire. Je reste, je reste."

Andy voit quelque chose céder chez Barratt. Une torsion dans ses traits, une lueur dans ses yeux. Il force le gamin à se redresser, le repousse tandis que l'autre donne des coups de pied et tente de se raccrocher à lui. Il l'a presque sorti du bateau mais le gamin coince ses chevilles sous la gouttière en néoprène, le haut de son corps penché en arrière au-dessus des eaux.

Barratt hésite une fraction de seconde. Le gamin le regarde droit dans les yeux, les vagues s'abattent sur lui. L'œil subjugué de la caméra d'Andy filme les deux hommes.

*

OMAR

Une bascule dans le froid infini. L'eau non plus verte mais d'un noir liquide et glacial. Le choc et la culbute tourbillonnante l'obligent à ouvrir la bouche, le sel pique et déchire le fond de sa gorge. Il s'étrangle et tousse et respire la mer. Il n'arrive pas à se retourner, ne sait plus où il est, les eaux glaciales le secouent et le giflent. *Où est la surface ?*

Il cherche une vague lueur, quelque chose lui indiquant où aller, mais tout n'est qu'obscurité totale. Une pure panique s'empare de lui. Omar agite les membres en tous sens dans sa prison liquide. Il ouvre la bouche pour réclamer de l'aide et davantage d'eau salée entre en lui. *Je vais mourir. Je vais me noyer et Asha ne me reverra jamais, ne saura jamais que je suis mort, que j'ai essayé de la rejoindre, que j'ai tenu ma promesse.*

Calme. Rester calme. C'est une course. C'est comme une course. Les poumons qui explosent, le manque d'air, les membres qui se bloquent. Pendant une course, on s'accroche. On doit juste rester calme, aux commandes. On ne panique pas. Omar sait comment ne pas paniquer.

Là-bas. Un déversement de lumière. Omar ignore la douleur dans sa poitrine et nage vers elle.

CHAPITRE 2

CHERRY

Le souffle de la mer la réveille. Les galets sifflent et roulent, charriés et repris par les vagues. Un son apaisant, caillouteux et rythmique, comme si la douleur n'existait pas ici-bas et qu'il n'y avait aucune raison de s'inquiéter. Elle reste allongée, laisse le soleil réchauffer son visage, une lueur vert-or filtre par ses paupières hermétiquement closes, diffusant des violets et des rouges sur son champ de vision, alors qu'elle essaie de se rappeler qui elle est.

Puis Cherry Bristow, cheffe de service à l'hôpital, parangon des soins de santé, se retourne et gerbe brutalement. Des beuglements déchirants comme si on la retournait comme un gant, comme si elle essayait de chasser de son organisme quelque chose de plus toxique que les deux tiers d'une bouteille de vodka. Ce qui est le cas.

Liam.

Son estomac cesse enfin de faire le triple salto arrière, un 9,95 attribué par le juge slovaque, l'air emplit ses poumons, acidulé, délicieux. Elle est vivante. L'inconvénient, c'est qu'à présent elle a la gueule de bois, ce qui revient en gros à se prendre des coups de madrier à l'arrière du crâne. La nausée pulse en vagues brutales dans sa tête, en rythme avec la mer. Du verre tinte alors contre un galet, elle saisit la bouteille fraîche et l'appuie contre son front douloureux.

Inspirer. Expirer. Lentement, calmement. Remettre Liam, et tout ce qu'il implique, dans la boîte capitonnée de plomb de son cœur, dont seuls la solitude et l'alcool possèdent la clé.

Cherry finit par ouvrir les yeux et se redresse. C'est une belle matinée. Le soleil brille comme un œuf qu'on vient de casser. La mer scintille, un million d'éclats de verre polis. Elle cherche son téléphone. Nulle part dans ce qui ressemble à une poche. Pas de sac à main, va savoir où ce truc se planque. C'est quoi cette bosse sur laquelle elle est assise ? Elle glisse prudemment une main sous ses fesses. Son téléphone est enfoui dans son pantalon. Une précaution impressionnante pour une femme qui ne sait pas comment elle a atterri ici.

Dix-sept appels manqués et sept textos. Robert, surtout. Deux de Michael. Un de Danielle, ce qui n'est pas courant. Ça doit être sur l'insistance de Robert. Elle verra ça plus tard.

Elle se lève et cherche ses chaussures. L'une d'elles n'est pas très loin, mais l'autre nulle part en vue. Elle boitille sur la plage de galets pendant un moment, en se dépouillant de ses vêtements collants. L'orage de la veille au soir n'a peut-être pas rincé son âme ni arrangé son uniforme, mais il a arraché la croûte dure du quotidien. L'eau est lumineuse et turquoise, vire à un somptueux émeraude foncé plus loin, là où le fond s'abaisse. Des touffes d'algues palpitent d'un vert vif. Toutes sortes de chouettes coquillages. La clarté chirurgicale de la lumière. Tout est vital et vivant et riche de la promesse d'une rédemption.

Et voici son autre chaussure ! Dingue. Le talon est fendu mais elle pourra le rafistoler une fois au travail. Prendre une tenue de rechange dans son casier, une douche brûlante, quelques claques et elle sera en mesure d'affronter le monde. Peut-être se rendre au service phlébotomie avec du café en grains et procéder à une transfusion, échanger quelques pintes de son sang vicié contre une belle infusion sombre et torréfiée. Tout est possible ce matin.

Les putains de mouettes, aux cris déjà incroyablement agaçants en temps normal, font un raffut pas possible. Cherry lève les yeux. Il y a quelque chose un peu plus loin sur la plage. Que les mouettes picorent.

Un tas de fringues.

*

JAKUBIAK

Inspirer. Expirer. Lentement, calmement.

Andy Jakubiak lève et abaisse la barre de développé couché, à peine conscient de la fatigue physique tant il est occupé à maîtriser sa panique et sa peur. La salle de gym a toujours été son refuge, le seul endroit où il est aux commandes. Il est arrivé là à six heures ce matin, à l'ouverture. Le premier sur le pont.

Lever. Abaisser. Lever. Abaisser. Lentement, calmement. Il a trois disques de vingt kilos à chaque bout de la barre, et son assurance lui vaut les regards admirateurs d'autres haltérophiles. En temps normal, Andy les remarque, en fait il vit pour ça : les hochements de tête approbateurs des hommes, la quête de l'intégration, le respect, la sensation d'être accepté. Mais là, il n'éprouve qu'une profonde terreur et n'a qu'une envie, déguerpir.

Tout avait été planifié dans l'arrière-salle chauffée du pub. Barratt, une main sur l'épaule d'Andy. Des pintes sur la table. Des propos à voix basse, insistants, intenses. Barratt qui l'écoutait. Le prenait au sérieux. Le premier homme à comprendre l'isolement d'Andy, sa frustration.

Certains documents fournis étaient un peu extrêmes. Anders Breivik sur la dissolution de la race blanche. Le manifeste de Brenton Tarrant, l'auteur de l'attentat de Christchurch. C'était parfois indigeste, pour être franc. Pas trop la tasse de thé d'Andy. Mais dans l'ensemble c'était bien vu. Tous les autres ont leur part du gâteau et nous, les indigènes blancs, qui avons versé notre sang pour ce pays depuis des générations, on se fait tous baiser. Il est donc temps d'agir.

Mais il ne savait pas que Barratt allait faire ça. Comment l'aurait-il su ?

Inspirer, expirer. Lentement, calmement.

Mais avoir été là. Avoir vu la chose. Et n'avoir rien fait…

Dans un sursaut de dégoût de soi, Andy repose la barre et se redresse. Rien ne semble réel. La musique électro insipide. Le flirt joyeux à l'accueil. Les types en débardeur et survêt. Tout ça c'est du toc, tout ça sonne faux. Ça ne les dérange pas ?

Pour la cinquième fois depuis qu'il est arrivé, Andy glisse une main comme aimantée et coupable dans sa poche, tel un fumeur incapable de s'arrêter. Il sort son téléphone, qu'il a mis en mode avion parce que Barratt lui a déjà envoyé trois messages enjoués ce matin lui proposant de prendre le petit-déj avec lui et qu'il est la dernière personne sur terre à qui Andy a envie de parler en ce moment.

Il lance une nouvelle fois la vidéo, la vidéo qu'il ne peut s'empêcher de regarder.

C'est juste après.

Parce que le jeune ne s'est pas noyé.

Au début tout est flou. Puis soudain le gosse surgit des eaux comme une épée d'une roche. Haletant, suffoquant, épuisé, cherchant une prise, et cette fois Andy s'avance, il tend une main, on le voit dans la vidéo, son autre main filmant automatiquement alors qu'il saisit la main du gamin et ensuite BOUM ! L'éclair d'une énorme godasse qui s'écrase sur la tête du jeune et la caméra tremble légèrement. Une fraction de seconde, et un autre BOUM ! et la botte taille 48 de l'inspecteur de police Frederick John Barratt percute le visage du gamin. Un craquement épouvantable et la tête part en arrière à un angle horrible et le gamin disparaît. Ne restent que les eaux noires et agitées.

"Ça va, mec ?"

Andy tourne la tête et cache instinctivement son téléphone. C'est Neville, un type qu'il croise parfois à la salle et qui lui aussi aime soulever de la fonte. Ils ont eu de chouettes échanges sur l'opposition phases excentriques / phases concentriques. C'est la seule chose dont ils ont parlé, pour être franc.

Neville se tient à présent un peu en retrait, avec ce petit sourire torve des gens qui ne sont pas sûrs d'avoir pigé la vanne. Plus précisément, qui ne sont pas sûrs qu'il s'agit vraiment d'une vanne.

"Très bien. Juste, euh, des affaires courantes, tu sais.

— Ouais, bien sûr, je vois.

— Une affaire sur laquelle je bosse. Pas vraiment censé en parler.

— Ouais, je pige. C'est clair."

Une pause gênante, pénible.

"T'as fini de t'entraîner, alors ?

— Je suis dispo, mec. Complètement."

*

CHERRY

Les galets crissent sous les pieds de Cherry alors qu'elle se précipite, ses anciens exploits de coureuse encore sensibles dans ses longues foulées, même si ça ne sert à rien. Elle sait de quoi il s'agit avant même d'arriver. Cherry a côtoyé la Mort de près pendant deux ans, lors d'une période que tout le monde a décidé collectivement d'effacer des banques de mémoire mais qui reste gravée dans son âme telles des brûlures après un incendie domestique.

La Mort adossée au chambranle de la porte de l'unité de soins intensifs, un sourire triste et indulgent sur le visage alors qu'Elle regardait Cherry passer en revue ceux et celles qui mouraient du Covid. La Mort vautrée à l'arrière de sa voiture alors que l'infirmière rentrait chez elle. La Mort les pieds sur l'appuie-tête, fredonnant lentement tandis que Cherry sanglotait sans pouvoir s'arrêter contre le volant. Elle a cru un temps que la Mort l'avait épargnée pour s'occuper de quelqu'un d'autre, mais voilà qu'Elle est revenue, dans le sillage des gratte-papiers et des privatiseurs, gloussant comme pour dire : Je savais que je ne tarderais pas à revenir, rien ne peut m'abattre.

Aussi n'est-elle ni ébranlée ni effrayée ni même intéressée quand elle retourne doucement le tas de vêtements, juste pour voir si ça vaut la peine d'essayer de le réanimer. La mollesse du corps dans les vêtements suggère qu'il n'y a pas encore de rigidité cadavérique, il y a donc peut-être de l'espoir. Mais l'angle du cou, qu'elle remarque alors, la tête qui pend telle une fleur abîmée sur une tige brisée, sont sans appel. Les cheveux, les vêtements, l'allure générale, tout ça fait étranger. Il doit s'agir d'un migrant.

Au cours des trois ou quatre dernières années, un nouveau son a survolé régulièrement la ville. Un bourdonnement sec et persistant, trop puissant pour venir des tailleurs de haies ou des tondeurs de pelouses municipaux, que par ailleurs la mairie n'a plus les moyens d'employer. Un hélicoptère qui survole la ville tel un énorme ptérodactyle de métal, surveillant puis bondissant, fonçant vers ses proies : de petits canots gonflables apportés ici par les courants.

Cherry et son équipe ont été appelées plusieurs fois au port pour s'occuper d'hypothermie, de déshydratation, de lacérations. Entretemps, les passagers des petits bateaux ont été transbahutés dans de vieux bus, pareils à ceux qui conduisaient Cherry à l'école. Très étrange que des périples à travers l'Afrique, le Moyen-Orient et les zones de guerre s'achèvent ici, parmi des sièges usés et monogrammés marron et orange, avec le chauffeur mastiquant ses friands à la viande en écoutant l'émission de Steve Wright tandis que des relents d'eau de mer, de sang et d'huile de moteur imprègnent l'air rance.

Aussi ressent-elle une tristesse générale mais limitée. Elle voit que le corps est celui d'un jeune homme, qu'il est bien trop tôt et que c'est du gâchis, mais il y a eu tant de gâchis ces dernières années, tellement de pertes qu'on ne saurait y patauger au quotidien sans éprouver un certain engourdissement.

Puis elle voit son visage. La nausée la surprend comme une décharge électrique.

Le gamin mort, c'est Liam. Les mêmes membres longs et élégants, la même allure même dans la mort. Ce cadavre pourrait être celui de son fils. Il a une dent cassée, mais à part ça il pourrait être la chair de sa chair. Cherry est aussitôt de retour dans la chambre de son fils, les draps tordus qui crissent sous le poids du corps, elle tend les mains pour retourner la masse inerte, en priant pour que le visage soit celui d'un autre. Elle recule en titubant, retient un cri, émet un son rauque et aspiré qu'elle ne maîtrise pas, elle regarde autour d'elle, affolée. Est-ce là une sorte de… ? Où sont les caméras ? Qu'est-ce que c'est que ça ?

Puis la voilà le cul par terre. Depuis cet angle, le garçon la regarde. La regarde droit dans les yeux. Comme implorant quelque chose. Instinctivement, elle lui prend la main et oh bon sang elle est encore chaude malgré la mer. Pas chaude au sens humain, pas comme s'il était encore là, juste un vague souvenir du temps où cette enveloppe contenait un garçon en vie. Elle serre sa main plus fort, la presse comme si elle pouvait empêcher cette infime trace de vie résiduelle de s'écouler. Puis elle ne le voit plus car sa vision est embrumée, du sel coule le long de son visage et elle hurle, elle hurle et hurle et tous les murs s'écroulent, toutes les barrières qu'elle a dressées entre elle et son cœur s'effondrent, la tristesse et les regrets et les nœuds rances de culpabilité dans la fosse de son ventre se déversent à l'extérieur, et elle hurle, elle hurle, mais ne lâche pas sa main.

*

JAKUBIAK

À peine monté dans son véhicule de fonction, Andy verrouille les portières. La réaction de Neville a servi de déclencheur.

Il a passé toute la nuit assis au bord de son lit, à se demander s'il devait dénoncer Barratt. Pas évident. Barratt n'est pas apprécié au commissariat. Craint, oui. Respecté, de loin. Mais pas apprécié. On omet souvent de l'inclure dans le groupe WhatsApp sur lequel s'organisent les virées au pub. Cette histoire de Défenseurs du Royaume est connue et tolérée et même validée par certains, cette conception de l'intégration sociale étant l'une des raisons principales pour lesquelles ils se sont enrôlés dans la police. Mais ils ne sont pas très nombreux à soutenir les actions de ce type.

Tout bien considéré, on ne balance pas un supérieur. C'est le code. On ne dénonce pas un des siens. Car allez savoir, vous serez peut-être un jour à sa place, et vous aurez alors besoin qu'on se serre les coudes autour de vous, qu'on protège vos arrières. La première chose qu'on doit faire quand on est policier, c'est de prouver qu'on est digne de confiance.

Andy sait que s'il parle de Barratt à quiconque de haut placé, même au vu des circonstances, le jour où il demandera du renfort, personne ne répondra et il se retrouvera dans la cage d'escalier pisseuse d'une obscure cité pleine de couteaux, seul comme jamais. Déjà que personne ne veut faire équipe avec lui. Ils sont toujours censés être deux par voiture, mais ces trois dernières semaines il a dû faire ses rondes tout seul. Coupes budgétaires, a dit le divisionnaire.

Il était à deux doigts de le faire. Débarquer dans le bureau du divisionnaire, son téléphone à la main. Mais l'expression sur le visage de Neville, où se lisaient à la fois jugement et dégoût, l'en a dissuadé. Il entend déjà les questions : "Et qu'est-ce que vous fichiez là exactement, agent Jakubiak ? Quel est votre rôle dans cette histoire ?" Qui a le plus de chance de jouer les boucs émissaires : un inspecteur principal avec vingt ans de carrière derrière lui, ou un planton sans avenir ?

Il ne dira rien. C'est la seule option, en fait. La nuit, la pluie, la mer démontée : personne ne peut identifier personne. Peut-être que le gamin a survécu. Qu'il est remonté sur le bateau. Et même s'il n'est pas remonté, il n'y a pas de trace. Pour qu'il y ait enquête, il faudrait qu'Andy fasse du raffut.

Il démarre et sent son rythme cardiaque s'apaiser. Il a pris sa décision. Il ne caftera pas, mais il doit prendre ses distances avec Barratt. Demander au divisionnaire de le réaffecter. Se trouver une autre salle de gym. Et tout ira bien. Il dépasse Costa, Waterstones et William Hill's, ordinaires et artificiels sous le soleil banal et insipide, et s'efforce de revenir à la normale.

La radio grésille, demande où il est. Il répond, signale sa position.

Un incident sur la plage. En tant qu'agent le plus proche, il veut bien s'en occuper ?

Quel genre d'incident ? L'opératrice ne sait pas.

"De quel genre d'incident on parle ?"

L'opératrice, un peu perplexe, répète : elle n'en sait pas plus. Est-ce qu'il veut bien…

Il lui raccroche au nez. L'appréhension le submerge comme des eaux usées débordant d'un égout. Impossible. Putain, impossible.

Andy envisage de crever un de ses pneus. Au lieu de ça, il se dirige vers la plage.

*

CHERRY

Elle reste avec le gamin mort après avoir appelé la police, ne lâche pas sa main, veille sur lui. Il y a quelques joggeurs matinaux et elle n'a aucune envie que l'un d'eux s'approche, joue les curieux, poste des images sur les réseaux. Elle ne veut pas qu'on le dépouille davantage de sa dignité. De gens qui prennent des selfies. De policiers qui prennent des selfies. Des selfies pris par des policiers avec des cadavres, comme ils ont fait avec ces pauvres sœurs à Londres.

Elle n'a pas voulu appeler les flics. Elle n'a pas envie d'avoir affaire à la police, pas du tout. Entre Cherry Bristow et les forces de l'ordre de Sa Majesté, ce n'est pas le grand amour, plutôt le genre Thatcher et Bobby Sands. Beaucoup trop de "soirées" arrosées entre flics dans des pubs rances à la moquette collante, où Robert était systématiquement le seul Noir dans la salle, contraint d'écouter des récits de guerre alcoolisés censés être "drôles", des trucs hyper originaux sur la taille des bites. Le ressentiment éprouvé par Robert n'a cessé de grandir dans l'ombre, au point qu'il s'est demandé pourquoi il n'avait pas démissionné plus tôt.

Elle consulte sa montre. Elle va être en retard. Une fois de plus. Elle envoie un texto à Jackie, sa supérieure. Et se fait… rembarrer aussitôt. Le règlement hospitalier permet-il d'intenter un procès à votre supérieure si celle-ci vous envoie trois émojis bouteilles et une aubergine ? Le fait est que Jackie a raison. La patience est devenue une denrée rare, chez ses collègues, à l'égard de ceux ou celles qui tirent au flanc. Mais Cherry est déjà bien servie, niveau culpabilité, et n'a pas de place pour sa variante professionnelle.

Quelque chose dans la main du garçon attire son attention.

Les doigts sont repliés sur un truc en plastique froissé avec des reflets colorés dedans. Elle tire prudemment sur un bord. Les doigts du garçon sont tellement crispés dessus qu'elle n'arrive pas à le retirer et renonce. Les minutes passent, toujours aucun signe des connards en uniforme. Une envie soudaine s'empare d'elle, et elle sait qu'elle ne devrait pas l'écouter.

Elle déplie un à un les doigts raidis et extrait une photo plastifiée toute froissée. Elle l'aplatit sur sa cuisse. C'est une fille, au teint mat, la vingtaine, de superbes bouclettes qui cascadent dans le dos, un sourire joyeux. Elle a l'air heureuse, optimiste et éprise de l'avenir. Derrière elle on distingue un bout de plaque de rue londonienne : …son Street, NW 10.

Le fait qu'il ait tenu si fermement cette photo, comme si c'était la dernière chose à laquelle il souhaitait renoncer… Puis de nouveau tout se brouille.

Quand a-t-elle pleuré pour la dernière fois ? Elle croyait n'en être plus capable. Ses canaux lacrymaux à sec pendant l'enterrement de Liam, sa famille la dévisageant comme si elle les trahissait. S'escrimant à pleurer pour eux. Impossible. Rien qui sort. Cherry n'a jamais été capable de faire ce qu'on attendait d'elle, uniquement ce qu'elle estime juste en son âme et conscience.

Ce garçon n'est pas Liam. Bien sûr que ce n'est pas lui, putain. Ne sois pas stupide. C'est un cadavre de plus dans une file interminable. Mais elle regarde ses yeux, et devine une supplique. Il y a là une supplique et elle peut la voir, très clairement. Qu'est-ce qui le rend si spécial ? Elle l'ignore et ça n'a pas d'importance.

C'est peut-être parce qu'il est seul. Il est tout seul, dans une étrange terre étrangère, dans un pays cruel et malheureux. Alors elle lui fait une promesse.

Je vais m'occuper de toi. Je vais faire en sorte que tu reposes dans un endroit sûr et décent. Et je veillerai, j'ignore comment, à ce que la fille sur la photo sache ce qui t'est arrivé.

Une silhouette massive en uniforme s'avance vers elle en clapotant sur les galets. Enfin. Pas trop tôt, putain.

Cherry glisse la photo froissée dans sa poche. En lieu sûr. Elle la filera plus tard au type.

Elle s'époussette et se relève.

CHAPITRE 3

CHERRY

Pour un service de soins médicaux, la bouffe qu'ils servent est dramatique. C'est mal décongelé, trop cuit, noyé dans de la sauce immonde. Des ersatz de légumes. Et que des boissons gazeuses pour faire passer tout ça. Ça doit faire partie d'un plan machiavélique pour garder les clients plus longtemps, mais pourquoi faire subir ça au personnel ?

Maddison et Mackenzie, infirmières et meilleures amies, lui font signe depuis leur place habituelle à la cantine. Maddison est une fille du coin, mince, une fausse blonde jusqu'aux sourcils, jolie selon les critères esthétiques actuellement en vogue. Maddison ne raffole pas des fluides corporels ("beurk") ni des gens venus visiter un patient ("lourdingues"), ce qui est un peu problématique pour une infirmière. Son "vrai rêve", ainsi qu'elle l'a confié à Cherry, est de posséder son propre salon de beauté.

Mackenzie est originaire de Bolton, elle, c'est une brune colossale, taille 62, voire plus. Ils doivent lui commander une tenue spéciale. Mackenzie est sans doute aussi la personne la plus ouvertement sexuelle que Cherry ait jamais rencontrée, avec un visage en forme de cœur faussement innocent et une assurance totale dans son corps. Mackenzie a laissé derrière elle un chapelet d'érections, de pacemakers bousillés et de meubles de bureaux défoncés partout où elle a baisé dans l'hôpital. Ils ont dû la retirer du service de cardiologie parce que le taux de rechute était anormalement élevé. Maddison a dit à Cherry que les principaux revenus de Mackenzie provenaient de son site porno et qu'elle ne continuait à bosser à l'hôpital que pour les tenues gratuites, qui font partie intégrante de ses vidéos. Cherry est allée voir et elle a encore mal à la mâchoire tellement elle se l'est décrochée.

Mackenzie hoche la tête tout en trifouillant dans un tas de frites gros comme une tente de scout, et Maddison lui fait signe de se joindre à elles. Toutes deux apprécient Cherry parce qu'elle ne se laisse pas faire et la considèrent un peu comme un modèle. Elle aussi les aime bien. Elles sont drôles, pragmatiques, et plutôt douées dans leur genre. Mais pour l'instant, Cherry a la tête ailleurs. Elle attend Michael. La matinée a été plus qu'étrange.

Michael O'Rourke est le meilleur ami de Cherry. Deux mètres en chaussettes et la personne la plus calme qu'elle connaisse. Un doux géant dont le geste le plus agressif consiste à remonter ses lunettes sur son nez quand il est stressé, Michael est avant tout quelqu'un de gentil, et à mesure que Cherry vieillit et que le monde est de plus en plus dirigé définitivement et irrévocablement par des connards, ça lui semble une qualité on ne peut plus précieuse.

Michael convient parfaitement à son poste. C'est l'anapath en chef de l'hôpital, autrement dit l'anatomopathologiste – bref, il dirige la morgue. Pas le genre d'endroit où l'instabilité émotionnelle a sa place, ni où l'esprit farceur est le bienvenu. Elle sait comment elle va le saluer, toujours avec la même phrase : "On dirait que tu viens de voir un fantôme." Et il aura la gentillesse de rire comme si c'était la première fois qu'il entendait cette vanne. Michael ne croit pas aux fantômes, et Cherry imagine que c'est la première chose qu'on vous demande quand vous briguez un poste à la morgue.

Elle a besoin de garder son sang-froid. Le flic sur la plage l'a effrayée. Il refusait de s'approcher à moins de trois mètres du corps du gamin. A tourné le dos à un moment donné. Cherry a pratiquement dû le traîner jusqu'au cadavre et écrire en toutes lettres son nom dans son calepin. Puis il a pété un câble, il s'est mis à gueuler, mais pour qui se prenait-elle, c'était lui le boss ici. Mais quand la seconde ambulance s'est pointée, il avait disparu. Il n'a pas accompagné le cadavre à la morgue, ce qu'il est censé faire selon le protocole. C'est ce qu'ils font en temps normal.

C'est peut-être pour ça qu'elle ne lui a pas remis la photo plastifiée. Celle-ci émet un petit bruit froissé dans sa poche, lui rappelant sa légère entorse au règlement.

Cherry a fait le trajet dans l'ambulance à la place du policier, et a attendu que les auxiliaires médicaux aient le dos tourné pour serrer la main du mort entre les siennes. Ça va aller, je suis là. Puis elle l'a confié à Michael, qu'elle doit revoir au déjeuner afin d'en savoir plus sur le défunt. Michael a de l'expérience pour ce qui est d'identifier les "échoués", les corps retrouvés sur la plage. Il réussit à identifier la plupart d'entre eux – à partir des empreintes digitales et de prélèvements ADN si jamais ils ont fait de la taule, des dossiers dentaires si ce n'est pas le cas, en cherchant dans les bases de données des personnes disparues. Ensuite, il faut retrouver les familles, organiser transports et enterrements. Elle n'a jamais demandé ce qu'il advenait des échoués non identifiés.

Mais bon, elle espère que celui-ci fera partie des heureux gagnants. L'an dernier, ils ont vécu un enterrement incroyablement émouvant, celui d'une jeune fugueuse française. Aucune trace d'elle dans les ordis anglais, mais Michael a trouvé une piste à partir de son collier et en écoutant la radio française, qu'on peut capter ici sur les grandes ondes. La gratitude sur le visage des parents de la fille, Cherry n'est pas près de l'oublier.

Aussi elle range le garçon dans un coin de son esprit et essaie de travailler normalement, en évitant le regard noir et perçant de Jackie. Mais le visage de Liam. Ouvrir des armoires pour tomber soudain sur le visage de Liam. Des clichés du visage de Liam sur des patients. Le visage de Liam dans le miroir des toilettes pour femmes – celui-ci était le plus réel, au point qu'elle avait cru dur comme fer qu'il se tenait derrière elle. Avait pivoté, et fait sursauter la fille qui arrivait dans la pièce. Échec. Culpabilité. Un gouffre béant de douleur. Aussi a-t-elle besoin de Michael, de sa présence apaisante, sa façon sèche et douce de se moquer d'elle.

Elle consulte sa montre. À peine le temps de déjeuner. Consulte son téléphone. Rien.

Et finalement Michael est là, il s'assoit en face d'elle en un mouvement fluide, sans plateau, sans excuse pour son retard, ce qui ne lui ressemble pas, sa peau pâle d'un gris verdâtre. Il s'assoit et regarde fixement l'assiette de Cherry. Remonte et abaisse ses lunettes sur son nez comme un sauteur à skis se préparant à l'envol. Il y a des fêlures dans le verre de droite qui n'étaient pas là ce matin.

Cherry le regarde fixement. Finalement elle dit, et pour la première fois le pense vraiment : "On dirait que tu as vu un fantôme.

— J'ai eu une matinée très étrange", dit Michael.

*

JAKUBIAK

Le visage du gamin. Qui le regardait fixement à un angle horrible avec un air de… reproche ? Le jugeait ? Est-ce même le gamin du bateau ? Il faisait nuit. Aucune raison que ça soit lui. Mais il ressemble à celui de la vidéo. Une explosion de rage digne d'un feu d'artifice dans la poitrine d'Andy, dirigée contre Barratt.

L'appréhension tandis qu'il avançait en pataugeant sur la plage, les galets formant d'épais courants autour de ses chevilles. Et qui c'est qui a découvert ce putain de cadavre ? Pas une joggeuse en larmes, transie d'horreur dans son lycra, réclamant le réconfort des autorités, un bras bien bodybuildé autour de ses épaules. Pas un vieux pédant, le torse bombé, s'imaginant au générique de la série *Line of Duty*. Non. Une putain d'infirmière. Qu'est-ce qu'elle pouvait bien foutre sur la plage à 6 h 30 du matin, dans sa tenue trempée ? Compétente, sûre d'elle, qui défendait son territoire, même, lui arrachant son putain de calepin et lui écrivant son nom en majuscules pour qu'il ne l'oublie pas.

CHERRY BRISTOW

Monter dans l'ambulance avec le cadavre avait été au-dessus de ses forces. Il était retourné à sa voiture pour essayer de se ressaisir avant d'aller à la morgue. Faire vite et bien : un bref exposé du cas au médecin légiste puis retour à l'air libre, laisser tout derrière. Du moins c'était le plan.

Ce n'était pas sa faute. C'était le lieu en question, les surfaces polies, les tables immaculées, les bols en métal vides et les scalpels tranchants. Flippant. Mais le plus flippant c'était ce qui n'était pas là. Les cadavres absents, les morts manquants. Andy les sentait dissimulés partout autour de lui. Charcutés et reconstruits, les entrailles fourrées dans des cavités, les membres recousus, ensachés dans du plastique, enfermés dans des tiroirs, le sang aspiré par des drains, l'âpre évidence de la mort remplacée par les alibis peu convaincants des antiseptiques et des détergents

Puis les néons qui s'allument. Bourdonnant comme des mouches métalliques prises au piège, alternant lumière et obscurité, lumière et obscurité, décomposant la salle en instantanés, en éclats saccadés de temps. Donnant l'impression d'un mouvement arrêté et d'un vide en mouvement. Quand le légiste s'est dirigé vers lui, il se trouvait à trois mètres de distance, la lumière a vacillé et l'autre était déjà sur lui et Andy a manqué pousser un cri.

C'est alors qu'Andy Jakubiak a paniqué. Et pris la mauvaise décision.

*

BARRATT

Tout savoir sur l'Anadrol : abus, addiction, risques, guérison

Des prises excessives d'Anadrol peuvent provoquer à long terme des taux irréguliers de dopamine et de sérotonine, deux substances chimiques cérébrales, et empêcher le cerveau de produire des sensations de plaisir.

Ouais, ouais, ouais. Je sais tout ça.

Cela peut entraîner toute une série d'états mentaux désagréables tels que :

• *Jalousie (extrême et déraisonnable) à tendance paranoïaque.*

• *Irritabilité et agressivité extrêmes ("crises de violence").*

Bon, hum, maintenant que vous le dites…

• *Délires – fausses idées et croyances.*

Je ne délire pas.

• *Jugements faussés.*

Je n'ai pas de jugement faussé. Je suis le roi du jugement exact. M'en branle de tout ça.

Freddie Barratt referme brutalement le clapet de son téléphone et se cale dans son canapé. Réduire le dosage d'un chouïa, et basta. Rien de mal à se maintenir dans la condition physique requise. Montrer au monde l'extérieur – musclé, vigoureux, dur – qui reflète ce qu'il ressent à l'intérieur. S'il y a un prix à payer pour ça, alors paie. Mais se contrôler davantage pourrait faire du bien. Ouais.

Il a été soulagé quand Andy l'a appelé depuis la morgue. Commençait à s'inquiéter un peu. La crainte d'être ghosté. Qu'Andy parle à quelqu'un d'autre. S'imaginait la scène : le commissaire derrière son bureau, Andy devant lui, son putain de téléphone entre eux. Pendant le trajet retour, Freddie a envisagé et pas qu'un peu de prendre ce téléphone et de le balancer dans cette putain de mer, mais la manière douce est préférable. L'énerver, le mettre en rogne, et allez savoir devant qui il pourrait aller chouiner.

Andy est un bon gars. Bon, pas franchement une lumière. Disons qu'il passerait pas haut la main tous les tests d'aptitude. Il est mignon de croire qu'on le brime, même si bien sûr Freddie ne cherche pas à le détromper. C'est cool d'avoir un protégé. On se sent un peu isolé quand on est le seul à voir la vérité.

Le vrai problème, c'est que tous les trucs que croit Freddie Barratt, ardemment, profondément, en son for intérieur, figurent maintenant dans les journaux. Dans les vrais quotidiens, pas que dans les torchons. À la télé. C'est presque à la mode. Il y aura bientôt des putains de tee-shirts "Vous Ne Nous Remplacerez Pas" dans les grandes surfaces. Mais Freddie se méfie. Il sait quand on le manipule. Des connards sournois qui s'agitent pour fourguer leur arnaque aux cryptos. Des petits snobs qui se font passer pour des radicaux de la race afin de décrocher articles et votes. Mais pas un seul d'entre eux n'y croit vraiment. Pas un seul n'est prêt à prendre des risques pour l'avenir de ce pays.

Excès de confiance. Ouais. C'est ça le problème. Soulagement quand Andy appelle. Andy qui a déboulé à la morgue en s'attendant à ce que ce grand échalas de légiste s'incline comme la plupart des civils devant des expressions du genre "implications pour la sécurité nationale", et lui remette le corps. Il a entreposé des poids et des cordes dans le coffre de sa voiture. Qui viennent d'un des chalutiers du coin, lequel part en mission de temps en temps. Du bon matos de pêche en eaux profondes, des gros trucs en acier noirci et d'épais cordages tressés. Plus une housse mortuaire.

Barratt le facteur. Retour à l'expéditeur. Destinataire inconnu.

Puis amener Andy à supprimer la vidéo et c'est plié. Une irrégularité hier soir dans la matrix, c'est tout. Mais se contrôler un peu plus, Freddie, voilà ce qu'il faudrait.

Il se gratte les couilles. Sûr qu'il aurait pas dû plaquer le connard de la morgue contre le mur, par ailleurs.

*

CHERRY

"Il a fait quoi ?

— Je viens de te le dire.

— Plaqué contre un *mur* ?

— Quand j'ai pas voulu leur donner le corps."

Michael se frotte le nez comme s'il voulait l'effacer complètement de son visage. Cherry se renfonce dans son fauteuil.

"Ben, c'est une agression.

— C'est pas une agression.

— Michael, c'est une agression, et on va la signaler.

— Ouais ? À qui ?

— Tu as des bleus ? Bien. Montre-moi.

— Ils étaient deux et j'étais seul.

— Et ?

— « Et ? » Comment ça, « Et ? ». *Et*, c'est la *police*."

Leurs voix montent en intensité mais baissent en volume. Des gens se retournent, attirés par leur posture de conspirateurs. Des gens se donnent des coups de coude. Ils se disputent ? Une querelle d'amoureux ? Une querelle d'amoureux, eux ?! Tu crois… ? Ça lui ressemblerait bien, elle se tape tout ce qui bouge, mais Michael ?! Il est pédé comme un phoque. Chut, dis pas ça, le DRH est juste à la table d'à côté.

Michael arrache ses lunettes de son visage et les pose sur la table dans un geste brutal.

"Il a la nuque brisée."

Cherry a comme un vertige, comme quand on plonge d'un coup dans un grand huit, l'âme en rade pendant une seconde.

"Brisée net entre C2 et C3."

Elle repense à la plage, à la tête du garçon qui pendait à cet angle absurde, horrible.

"Des contusions au visage, aussi. Trois dents déchaussées." Michael la regarde dans les yeux. "Comment a-t-il pu se faire ça en mer ?"

Un long silence alors qu'ils se dévisagent.

"Il a un nom ?

— Aucune idée. Rien dans les bases d'empreintes digitales, ou dentaires.

— Il est mort comment ?

— S'ils m'avaient laissé tranquille, j'aurais cherché de l'eau dans les poumons. Mais il n'y a aucun des signes de noyade habituels, l'écume dans la bouche, tout ça."

Elle regarde autour d'elle. La moitié des personnes présentes dans la cantine les regarde. Elle se tourne de nouveau vers son ami.

"Que va-t-il lui arriver ?

— Quand ?

— Si tu n'identifies pas le corps."

Michael cligne des yeux deux fois, se rassoit. Elle insiste.

"Si tu ne retrouves pas sa famille. Si personne vient le réclamer. Que se passe-t-il ?"

Il regarde le mur. Sa langue épaissit ses paroles comme de la farine dans un ragoût.

"La procédure habituelle pour un corps non identifié c'est un enterrement payé par les autorités locales.

— Ce qui signifie ?

— Fosse commune. Cercueil en carton. Pas de pierre tombale. Personne pour le pleurer.

— Le carré des indigents ?" Les mots jaillissent spontanément de sa bouche. On dirait un truc que sortirait sa grand-mère. La peur viscérale d'une autre génération, évoquant la honte et l'échec, l'humiliation finale. Un truc qu'on trouve chez Dickens. Elle ne savait pas que ça existait encore, le carré des indigents.

Michael acquiesce. “L’option la moins chère possible. Pour « réduire le fardeau de l’État ».” Il prononce ces derniers mots avec le dédain précis et ciblé d’un chat déçu.

“Non. Non non non non.” Elle secoue violemment la tête d’un côté et de l’autre. Des larmes jaillissent de sous ses cils baissés, des larmes qu’elle ne pourrait expliquer rationnellement. De toutes les morts qu’elle a pu voir ces dernières années, toute cette tristesse, pourquoi est-ce qu’elle s’attache à celle-ci ? Une mort à laquelle elle n’a même pas assisté, un gamin dont elle ignore jusqu’au nom ?

“Je refuse tout net.

— Cherry…”

Sa douceur ne fait que l’agacer davantage.

“Je ne veux pas de ça. Ce n’est pas juste. Ça ne va pas.

— Ça arrive.

— Il est venu jusqu’ici, il a quitté je ne sais quoi, juste pour qu’on le balance dans une putain de fosse ? Pas de nom, pas de souvenir ? Ça ne va pas du tout.

— Ça arrive. À des gens moins loin de chez eux, aussi.

— Ouais, bon. Ça ne sera pas son cas.”

Elle se penche en arrière, croise les bras sur sa poitrine. C’est tout. Ça s’arrête là. Elle a pris sa décision et le monde va juste devoir s’adapter et faire avec.

Michael ne peut s’empêcher de rire. Devant son menton saillant, sa mâchoire crispée.

“Quoi ? Qu’est-ce qui te fait rire, gros bêta ?

— Ton menton. Même Tyson ne l’entamerait pas.”

Tous deux se marrent à présent.

“Je vais voir ce que je peux faire, propose Michael. Mais si on ne trouve rien, c’est mort. Je suis pas magicien.”

Cherry observe la cantine, se penche en avant au maximum, un écran protecteur pour regards inquisiteurs. Elle extirpe de son manteau le trophée craquant et bruissant, la photo plastifiée.

“Mais il n’y a pas rien. Il y a ça.”

CHAPITRE 4

HODGES

Des coups frappés venus de la cellule voisine. Des objets qu'on cogne contre la porte métallique. Une sorte de chant. La même phrase répétée en boucle.

L'agent Danny Hodges, de l'Unité d'accueil régionale de la Police des frontières, le centre de traitement des migrants pour une grande partie de la côte sud, lève les yeux de son téléphone. Putain d'animaux. Saleté de nègres à la con. Il essaie de suivre le match.

C'est encore les connards de tout à l'heure, il y mettrait sa main au feu. Les six gus qui ont débarqué ce matin, menés par le petit connard somalien qui gueulait comme un porc. Livide, comme si les Anglais avaient pas sauvé son gros cul des griffes de la mort à nos propres frais et maintenant le logeaient et le nourrissaient gratis. Ce qu'ils se croient *permis*, c'est stupéfiant. Des bienfaiteurs ont dû à tous les coups lui apprendre le mot "avocat" en cours de route, et tous le lui ont balancé au visage. Avocat avocat avocat avocat avocat. Oui, vous l'aurez votre avocat, patience. Dès que possible. C'est pas une œuvre de bienfaisance, ici, bordel. On n'est pas là pour vous faire l'aumône.

Il regarde de nouveau le match. Chelsea mène toujours 3 à 2. C'est la quatrième minute des prolongations. Allez, Chelsea, on y va mes grands, tenez bon les gars.

Le volume monte en puissance dans les cellules. Vos gueules, connards. C'est la Ligue des champions, merde à la fin.

Pas sa faute s'il y a déjà cinquante-huit types dans la cellule. Pas sa faute s'il y a un seul chiotte. Qui est bouché. On n'est pas au pays de cocagne. Y a pas d'argent magique qui tombe des arbres. On ne…

MAIS BORDEL CHELSEA BANDE DE NULS À LA CON Y A UN MEC PRÈS DES CAGES PUTAIN QU'EST-CE QUE TU BRANLES JAMES ESPÈCE D'EMPOTÉ DE MERDE J'ESPÈRE QUE TU VAS CREVER D'UN CANCER.

L'arbitre siffle et Chelsea termine 3-3 et a perdu sa première place dans le classement. Ce con de Reece James a pas assez collé l'autre type. Pour ça que vous jouez pas, les nègres.

CONNNNNNAAAAAARRRRRRDS.

Et merde, y a ce putain de téléphone qui sonne. Il pivote pour frapper le mur mais la dernière fois qu'il a fait ça, il a été mis à pied six semaines. Il cherche un truc pour se défouler, une issue à sa colère. Le bruit qui monte des cellules est pire que jamais.

Oui. Ouuuui. Relâcher un peu la pression. Principal avantage de ce boulot de merde. Pas d'autre raison d'être ici. Sûrement pas le salaire.

Il s'empare de sa matraque et de sa bombe au poivre. Passe une main sous le bureau pour couper la vidéosurveillance dans la cellule de détention. Va-t-il s'emmerder à aller chercher un taser ? Nan, allons-y un par un. Mano a mano. À l'ancienne. Il pourrait se rendre dans la salle de repos et secouer les collègues, voir si ça les branche d'aller fracasser quelques crânes, mais mieux vaut ne pas y aller en bande. Inutile de les mettre au jus. Comme ça, personne pour baver.

L'agent Danny Hodges traverse d'un pas vif le couloir tel un type affamé s'apprêtant à faire son premier bon repas depuis des jours. Le sourire aux lèvres, sa matraque tapant le tempo sur sa main tendue. On va se marrer. Faire vite, c'est ça l'astuce. Style descente éclair. Ouvrir la porte, s'emparer du plus proche, le retourner, un bras remonté dans le dos, retour dans le couloir en refermant d'un coup sec la porte de la cellule, la tête dans le mur VLAN, à terre. C'est l'affaire de deux à trois secondes max. Les prendre pour des tambours. Jouer un air triste et doux sur un corps noir inutile pour remonter le moral de l'agent Danny Hodges. Que ces fils de pute comprennent dans quel pays ils ont débarqué.

Le bruit, alors qu'il se dirige vers la porte, est assourdissant. Un fracas d'enfer contre les murs. Ce qu'ils balancent dessus doit être lourd. Un truc heurte la porte si fort qu'il la voit presque sauter hors de ses gonds, bondir du cadre. Hodges ralentit sa foulée, hésite un moment. Est-ce vraiment une bonne idée, y aller comme ça tout seul ? Mais son sang bout déjà, sa bite bien dure de rage, il a besoin de punir de la viande noire.

Il s'approche de la porte et regarde par la petite fenêtre en plexiglas.

Ils sont comme en formation, une sorte de phalange cauchemardesque. Des dizaines et des dizaines de gueules rouges qui hurlent, des dizaines de poings brandis, les lits en morceaux et transformés en armes, les chiottes arrachées du sol et agitées en l'air, de la merde et de l'eau sale qui giclent. Ils s'élancent, s'écrasent contre la porte, leurs visages déformés par la fureur et la vengeance, lui hurlent dessus, réclament son sang.

Hodges recule en titubant. Son dos heurte le mur du fond. Il trébuche et glisse par terre, la porte verrouillée est la seule chose qui le protège de ces visages enragés. Il détale et quand il se retourne pour jeter un œil à la fenêtre, c'est une vision d'horreur de langues rouges et de dents blanches et toutes leurs bouches ouvertes qui lui hurlent après. Et pour la première fois il peut entendre ce qu'ils crient, le chant syncopé se change en mots, un seul mot, répété sans relâche.

ASSASSIN

ASSASSIN ASSASSIN ASSASSIN ASSASSIN ASSASSIN ASSASSIN ASSASSIN ASSASSIN

Il traverse le couloir en courant, poursuivi par l'accusation.

*

CHERRY

Elle ouvre la porte en essayant de faire le moins de bruit possible, et la vie de famille s'en échappe comme du monoxyde de carbone. Le murmure banal de la télé. Des bruits de casseroles dans la cuisine. L'odeur épouvantable de quelque chose qui a cramé ou est en train de cramer. Une vague de panique la traverse, comme si elle avait la tête dans un sac et n'arrivait plus à respirer. Liam ne sera pas là. Et le jour d'après il ne sera pas là. Et le jour suivant. Mais toutes les récriminations, les colères et les incompréhensions, elles seront là jusqu'à la fin des temps, putain. Elle doit s'accrocher au chambranle pour s'empêcher de détaler.

Les statistiques sont formelles, quatre-vingts pour cent des gens divorcent après la mort d'un enfant. Ces stats sont un mythe, pour ce qu'en sait Cherry, et elle a fait des recherches. Partout sur internet. Interrogé quelques psychologues à son boulot. Mais la raison qui est en général avancée, c'est que ça tombe sous le sens.

Cherry n'a pas parlé à Robert de Liam. Elle ne peut pas parler à Robert de Liam. Chaque fois qu'elle a essayé, il avait un truc à faire. Repeindre la porte d'entrée. Démonter toute la cuisine : des éléments d'une cuisine sur mesure, qui plus est, installés pour une coquette somme par un menuisier doué dont c'est le boulot d'installer des cuisines. Robert n'est pas un menuisier doué. C'est juste un ex-flic qui a envie de se faire la main sur un plan de travail. Les éléments de cuisine qu'il construit à partir de rien ne ressemblent à rien, franchement. Ça, elle peut le pardonner.

Mais sa décision de repeindre la chambre de Liam et de décrocher toutes les images et photos de Liam dans toute la maison SANS LUI EN PARLER ? Nettement moins. Ils se sont engueulés pendant trois heures, ou plutôt elle lui a crié dessus et il a encaissé et, parce qu'il a encaissé, elle a crié encore plus, et après elle a remis toutes les photos en place et est sortie s'acheter de la vodka.

C'est comme s'il y avait une épaisse cloison de verre entre eux, le genre qu'on voit dans les parloirs des prisons américaines à la télé. Le plus souvent, c'est comme si elle l'entendait à peine, incapable de se rappeler ce qu'il a dit, mais bon elle ne se rappelle pas non plus grand-chose de ce qu'elle a dit au cours des derniers mois. Elle voit juste ses lèvres remuer et une tristesse profonde, insondable dans ses yeux qui lui fait tellement de peine et pourtant l'enrage dans un endroit enfoui impardonnable parce qu'il refuse de l'*admettre* et au lieu de ça se cache derrière ses bricolages pourris, alors elle lui en veut puis se déteste de lui en vouloir et c'est plus facile, tellement plus facile, d'aller au boulot puis sur la plage avec une bouteille. Elle a envisagé de prendre un amant, mais c'est tellement cliché et Cherry n'est pas du genre cliché, et puis ça a l'air de demander tellement d'efforts.

Elle est devant sa maison et inspire profondément. C'est sa maison à elle. Ici qu'elle vit. Elle va préparer le repas, ouvrir la fenêtre pour faire fuir le fantôme du plat à la con qu'ils ont raté et cuisiner un truc frais qui sent bon, même si le simple fait d'être là lui ôte tout appétit. Elle pressera le pas et fermera les yeux en passant devant la porte de la chambre de Liam, comme elle le fait depuis des mois. Trouvera le moyen de présenter des excuses à Robert pour hier soir, même s'il n'y a rien de nouveau à dire, rien qu'elle puisse lui dire qu'elle n'ait déjà dit la fois d'avant.

Elle entre sans faire de bruit, suspend son manteau dans un froissement synthétique, se fend d'un sourire bidon, se retourne et saute hors de sa peau.

Ils sont là, épaule contre épaule. À côté de Robert, Danielle est vraiment la fille de son père. Ils semblent de plus en plus calqués l'un sur l'autre depuis quelques mois. Ils étaient toujours du même avis, inséparables, mais maintenant ils sont identiques. Ils ont la même posture. La même expression sur leur visage à la forme semblable. Même à cinquante ans, Robert a un beau visage, mais c'est un visage d'homme. Trop massif, trop sculpté dans le granit, trop rigide pour une fille. Mais si Danielle est bien quelque chose, c'est rigide.

"T'étais passée où ? demande Robert.

— T'étais passée où ? répète Danielle. Maman ? On t'a posé une question. T'étais passée où ?"

*

JAKUBIAK

Personne ne parle dans la voiture pendant un bon bout de temps. Andy attend toujours que Barratt lui dise où ils vont, mais ce dernier est concentré sur sa conduite, l'air sinistre. Il ne dépasse pas la vitesse autorisée, respecte tous les panneaux. Ça ne lui ressemble pas du tout. Blouson d'aviateur noir, jean noir, gants de cuir noir. Ils sont dans une voiture banalisée qu'Andy n'a encore jamais vue. La nuque d'Andy commence à le démanger.

Un truc tombe doucement sur ses genoux. Pendant une fraction de seconde, un visage écorché le fixe depuis ses orbites vides. Andy a un sursaut de dégoût avant de comprendre de quoi il s'agit.

"Mets-le."

Andy prend la cagoule et se tourne vers Barratt en lui lançant un regard furieux.

“J’ai reçu un appel”, dit Barratt. Puis silence.

Putain mais crache le morceau. Bon sang. Me laisse pas comme ça en carafe.

“D’un pote qui bosse à la Police des frontières.

— Ah ouais ? dit patiemment Andy Jakubiak, au lieu de balancer son poing dans le visage de son supérieur.

— Les autres passagers du bateau ont été récupérés ce matin.

— Quoi ?

— Ils sont au centre d’accueil maintenant. Danny va les empêcher de voir des avocats le plus longtemps possible.

— Des avocats ? Pourquoi est-ce qu’il…

— Ils ont fourni une description de nous, mec”, lâche Barratt d’un ton dégagé.

La voiture semble faire une embardée et tourner. La peur, une nausée liquide, remonte soudain follement dans sa gorge.

“Ils causent de nous dans les couloirs.

— Ils nous décrivent ?

— Oui, et dans le détail. On nous reconnaît carrément, on pourrait dire.

— Mais comment ils peuvent, il faisait nuit, c’était…”

Il déblatère comme s’il pouvait dissuader la réalité d’exister.

Barratt prend un virage à droite serré.

“Tout baigne. Ça devrait pas poser trop de problèmes.

— Ça devrait pas poser trop de problèmes… ?!

— C’est leur parole contre la nôtre.”

Un autre virage à droite et, en proie à un sentiment écœurant d’inéluctabilité, Andy sait où ils vont, le sait probablement depuis l'instant où Barratt l'a fait monter dans la voiture.

Barratt s'engage dans l'allée sombre qui mène à l'arrière de l'hôpital et se gare devant les portes de la morgue. Il regarde Andy droit dans les yeux.

"Faut savoir que s'il y a pas de preuve, y a pas d'enquête. Pas de corps, pas de problème."

Andy pose ses mains sur sa tête parce que c'est ce qu'ils font dans les films quand quelque chose d'incroyable se produit. Le sentiment d'irréalité qui l'a tenaillé toute la journée ne fait que s'accroître à chaque seconde.

"Mais le type de la morgue, il va…"

Barratt pose une main sur l'épaule d'Andy. Avec l'assurance tranquille d'un père expliquant à son fils de sept ans que les fantômes n'existent pas, il dit : "Il n'y aura personne ici à cette heure de la nuit. Pas de corps, pas de problème. Fais-moi confiance."

*

CHERRY

"Le repas est prêt."

Le morceau atterrit dans l'assiette de Cherry dans un bruit sourd et humide. On dirait un éclat de carreau de salle de bains après l'incendie d'une maison. Il y a plusieurs couches distinctes de cramé les unes sur les autres, composant un coquillage noir et luisant de trois centimètres d'épaisseur qui ressemble à une porcelaine laquée de luxe. Une huile épaisse et rougeâtre suinte de la carapace carbonisée avec dedans des parties cartilagineuses. Cherry voit son couteau rebondir sur la croûte. Qui grince et gémit comme une maison hantée battue par la tempête. Avec quoi Danielle découpe-t-elle sa part, un chalumeau ?

“Ça a l'air délicieux, chéri. Merci.

— T'en reveux ? demande Danielle, son sourire malveillant plus bourreau médiéval que fille dévouée.

— Je crois que je vais commencer par ça, d'accord, ma puce ?

— Y en a encore plein.

— Je n'en doute pas.”

Robert lui fait signe de s'asseoir, et bien sûr elle fait ce que papa lui demande. Pendant un temps, le seul bruit se résume à l'inutile ballet des couteaux là où seule une perceuse à percussion ferait l'affaire.

“Quand est-ce que tu t'es mise à la cuisine, Dani ?

— Quand tu as arrêté.

— Danielle, dit Robert, tout bas.

— Mais c'est la vérité.

— Je travaillais. Pour vous assurer un toit.

— On a eu envie de faire une expérience. De s'amuser un peu.” Robert, le pacificateur.

“Ouais. Bonne idée.

— T'as pas l'air d'apprécier, maman. Mange tout.”

Cherry regarde autour d'elle. Liam est partout. Les choses dont il se servait. Les endroits où il s'asseyait. Les photos de famille que Robert a décrochées et qu'elle a remises à leur place. Tous les quatre assis autour d'un feu de camp dans un parc national un peu plus loin sur la côte, Liam faisant saillir ses biceps, pour rigoler, Danielle qui rit en brandissant une branche enflammée. En train de faire voler un cerf-volant sur la plage où le garçon mort a échoué ce matin. Elle pense à lui, au jeune réfugié, seul sur la table d'autopsie dans la morgue avec Michael.

Son regard s'attarde sur la photo de Liam remportant le 800 mètres des moins de dix-huit ans, agrandie et encadrée. Elle a été prise depuis la ligne d'arrivée (ce qui a valu à Cherry de se faire copieusement engueuler par les juges) alors que les coureurs foncent droit sur elle. Liam est en train de courir, ses genoux et ses bras pareils à des leviers et des pistons. On devine qu'il va gagner rien qu'à son attitude triomphante ; les autres ont la tête rejetée en arrière, les épaules tendues, leurs bras cisaillant l'air. Lui est tranquille, calme, les épaules basses, les yeux fixés sur le canon de l'appareil photo. Il s'en est toujours remis à son énergie, son final éblouissant. Il a débuté comme coureur de 400 mètres, comme Cherry quand elle avait son âge, ses deux cents derniers mètres étant en général les plus rapides. L'accélération finale, le fameux *negative split*. La façon la plus difficile de gagner une course. Elle n'avait jamais eu l'endurance ou la résistance mentale pour ça.

Liam détestait cette photo, faisait toujours passer rapidement ses amis devant, pensait qu'ils allaient croire que c'était lui qui avait voulu l'agrandir autant, que c'était pour se vanter. Robert a déclaré un jour à Cherry, à l'époque où cette photo était pour elle une source de joie et non d'intolérable tristesse et de regret, que Liam lui ressemblait – par sa détermination, sa concentration, sa grâce – en tous points.

Elle se tourne de nouveau vers Robert, essaie une fois de plus sinon de briser le mur de verre du moins de tapoter dessus, d'attirer son attention, un sourire, un éclat de l'ancien charme.

"Bonne journée ?

— Mmmmm." La tête de Robert est penchée sur son assiette, il teste prudemment son plat comme un démineur confronté à un engin jusqu'ici inconnu. Ce qui ressemble à la durée d'une ère géologique s'écoule avant qu'elle comprenne qu'elle n'en tirera rien d'autre. Elle reporte son attention sur sa fille, mais avant même que les mots sortent de sa bouche elle sait que c'est une erreur.

"Et toi, Dani, ta journée ?

— Depuis quand t'en as quelque chose à battre ?

— Reste polie", marmonne Robert qui retombe alors dans le silence, tel un oracle gnomique interdit par décret divin de prononcer plus d'un putain de mot par siècle. Une plainte aiguë se fait entendre près de l'oreille gauche de Cherry. Elle croit que c'est un moustique, lui donne même une tape, mais la stridence augmente et maintenant elle est aussi dans son oreille droite puis à l'intérieur de sa tête, ça monte, monte, le son physique de la tension de plus en plus croissante dans la pièce, un hurlement électrique qui martèle l'intérieur de son crâne pour essayer de sortir. Cherry agrippe le plateau de la table à deux mains et recourt à toute sa maîtrise d'elle-même pour ne pas crier en même temps, ne pas crier, crier et crier encore. Son mari et sa fille la contemplent avec étonnement et inquiétude et une once de peur authentique, comme si un faucon s'était soudain posé sur leur table.

Puis son téléphone sonne.

*

MICHAEL

Michael lave la table d'autopsie. Il regarde les sangs de différentes couleurs, le veineux cramoisi, l'artériel écarlate, se diluer, se mélanger, se fondre et disparaître dans la rigole d'écoulement en un mince filet rose. Les caillots et morceaux et autres preuves de trauma disparaissant avec lui.

Le gamin était plus ou moins mort quand il est tombé à l'eau. Michael en est sûr maintenant. Il n'y a quasiment rien dans ses poumons. Quand quelqu'un se noie, la plupart du temps ses poumons sont remplis du liquide dans lequel il s'est noyé, les efforts désespérés du corps pour respirer n'aspirant que du liquide. Puis il y a les dégâts physiques que subit le système respiratoire. Distension pulmonaire. Œdème alvéolaire. Une écume épaisse autour de la bouche et des narines. Hypoxie cérébrale, qui est la cause naturelle de la mort.

Il n'y avait rien de tout cela. Il y avait juste la rupture nette entre les vertèbres C2 et C3 de la colonne vertébrale. Les contusions. Les dégâts dentaires. Traumatisme contondant sur toute la ligne. Mais causé par quoi, il n'aurait su le dire.

Il n'y a pas de trace du garçon dans les fichiers du système d'identification. Rien dans les registres dentaires, mais s'il n'a jamais mis le pied sur ces rives il ne peut pas y en avoir. Rien parmi les personnes disparues qui se dégage. Aussi est-il très probable qu'il finisse dans la fosse commune, avec ou sans la photo fournie par Cherry. C'est triste, mais bon, il n'y peut rien.

Il est tard à présent, l'heure du dîner est passée, et il devrait être parti depuis longtemps. Il est là depuis six heures du matin, il est crevé, il a faim, il tombe de fatigue et il est en hypoglycémie. Il a baissé la lumière pour faire comme s'il n'y avait personne, parce que, à proprement parler, il n'est pas censé faire autant d'heures d'affilée (mais bon, qui ne travaille pas autant ces jours-ci, à l'hôpital ?) et il a mal aux yeux à force. Il l'a fait pour Cherry, pour sa détresse à l'heure du déjeuner.

Il ne l'a jamais vue ainsi, surtout pour ce qui est, au final, un hasard. Mais il a vu tout le reste : les morts en salle, sa vie de famille à vau-l'eau, le gouffre qui ne sera jamais comblé, laissé par le suicide de son enfant préféré. Cherry a gardé tout ça en elle. Michael n'y pouvait pas grand-chose. Mais ça, il pouvait le faire.

Et aussi parce que ces flics ont voulu récupérer le corps ce matin, et lui ont demandé de ne pas le faire figurer dans le système. Il a voulu se prouver qu'il n'avait pas peur d'eux. N'a pas peur d'eux.

Il va enregistrer le corps du garçon. Raison pour laquelle il a passé autant de temps sur l'autopsie, a tout revérifié deux fois : afin de pouvoir être absolument certain, à cent pour cent, de ses résultats. Afin de pouvoir enregistrer le corps dans le système de données et d'étayer ses conclusions. L'enregistrer. Maintenant. Oui. Qu'il existe dans le système. C'est parti.

Ses doigts s'attardent sur le clavier. Il déplace son poids et sent les contusions le long de ses côtes et de sa colonne après avoir été plaqué contre le mur. Il inspire et tape la première ligne.

Il y a un bruit métallique derrière les doubles portes du fond, qui sont fermées à clé.

C'est bizarre. Trop tard pour une livraison, les agents d'entretien, tout ça. Il n'a pas reçu d'appel concernant un accident, un incendie. Aucun futur résident provisoire à l'horizon.

Les portes du fond sont de nouveau secouées, plus fort. Puis un bruit sourd, comme un coup de pied. Des murmures.

Michael se fige. Il ferme l'ordinateur. Il se glisse, tout doucement, vers la longue vitre au fond de la salle. S'il tend le cou, il peut voir dehors et aussi en partie jusqu'à l'entrée de service. Deux silhouettes massives se détachent, vêtues de noir. L'une se tourne légèrement, et Michael ressent comme un coup de pic à glace dans le thorax.

Ce sont les deux policiers de ce matin.

*

CHERRY

Elle grille le feu rouge et n'entend pas les coups de klaxons. Si elle prend à contresens la rue à sens unique, elle peut être à l'hôpital en trois minutes, disons quatre. Le feu suivant est orange et vire au rouge quand elle ferme les yeux, appuie sur l'accélérateur et fonce. Cherry n'a aucune idée de ce qu'elle fera quand elle sera à la morgue. Elle sait juste qu'elle doit s'y rendre.

Elle tourne dans la rue à sens unique qui monte vers (ou, du point de vue des conducteurs censés l'emprunter, part de) l'hôpital. Quartier résidentiel, voitures garées des deux côtés, une étroite bande goudronnée qui coule au milieu. Un véhicule arrive dans sa direction. Et merde.

C'est un SUV. Bien sûr. La façon préférée qu'ont les riches de vous dire que leurs enfants sont plus importants que vous. Frôlant quasiment les voitures en stationnement, quelques microns la séparant des carrosseries, elle fonce droit sur Cherry. Cette dernière va devoir se ranger et attendre. Au lieu de ça, elle passe une vitesse et écrase la pédale. Qu'est-ce que tu fais ? Elle fonce à présent. Non mais, qu'est-ce que tu fous encore ? Braiment péremptoire du SUV.

Ils se rapprochent à grande vitesse. Soixante mètres, cinquante, quarante. Un calme dément enveloppe Cherry, le genre de clarté mentale délicieuse qu'elle n'approchera jamais avec la méditation et les huiles essentielles. Elle sait qu'elle ne s'écartera pas, quoi qu'il arrive. À lui de le faire, par conséquent.

Elle est assez proche à présent pour voir le conducteur. Ou plutôt la conductrice. Putain, c'est la nouvelle directrice générale déléguée de l'hôpital, Samara quelque chose, universellement méprisée et surnommée Casse-Burnes. Embauchée *via* un cabinet de recrutement londonien pour un salaire ridiculement élevé, sur la recommandation d'une firme de chasseurs de têtes ridiculement chers dans laquelle elle a des parts, elle a viré un tiers des effectifs de l'hôpital au cours de ses trois premiers mois en fonction. On devrait plutôt l'appeler la Casse-Ovaires vu que quatre-vingt-dix pour cent des personnes qu'elle a virées sont des femmes, mais bon, ça sonne nettement moins bien.

Cherry pense aux amies à elle qui ont été lâchées. Elle enclenche encore une vitesse et enfonce comme une malade la pédale d'accélérateur. La voiture part à toute blinde. La plainte étirée qui jaillit de l'avertisseur du SUV est un mélange de rage et de terreur, une incrédulité perplexe quand Casse-Burnes comprend pour la première fois de son existence dorée-douillette que le monde ne va pas se plier à ses désirs. Trente mètres. Vingt. Dix. À la dernière seconde, Cherry ferme les yeux.

Le fracas de métal et de verre ne se produit pas autour d'elle comme elle s'y attend, mais derrière. Elle ouvre les yeux et regarde dans son rétroviseur. Casse-Burnes s'est, comme le font systématiquement les puissants quand ils rencontrent une résistance, chié dessus. Métaphoriquement. Mais allez savoir, à ce stade.

Cherry ne regarde pas derrière elle une seconde fois. Elle braque et se gare sur un petit parking sombre le long de l'hôpital juste à temps pour prendre le millième appel de Michael.

"Ils montent les escaliers. Ils ont défoncé les portes du fond.

— Sors. Sors de là, Michael, je t'en prie. Je ne veux pas qu'il t'arrive quelque chose.

— Tu comptes faire quoi ?"

Elle raccroche et entre par la porte de service. Elle ne sait toujours pas quelle réponse apporter à sa question.

*

JAKUBIAK

Barratt ouvre en grand les portes de la morgue, avec Andy sur ses talons. Personne. Ou plutôt, personne de vivant. Le jeune est étendu sur une table d'autopsie, juste devant eux. Il a été découpé et recousu. Des rails nets de fils noirs vont du nombril à la gorge, une route menant nulle part.

Jakubiak jette un rapide coup d'œil au corps et se détourne aussitôt pour examiner la salle. Quelqu'un était là il y a très peu de temps. Un manteau sur une chaise, des papiers près d'une tasse de café tiède, des instruments tout luisants. Ce doit être le type de ce matin, comme l'avait prédit Andy. Le plan de Barratt va tomber à l'eau, à tous les coups. Le type saura de qui il s'agit. Il se souviendra d'eux. On ne peut pas juste *voler* un corps.

"Viens."

Il se tourne. Barratt a passé ses mains sous les épaules du garçon mort, dont la tête pendante rebondit alors de façon écœurante. Andy détourne aussi sec la tête.

"Prends ses pieds, Andy.

— Et l'autre type ?

— Quoi, l'autre type ?

— Il est pas loin.

— Et alors ?

— Il est peut-être allé chercher de l'aide."

On entend un bruit dans le couloir. La tête de Barratt se tourne comme celle d'un raptor. Il lâche le gamin.

"Attends-moi ici.

— Entendu.

— Et menotte-toi à lui.

— Quoi ?

— Menotte-toi au corps. Juste au cas où cet enfoiré se pointe.

— Je ne vais pas me menotter à un…"

Un geste vif, un claquement – un cercle de métal glacé enserre son poignet.

"Juste au cas où." Barratt lui fait un clin d'œil. L'effet du clin d'œil ne marche plus trop sur Andy. "J'reviens vite. Mets-toi à l'aise."

L'inspecteur principal Barratt l'a menotté au cadavre.

Andy lui lance : "Inspecteur principal ! Inspecteur principal Barratt ?"

Un bruit de pas qui s'éloignent résonne dans le couloir.

*

CHERRY

Elle doit passer par la pharmacie pour arriver jusqu'à la morgue. Cherry est une des rares personnes à avoir les clés. Elle ouvre la porte, en mal d'inspiration. Du matériel de nettoyage est entassé dans un coin, mais une femme brandissant une serpillière et un spray nettoyant n'est pas assurée d'instiller la peur dans le cœur des hommes. Il y a toutes sortes de cachets et de pilules, mais qu'est-ce qu'elle en ferait ? Les leur mettre comme des suppositoires et se cacher en attendant que ça fasse effet ?

Du Largactil. Ah, voilà qui est mieux.

Il y a longtemps, à l'époque où Y2K, Netscape Navigator et les alternatives politiques à la vicieuse kleptocratie étaient des choses réelles, Cherry travaillait à l'infirmerie de Wandsworth Prison. Pour "améliorer les choses". Elle a vite compris qu'on n'améliore pas une prison, parce qu'une prison vise précisément à ce que les choses empirent pour tout le monde. Elle a également compris qu'il n'y a pas de malades dans l'hôpital d'une prison, du moins pas au sens conventionnel, parce que l'hôpital d'une prison est une décharge pour malades mentaux et grands perturbés. Aussi son outil numéro un est le Largactil. Le Largactil est un neuroleptique, d'avant-garde à l'époque mais désormais dépassé, dont l'avantage principal, du point de vue d'un praticien stressé, est qu'il assomme les gens. Les détenus l'appellent la Matraque liquide.

Elle se faufile dans le couloir. Le claquement de ses chaussures sur le lino tout propre résonne à ses oreilles comme le pas d'un éléphant. Dans sa poche, des seringues remplies de Matraque liquide. Le plan a été affiné. Elle va essayer de les convaincre de partir, mais si ça dégénère elle piquera le plus âgé en premier. Elle sait vaguement qui c'est, se rappelle que Robert a parlé de lui en des termes très désobligeants. C'est lui le problème. Le plus jeune l'écoutera. Elle est presque confiante quand elle s'introduit dans la morgue.

Ce qu'elle voit renforce son assurance. Il n'y a que le plus jeune, perché bizarrement sur le bord de la table d'autopsie, en train de scruter le visage du garçon mort avec l'intensité douloureuse de cette pietà sculptée dans le marbre qu'elle a vue lors d'une escapade à Rome. En quête d'une sorte d'illumination. Son regard est si intense qu'il ne la voit pas entrer.

"Ne crie pas."

Il lève la tête, les yeux vitreux comme s'il essayait de situer son visage dans un rêve, puis sa bouche s'ouvre en grand.

"Ne tente rien. On est au courant. Va-t'en."

Sa bouche se referme. Il lève le bras droit à hauteur de poitrine, presque involontairement. Le corps sur la table se tord grossièrement vers lui.

Ils sont entravés ensemble par des menottes.

OK. Ça, hum… Ça pourrait poser problème.

Tous deux se dévisagent pendant une longue, longue seconde. Puis il gueule : "Inspecteur principal Barratt !

— Ne…

— Inspecteur principal Barratt !"

Il se jette sur Cherry comme un crocodile jaillissant d'un marécage, et il est sur elle avant qu'elle puisse s'écarter, faisant voler en l'air des haricots et des bistouris, dispersant des étiquettes de housse et des scies à os tout autour d'eux. Le poids du flic lui coupe la respiration, accru par celui, affreux, du cadavre qu'il traîne derrière lui, et dont les bras ballants se balancent de façon obscène par-dessus son épaule comme ceux d'un pote bourré au pub.

Elle hurle. Il plaque sa main libre contre sa bouche et se tourne pour appeler de nouveau son mentor. Il n'a pas fini de prononcer le nom de Barratt qu'elle plante la seringue dans son cou et enfonce le piston. Quelques secondes plus tard, ses yeux se révulsent et disparaissent dans sa tête alors que la Matraque liquide fait effet.

Bon, c'est pas très professionnel, Cherry. Tu es censée injecter le Largactil dans le muscle plutôt que directement dans le système sanguin. Heureusement que personne n'est là pour la noter. Par ailleurs, elle est coincée sous le poids non d'un mais de deux corps lourds et immobiles.

Et un bruit de pas résonne dans le couloir.

Elle se tortille désespérément. Les pas se rapprochent, plus forts. Une pause infime, puis l'autre est dans la pièce. Pour la toute première fois de sa vie, Cherry Bristow se dit qu'elle va mourir.

C'est Michael. Sa mâchoire pend approximativement au niveau de son sternum. "Je t'ai entendue hurler."

*

Ils sortent à toute vitesse par la porte de service et se retrouvent sur le parking obscur. Michael, qui est d'une force remarquable pour sa silhouette svelte, supporte presque tout le poids de leurs charges, en soutenant les corps par la tête et les épaules. Cherry pousse les pieds en rythme. Où sont les fauteuils roulants quand on en a besoin ? La bouche de Michael est grande ouverte et un filet sonore régulier en émane, sans doute une sorte de commentaire sur ce qu'il a vu et ce qu'ils font, mais elle n'est pas en état d'entendre.

Impossible de faire machine arrière. Elle a moins coupé les ponts derrière elle que balancé une charge nucléaire sur le Golden Gate. Comment peut-elle expliquer tout ça ? Par quoi commencer ? Et en cet instant, elle comprend qu'elle n'en a pas envie. Elle n'a pas envie d'être ici, dans cet endroit, à faire ce travail, vivre cette vie, plus jamais.

Elle peut faire quelque chose pour quelqu'un, pas juste pourrir inutilement, à tournoyer autour de la bonde dans la culpabilité et le regret. Elle peut faire en sorte que sa mort ne passe pas inaperçue et ne soit pleurée par personne. Et bon Dieu elle compte le faire.

Elle ouvre en grand la portière de sa voiture.

"Mets-les dedans."

Michael la regarde avec des yeux ronds.

"Mets-les dedans, putain !

— Tu n'es pas sérieuse.

— C'est une voiture à hayon. Le coffre est tout petit, d'accord ?

— Cherry, putain, mais qu'est-ce…"

Elle s'effondre sur les corps vautrés tels des sacs bourrés de commissions, les pousse des deux mains. Ils avancent de quelques centimètres vers la portière. Elle recommence.

"D'accord d'accord *d'accord*. Bordel de merde."

Michael entasse les deux corps sur la banquette arrière de sa voiture. Ils se tassent l'un sur l'autre tels deux amants ivres, chacun soutenant l'autre. Elle jette une vieille couverture grise sur eux.

Cherry s'installe aussitôt au volant. C'est sa dernière chance. De s'arrêter aux limites de la folie. De rester dans les confins d'un monde normal.

"Michael ?"

Il se penche vers sa fenêtre. Elle ouvre la bouche et espère dire quelque chose de sensé et de raisonnable.

"Tu veux venir avec moi ?"

L'expression qu'elle lit sur son visage laisse entendre que sa demande n'est ni sensée ni raisonnable.

La porte de service s'ouvre en grand. Une silhouette musclée au crâne rasé envahit le seuil. Michael plaque une main contre la portière.

"File."

Elle démarre dans un crissement de pneus alors que Michael s'enfonce entre les cyprès du parking et disparaît.

Le temps que l'inspecteur principal Freddie Barratt arrive, il n'y a que des traces de pneus.

CHAPITRE 5

CHERRY

Le vinyle crépite comme un feu dans la nuit.

Les violons généreux, le corps et l'esprit qui flottent. Puis le riff du piano, qui la hisse à un niveau supérieur. Sa place est ici. Elle est heureuse et libre. Elle ne voudrait être nulle part ailleurs. Et c'est son morceau préféré.

Elle fend la cohue suante et tapageuse et pénètre dans la salle principale juste quand la chanson s'interrompt, puis la grosse caisse s'en mêle, les basses grondent dans son ventre, et une voix grave et autoritaire déclare que :

THE RYTHM IS HOT

Et c'est le délire. Une extase déchaînée, désinhibée. Les silhouettes autour d'elle, qui toutes remuent comme elle, lui font écho, la confortent, lui donnent la sensation d'appartenir à quelque chose de grand, de joyeux et d'authentique. Elle repense aux horribles récits que lui faisait sa grande sœur des boîtes de nuit dans les années 1980 : rester figée toute la nuit pour ne pas déranger votre coiffure d'un mètre de haut qui était aussi raide que les genres assignés, les mains baladeuses, les pintes brisées. Rien à voir, ici. Ici, c'est la magie d'un entrepôt industriel construit à la va-vite et transformé en une énorme grotte aux fées pleine de lumières, de merveilles et d'attentes surexcitées. C'est d'immenses sourires et des mains qui dessinent des motifs complexes. C'est l'odeur prégnante du Vicks VapoRub, des pets dus à l'ecsta et des étreintes moites, des bouteilles d'eau offertes, de l'amitié et de l'acceptation. Le picotement brutal de l'eau glacée sur son dos, de l'eau qu'elle sait être, dans une lointaine région rationnelle de son esprit, la sueur qui dégouline du plafond mais qu'elle accepte joyeusement parce que c'est son immersion dans le chaos délirant de l'endroit, "relax max", "ça baigne", "impec". Rien ici n'est petit ou mesquin ou égoïste. Chacun peut être ce qu'il veut.

I'M COMING, I'M I'M I'M COMING, I'M COMING HARDCORE

On est en 1992. Cherry est en dernière année de lycée, mais ne vit que pour les raves. Elle court encore intensément, deuxième du 400 mètres au championnat départemental, et parce qu'elle a dix-huit ans elle peut faire la bringue toute la nuit, sans adjuvant pharmacologique, et être d'aplomb à 10 h 30 du matin pour l'entraînement du samedi et faire sa part d'exercices, même si elle aurait remporté la compète facile si son groupe sanguin n'était pas MDMA deux à trois soirs par semaine. Mais qu'est-ce qu'on en a à foutre ? La rave est son seul but sur terre. Le monde a des ressources, et elle a des ecstas.

Le morceau s'achève. Cherry ouvre les yeux, elle ne s'est même pas aperçue qu'ils étaient fermés, et devant elle se trouve le plus beau garçon qu'elle ait jamais vu. Silhouette mince et compacte, des yeux qui brillent même dans le noir, des pommettes qui semblent sculptées dans le granit. Il lui tend une bouteille d'eau en affichant un sourire.

"Robert", articule-t-il.

Cherry lui rend son sourire. Elle prend la bouteille, boit une gorgée, la sent dévaler jusque dans ses intestins et accroître le rush de la pilule qu'elle a avalée une heure plus tôt. Elle veut lui rendre la bouteille et lui dire quelque chose d'intelligent mais soudain elle pleure. Pourquoi pleure-t-elle ? Ce n'est pas à cause de ce qui s'est passé. Les larmes coulent en torrents impossibles sur son visage et emplissent de sel sa bouche souriante.

Ce n'est pas lié à ce qui s'est passé. C'est quoi, alors ?

Les yeux de Robert se mettent, littéralement, à se consumer. Les lueurs se transforment en braises brûlantes et son visage prend feu. Des flammes bleues rampent tels des insectes affamés sur la peau autour de ses yeux, laissant apparaître les os carbonisés. Ses joues rétrécissent, se rident et prennent feu. Ses lèvres se tordent en fibres carbonisées. Ses cheveux s'enflamment et explosent en une gerbe folle, dispersant des volutes ambrées et des étincelles orange. Il n'a l'air ni de souffrir ni d'avoir conscience de tout ça. Son crâne roussi et cramé parle encore.

Terrorisée, Cherry essaie de recracher sur lui l'eau salée qui envahit sa bouche, d'éteindre les flammes. Mais en vain. Elle n'arrive qu'à s'étrangler et tousser. Elle n'arrive plus à respirer. Elle va se noyer dans ses propres larmes et Robert va brûler vif parce qu'elle est incapable de l'aider. Son visage en feu se rapproche, des lambeaux de peau roussis en tombent, ses orbites sont deux fosses noires pleines de flammèches crépitantes.

Cherry se réveille brusquement. Elle est en nage.

Le feu de camp fait des siennes. Le bois qu'elle a déposé sur le côté a pris feu également et maintenant la conflagration gronde tout près d'elle.

À travers les flammes, elle croise le regard muet et accusateur du policier qu'elle a kidnappé.

C'est une nuit froide. Elle l'a laissé sortir à moitié de la voiture pour se rapprocher du feu, retenu par le cadavre auquel il est encore attaché. Elle l'a bâillonné avec ses bas pendant qu'il était inconscient et a ligoté ses chevilles avec le cardigan qu'elle garde dans le coffre (ou Cardi B ainsi qu'elle l'appelle, en se félicitant mentalement de se tenir au courant de la culture pop. Elle a commis la bêtise de sortir ça à Danielle un jour, et celle-ci a carrément grogné). Ça devrait suffire. Inutile de le laisser souffrir dans le froid. Mais inutile aussi d'être stupide.

Les flammes s'élèvent toujours plus haut. Paniquée, elle donne des coups de pied dans le feu, envoyant rouler des bûches incandescentes dans une gerbe d'étincelles. Quelques-unes atterrissent sur le policier. Il grogne et tente de les éteindre en tapant dessus avec sa main libre, mais une braise reste coincée entre ses tibias. Un cri étouffé alors que son jean commence à prendre feu. Instinctivement, Cherry se précipite, l'éteint en tapant dessus avec les mains. Grave erreur.

Il l'attrape par la cheville et la fait tomber. Elle se cogne la tête sur un rondin et, pendant un instant, l'obscurité s'empare d'elle. Il la tire vers lui, sa main remonte le long de sa jambe jusqu'à sa cuisse. Elle donne des coups avec son pied libre sur son bras tendu, son visage. Il geint et détourne la tête. Elle donne d'autres coups et il finit par coincer son pied sous le haut de son torse, sa main libre au niveau de son ventre, sans la quitter des yeux, le bâillon encore dans sa bouche, le silence glacial de l'attaque rendant la chose encore plus effrayante.

Elle fouille dans sa poche et en sort la seringue pleine de Largactil. Il y a une micro-pause alors que chaque combattant jauge l'autre, tandis qu'il décide si l'humiliation d'avoir été ligoté par une femme l'emporte sur l'inconfort d'être assommé par un neuroleptique désuet pour la deuxième fois en quelques heures, ce qui dépasse la dose prescrite même à l'infirmerie de Wandsworth Prison. Puis il se jette sur elle.

Moins d'une minute plus tard, alors que le policier inconscient gît sur le ventre à même le sol, sa salive commençant à s'écouler à travers ce qui était à vrai dire des collants plutôt chers, Cherry remue ses jambes pour les dégager de sous son corps pesant et tâte sa poche.

Plus qu'une ampoule.

*

ROBERT

Robert raccroche en tombant pour la vingtième fois sur la messagerie de Cherry. Il fixe le mur. Il ne sait pas combien de temps il fixe le mur.

Son regard se pose par hasard sur la photo de Liam et se détourne aussitôt, paniqué. Il ne *peut* pas regarder des photos de son fils. Pourquoi est-ce qu'elle ne pige pas ça, bordel ? Ce n'est pas qu'il ne *veut* pas. C'est juste que ça lui est physiquement impossible, sans quoi il tombera en poussière. Il s'écroulera, or il n'a pas la force de se relever. Il n'est pas comme Cherry. Elle a passé des jours et des jours à examiner chaque dessin, chaque bulletin scolaire, chaque médaille. *Complaisance* de merde. À croire qu'elle le monopolisait, faisait étalage de son chagrin. Ça le rendait presque physiquement malade, et l'énervait trop pour qu'il puisse lui parler.

Il a ôté toutes les photos afin de pouvoir rester dans la maison. Pourquoi ça n'est pas évident ? Pourquoi devrait-il s'expliquer davantage ? Chaque photo est un souvenir acéré, qui perfore l'œil et le cerveau. Un coup d'œil imprudent dans un abîme de tristesse si vaste que ça lui coupe le souffle, et il n'a aucune idée de comment traiter la chose.

Il était sincère. Il était absolument sincère quand il lui a dit : "Si tu pars maintenant, ne prends pas la peine de revenir."

Les mots ont jailli de sa bouche comme des chiens de garde dont les chaînes se sont brisées, hargneux, voraces, bien décidés à défendre le cœur meurtri de leur maître. Il a ressenti un immense soulagement, presque de l'euphorie, en laissant enfin sortir ces mots qu'il retenait. Mais elle est quand même partie. En coup de vent, sans même fermer la porte, et elle n'est pas revenue dans les heures qui ont suivi, et son téléphone est coupé. Un truc en lien avec l'hôpital, et le cadavre d'un jeune garçon, mais il se passe toujours quelque chose dans ce putain d'hôpital, et il y a toujours des cadavres, et il y avait un garçon qui avait plus d'importance que tout le reste et il n'a pas eu ce à quoi il avait droit, de la part de Cherry ou de tas de gens ou bien sûr de Robert, alors pourquoi les autres y auraient-ils droit ?

Il se sent ainsi depuis la mort de Liam. Il est amer et aigri, et supporte mal l'amour entre les autres parents et leurs enfants. Regarde d'un air renfrogné les mères qui achètent une sucette à leur gosse, ou les fils adultes qui disent au revoir à leur père en les serrant dans leurs bras. Les gens le dévisagent bizarrement, et il devine l'impression qu'il doit faire, sa haine irrationnelle pire encore que celle des journaux à la botte de Murdoch, mais il s'en fiche.

Mais maintenant, tout ce que ressent Robert en tombant de nouveau sur la messagerie de Cherry, c'est un sentiment d'abandon.

Danielle descend bruyamment l'escalier avec un gros carton. Elle le fusille du regard. Robert s'aperçoit qu'il est en train de scruter la nuit comme un chien qui se languit de son maître. Il s'écarte rapidement de la fenêtre et regarde, intrigué, le carton qu'elle porte.

“C'est quoi ce truc ?

— Ses merdes.”

Sa fille remonte à l'étage au pas de charge.

Il inspecte le contenu du carton. Tout le maquillage de Cherry a été fourré dedans comme si un tremblement de terre avait secoué le rayon parfum de Debenhams, cette partie qu'il ne pouvait jamais traverser sans s'étrangler comme quelqu'un dans un poème de la Première Guerre mondiale. Des gaz, des gaz, des jeunes qui vomissent. Rouges à lèvres, fonds de teint, fards à paupières surnagent dans une mer de crèmes, de sprays, de parfums et d'autres articles dont il ignore le nom, et Danielle n'a pas remis les bouchons, ça suinte et se mélange en une pâtée âcre et extrêmement coûteuse.

La gamme des couleurs est fascinante. Elles lui rappellent une boîte de peinture de son enfance qu'il chérissait tellement qu'il refusait de s'en servir, se contentant de regarder fixement les gouttes vives de couleur aux noms envoûtants. Turquoise, émeraude, bleu de Prusse, terre de Sienne brûlée, garance, rubis, topaze, ambre, jaune cadmium. Il n'a jamais vu une seule de ces couleurs sur le visage de Cherry, mais suppose que c'est là le talent, l'obscure alchimie du maquillage.

Il lève les yeux vers Danielle alors que celle-ci s'avance sur le palier avec un nouveau carton, d'où pend une manche du pull en cashmere le plus cher de Cherry, qui remue comme pour demander de l'aide.

“Qu'est-ce que tu fabriques ?

— C'est pour donner à une œuvre de bienfaisance.

— Ce sont les affaires de maman.

— Elle est partie, papa.

— Ce n'est pas à toi de le faire.

— Bien sûr. C'est son choix. Tu lui as posé un ultimatum. Et elle s'est barrée.

— Tu es à côté de la plaque, Danielle.

— Elle a pris sa décision, et on doit faire avec."

Une part non négligeable de l'âme de Robert vibre devant la colère de sa fille, et le fait qu'elle prend implicitement sa défense. Mais de toute évidence, il ne peut pas le lui dire.

"Range ça.

— Elle est partie. Tu lui as dit de partir, et elle est partie.

— Range tout ça. Maintenant. Tu n'as pas le droit de fouiller dans les affaires des autres…

— Je veille sur toi !"

Le carton de vêtements vole sur le palier et son contenu heurte le mur dans un bruit sourd.

"Tu ne t'en occuperas pas, alors c'est à moi de le faire. C'est moi qui dois être l'adulte de service dans cette putain de baraque vu que les adultes ici se comportent comme des putains d'enfants, alors je fais les choses, et la moindre des choses que j'attends de toi c'est un putain de merci parce que je me préoccupe de toi, même si ni toi ni elle ne vous préoccupez de moi." Cette dernière phrase est hurlée et ponctuée par le claquement de sa porte.

Il est sur le point de se lever quand il entend frapper. Il a beau savoir que ce n'est pas Cherry, car pourquoi Cherry frapperait-elle à sa propre porte, Robert est écœuré par la précipitation qu'il met à aller ouvrir.

Ce n'est pas Cherry. C'est son ami Michael.

Robert n'aime pas Michael. Il n'aime pas Michael parce qu'il sait que Cherry et lui se disent des tas de choses intimes, y compris le concernant, alors que lui ne se rappelle même pas le nom de famille de Michael. Et le fait que Michael soit gay l'agace.

Il n'est pas plus homophobe que l'hétéro de base d'âge moyen (moins, il l'espère, juste pour avoir entendu assez d'horreurs à la cantine du commissariat au fil des ans) mais il a vu des tas de types traîner autour de Cherry dans l'espoir d'une seule chose, et le fait que Michael ne s'intéresse aucunement à ladite chose signifie qu'il veut juste sa compagnie parce qu'il *l'aime bien*, ce qui veut donc dire, et Robert le comprend alors, qu'il est plus jaloux de lui que du premier connard venu en quête d'un coup à tirer.

Michael sait que Robert ne l'apprécie pas, ce qui explique son étrange posture sur le seuil, un pied déjà tourné comme pour déguerpir. Il a encore sa blouse et transpire comme s'il venait de courir un semi-marathon. Robert le regarde fixement.

"Salut Robert. Je suis Michael. Le collègue de Cherry ?"

Regard fixe de Robert.

"Il s'est passé quelque chose."

*

CHERRY

Son regard se porte au-delà du feu de camp et de l'homme inconscient, s'enfonce dans la nuit et le passé. Du fin fond de l'obscurité se détache le visage de son fils, onze ou douze ans, radieux, vif, et riant alors qu'il essaie d'empêcher la matière poisseuse de glisser du bout de son bâton. Elle n'a jamais entendu parler de cette histoire de "guimauves rôties", un truc américain que Liam a déniché sur Netflix. Ça n'a pas l'air très compliqué mais il en a déjà cramé trois et Danielle se moque de lui. Il échoue de nouveau et une brève comète d'additifs chimiques fuse, Liam rigole et hausse les épaules l'air de s'excuser, et Cherry lui tend une autre guimauve qu'elle prend dans le gros sachet bruissant.

Ils venaient toujours ici. Pour de longs week-ends ou de brèves escapades. Pendant les vacances d'été quand ils n'avaient pas trop d'argent, autrement dit souvent. C'était l'endroit préféré de Liam, du moins jusqu'à ce qu'il devienne lunatique et distant et que sa chambre prenne le relais. Un camping dans un parc national pas trop loin sur la côte, à l'abri des South Downs. Bizarrement, peu de gens connaissent cette partie du parc national et presque personne ne connaît ce camping, qui n'est pas signalé et se trouve au bout d'un sentier gravillonné et boueux.

Au mieux, c'est rudimentaire. Rien pour cuisiner, pas de douches, juste une cabane basique où s'abriter de la pluie et quelques panneaux bouffés par la mousse détaillant la vie sauvage du coin. Mais il y a une jolie petite rivière qui s'assagit dans une large courbe peu profonde, avec des roseaux et des martins-pêcheurs et un fond sablonneux pour barboter. Et de l'autre côté, après une série de pierres de gué glissantes, de longues collines pentues s'étendent depuis un bosquet de chênes magnifiques aux larges branches qui éclatent d'un vert électrique au printemps et brûlent d'éclats grenat, miel et bronze à l'automne. Un des plus gros chênes laisse pendre d'accueillantes branches qui forment comme une échelle, presque conçues pour un gosse de onze ans avide d'escalade. Les chauves-souris volent en piqué au crépuscule. Une des choses sur lesquelles Robert et elle s'accordaient, c'était l'importance de la nature.

Ce n'est que lorsqu'elle lève les yeux et voit la vieille cabane surgir devant ses phares qu'elle comprend que c'est là qu'elle se rendait. On ne sait jamais où les événements vous mèneront, pas vrai ? Impossible de prévoir que ce qui vous comblait de joie deviendrait un jour douloureux.

Elle est envahie soudain par un sentiment de solitude et de tristesse. Qu'est-ce qu'elle fout ? C'est quoi ce délire ? Ici dans le froid en pleine nuit au milieu de nulle part avec un policier inconscient et un cadavre ? Nulle part où aller et pas une amorce de plan. Mais elle pensait quoi, putain, si tant est qu'elle pensait ?

Elle va rentrer. Il faut qu'elle rentre. Il doit bien y avoir un moyen d'arranger tout ça.

Robert saura. Robert sait tellement de choses. Bon sang, les trucs qu'il lui a sortis…

Elle farfouille dans ses poches et fait la chose qu'elle a obstinément refusé de faire depuis qu'elle a quitté le parking de l'hôpital parce qu'elle ne voulait l'avis de personne, ne voulait pas penser, répondre ou "en parler", elle voulait juste rouler dans l'obscurité à jamais.

Elle allume son téléphone. Des dizaines de textos surgissent en rafale, émanant de Jackie, du DRH, de Brise-Burnes elle-même. Elle en efface quelques-uns, ignore les autres. Ils semblent déjà anciens, préhistoriques, des vestiges non d'une vie antérieure mais d'une civilisation disparue.

Elle appelle Robert.

*

BARRATT

Le boîtier argenté, de la taille d'une petite valise, repose sur le siège passager, à côté d'un ordinateur portable ouvert. C'est un intercepteur d'IMSI, plus connu sous le nom de Torpille. Chaque téléphone portable possède une identité d'abonné mobile, comme un numéro de carte d'identité. C'est ce qui leur permet de communiquer avec les stations de base du système, les antennes téléphoniques, etc. Le téléphone doit reconnaître la base mais la base n'a pas besoin de reconnaître le téléphone, c'est le capitalisme de plateformes en miniature, et c'est là que la Torpille entre en jeu.

La Torpille feint d'être une antenne téléphonique, et envoie des signaux plus puissants que les antennes ordinaires pour obliger les téléphones à s'y connecter et ensuite télécharger des données personnelles, pirater des messages, écouter des appels. Elle permet à la police de collecter de vastes volumes de données sur les personnes qui participent à des manifestations, qu'elles utiliseront à leur guise dans un esprit profondément antidémocratique.

Freddie Barratt en a acheté deux pour son service. En puisant dans le budget "projets spéciaux / terrorisme", qui a été longtemps une manne à leur disposition.

L'autre fonction de la Torpille consiste à localiser et suivre : déterminer la puissance d'un signal depuis un téléphone portable, et par conséquent la distance à laquelle il se trouve. Au centre de la carte qu'affiche l'écran de l'ordi de Freddie Barratt, un point brillant de référence, immobile, qui augmente sans cesse en intensité.

Le portable d'Andy Jakubiak.

Et voilà qu'apparaît soudain un autre point sur l'écran, par-dessus celui d'Andy, redoublant la puissance lumineuse, l'attirant comme une enseigne de pub en hiver.

Barratt sourit, donne un coup sur son volant et accélère.

Il ne s'en aperçoit pas, mais ce faisant il dépasse un panneau lui souhaitant bienvenue dans un parc national.

*

ROBERT

Robert regarde autour de lui, incrédule. Il doit rêver. Il est assis à la table de la cuisine. Tout est exactement à sa place. Le papier peint. Les paquets de céréales alignés comme des livres sur une étagère. Les putains d'éléments de cuisine à la con qu'il a essayé d'installer à partir d'une combinaison de pentagrammes Ikea et d'instructions en suédois passées à Google Translate, avec des résultats bien sûr désastreux. Et pourtant sa femme a pris la fuite avec un cadavre de migrant ainsi qu'un policier menotté à ce dernier, et il est en train de lui donner des conseils au téléphone.

Le pote de Cherry est adossé au mur, mal à l'aise. Danielle est assise sur la marche du bas de l'escalier, les yeux exorbités comme si elle avait pris assez de coke pour abrutir une baleine. Robert cligne deux fois des yeux, mais Danielle et Michael sont toujours là, tout ça est bien réel, et il parle toujours au téléphone avec Cherry.

"Tu dois te débarrasser des téléphones. Du sien et du tien.

— OK.

— Enlève les cartes SIM, écrase-les avec une pierre. Tu peux être sûr que Barratt va essayer de localiser le portable de son pote.

— OK. Et après ?" demande-t-elle, avec une nuance de calme désespoir dans la voix que seul quelqu'un qui connaît et aime Cherry Bristow, en dépit de tout, peut percevoir.

Il prend une profonde inspiration et regarde autour de lui. Ses yeux se posent une fois de plus sur la photo de Liam remportant la course. Il ressemble en tous points – par sa détermination, sa concentration, sa grâce – à Cherry. Comme elle lui ressemble, encore aujourd'hui.

"Rentre ici avec eux."

Danielle bondit de sa marche et se met à gueuler. Agacé, Robert fait signe à Michael de l'emmener à l'étage, et leur tourne le dos.

"On parlera au jeune. Je le connais pas personnellement, mais Barratt agit ainsi depuis des années. Il se trouve des petits protégés pour faire le sale boulot et plonger à sa place. Mais là il a franchi un cap…"

Il marque une pause. Il se demande si elle l'a même entendu.

"Cherry ?

— Ouais.

— T'as pigé ?
— Ouais. OK." Un nouveau silence. "Merci."
Puis ni l'un ni l'autre ne savent alors quoi dire.
"Débarrasse-toi de son téléphone. Et reviens ici.
— Ça marche."

*

CHERRY

Elle fouille dans le jean du policier, les poches de devant, celles de derrière. Rien. Elle regarde dans son blouson et en sort un smartphone dernier cri, qui scintille d'applis comme des diamants numériques.

Il exige un mot de passe. Six chiffres. Histoire de rire, elle tape 999 999 mais que dalle. Zéro sens de l'humour, la police. Ce téléphone doit recourir à l'empreinte digitale. Elle soulève son gros bras droit, déplie l'index boudiné et l'appuie fermement sur la touche d'allumage. L'écran s'anime.

La dernière chose qu'a regardée le flic, c'est une vidéo. L'image affichée montre un fouillis de vagues grises. Elle appuie sur la flèche blanche. Elle pousse aussitôt un cri et met sa main sur sa bouche. C'est son gamin. Le gamin sur la banquette arrière, qui essaie de respirer et de monter dans un bateau. Le voir vivant, même filmé, la choque au point qu'elle en a le vertige. Il est réel. Pas un cadavre, pas une obligation morale, mais un vrai garçon vivant.

Cherry étouffe de nouveau un cri d'incrédulité alors qu'une énorme chaussure s'abat par deux fois, la première fois sur la tempe du gamin puis carrément sur son visage. Sa tête part en arrière de façon atroce. Et il disparaît.

Elle s'accroupit, sonnée. Tout est clair maintenant. L'attitude étrange du jeune flic ce matin sur la plage, qui ne découvrait pas le cadavre pour la première fois mais le reconnaissait. L'agression subie par Michael. L'entêtement des deux flics à récupérer le corps. Ses entrailles se glacent alors qu'elle comprend de quoi il s'agit. Ce qui est en jeu dans les magouilles du flic au crâne rasé.

Elle s'apprête à ôter la carte SIM du téléphone, mais se dit alors qu'elle doit conserver la vidéo. C'est leur principal atout dans les négociations. L'envoyer à quelqu'un en qui elle a confiance avant de se débarrasser du portable. Elle compose en hâte le numéro de Michael et appuie sur Envoyer. La couverture réseau est pourrie ici. La barre bleue de progression avance comme des voitures à l'heure de pointe.

Dans un coin de sa tête, elle entend un crissement de pneus sur du gravier mais c'est un son trop banlieusard, trop lointain pour faire partie de la réalité. Elle ne réagit qu'en regardant au bout de l'allée qui mène à l'impasse du camping, en voyant les deux phares d'une voiture qui approche.

Elle panique. Elle se précipite vers la portière de sa voiture mais il n'y a aucune place pour passer à deux dans cette allée étroite. Elle fonce pour se mettre à l'abri dans la vieille cabane en bois, se planquer dans l'ombre, mais que faire si le flic la cherche partout ? Elle n'a rien pour se défendre. Les collines. Traverser les pierres de gué, le bosquet de chênes et grimper dans les collines. Elle peut encore distancer n'importe quel type. La nuit va être longue et froide, mais au moins elle sera vivante.

Elle fait un pas, deux pas vers la rivière. Puis elle sent une force brûlante et furieuse dans son dos, qui gronde et se dresse comme un volcan qui surgit d'entre les flots.

Le jeune flic se tient juste derrière elle.

*

JAKUBIAK

La sensation horrible de l'injection anesthésiante s'éternise. C'est comme de glisser sur une rampe dans une mer bleu-vert, gluante et huileuse, en tournant et cascadant sans pouvoir remuer une seule partie du corps, avec de la bouillie grasse dans la bouche et les narines. C'est comme un rêve horrible qu'il n'arrive pas à dissiper parce qu'il n'est pas tout à fait réveillé.

Il recule brutalement le siège conducteur le plus en arrière possible. Ces petites bagnoles sont vraiment pourries. Un cri de douleur et de peur assourdi retentit derrière lui. Il a balancé l'infirmière à côté du cadavre, le cadavre contre lequel il s'est réveillé tout à l'heure, avec une couverture rêche sur leurs têtes comme des amants pelotonnés sous une couette. Pour se venger, il lui a ligoté les bras et les pieds ensemble et lui a fourré le répugnant bâillon entre les dents. Elle va râler, mais il doute que quiconque lui prête attention quand ils la ramèneront au poste.

Il met le contact. Barratt contemple toujours le feu. Andy donne un coup de klaxon. Rien. Andy appuie plus longtemps. Il va demander à faire équipe avec un nouvel inspecteur divisionnaire à la seconde où ils seront rentrés.

Barratt se tourne et le regarde fixement. À la lueur du feu, il ressemble à un démon. Ses yeux sont enfoncés dans de profondes cavernes, son nez un promontoire brisé, et des ombres comme des cornes tremblent et se déplacent à la surface de son crâne rasé. Les entrailles du feu claquent et grondent derrière lui telle une bête tenue en laisse, crachant des étincelles cramoisies et orange. Il tend une main.

"Le carnet."

De quoi il parle ? Andy se frotte le poignet. Ce dernier est enflé et saigne là où les menottes l'ont entaillé, et il veut mettre au plus vite de l'alcool à 90 dessus. Allez savoir où ont traîné ces putains de menottes ? C'est la faute de Barratt. Il s'est même pas excusé quand il lui a ôté les menottes. A souri en les fourrant dans sa poche.

"Faut qu'on bouge, inspecteur. Qu'on la ramène et qu'on l'inculpe."

Barratt a toujours la main tendue.

"Passe-moi ton carnet."

Une fois de plus la colère explose dans la poitrine d'Andy. Tout est la faute de Barratt. L'infirmière l'a humilié, mais ce cauchemar ne serait jamais arrivé si Barratt ne l'avait pas… formé, se rend-il compte, soudain choqué. Ne l'avait pas enrôlé et manipulé. Il se demande pour la première fois s'il peut affronter son mentor. Il est plus jeune, plus en forme, plus musclé. Mais Barratt lui crèverait un œil, puis lui arracherait la trachée. Andy, lui, ne ferait pas ça. Et c'est toute la différence entre eux.

Il s'extirpe de la voiture ridiculement petite, dont le concepteur n'a jamais soulevé d'haltères de sa vie, et se dirige d'un pas traînant vers son chef pour voir ce qu'il raconte.

"Pourquoi vous voulez mon carnet ?

— Chef."

Putain, je vais t'éclater le menton si ça continue.

"Pourquoi vous voulez mon carnet, chef ?

— Quelques détails que je veux vérifier."

Une pause, et Jakubiak sort son carnet d'un air maussade. Barratt le feuillette lentement. Il s'arrête à la page qu'a remplie Andy sur la plage. Il lit le nom de l'infirmière qu'elle a elle-même inscrit en majuscules en haut de la page, puis se tourne vers elle.

CHERRY BRISTOW

Il y a son numéro de téléphone juste en dessous. Le portable, le boulot. L'adresse. Une personne méticuleuse. Risque pas d'oublier des choses.

"Je la connais.

— Et ?

— La nana de Robert Bristow.

— Qui ça ?

— Un Noir, un ex-policier municipal. Avant ton arrivée. Transféré ici, supportait pas qu'on le charrie. Un type réglo, droit dans ses bottes.

— Et donc ?

— Et donc, ça veut dire qu'elle aussi saura qui je suis."

Barratt et Cherry se dévisagent un long moment. Une sorte de compréhension tordue passe entre eux. Puis il déchire la page avec son nom dessus et la jette dans le feu. Pendant un moment la page résiste, miraculeusement intacte au cœur du brasier, puis disparaît dans une volute de fumée. Sur la banquette arrière, Cherry se cabre et donne des coups de pied. Elle comprend ce qui va se passer avant Andy.

"Va chercher les sacs.

— Quels sacs ?

— Dans mon coffre."

Perplexe, Jakubiak se rend à l'arrière de la voiture de Barratt. Dans le coffre, parmi des poids et des cordes, se trouvent deux robustes housses mortuaires en plastique noir.

Deux.

Il reste bouche bée une seconde puis referme brutalement le coffre.

"Hors de question, putain.

— On n'a pas le choix.

— Comment ça, on n'a pas le choix ?! Bien sûr qu'on a le choix, bordel !

— Un policier, Andy, doit être irréprochable. Nous sommes passibles de suspension, de mesures disciplinaires, de ragots et d'accusations. Nous sommes persécutés. On doit se protéger.

— On s'en fiche de ce qu'elle raconte sur nous ! Elle a volé un cadavre !

— On va nous calomnier. On va devoir se justifier.

— Vous avez des potes dans la police. On peut se faire aider…

— Tu penses, petit, et c'est exactement ce que je faisais avant, tu penses comme si ce pays était juste. Tu connais l'attitude des élites envers la police. Ils cherchent à faire un exemple avec des types comme nous pour prouver à quel point ils sont woke. Ils vont nous démolir dans les journaux avant même qu'on passe devant un conseil de discipline."

Un gros morceau de bois explose dans le brasier, une mitraille de poches d'air comme des coups de feu. Andy sursaute. Barratt reprend.

"Des gens disparaissent tout le temps, Andy. Ils disparaissent.

— Ouais, mais *j'y suis pour rien.*

— Pense à toutes ces petites croix dans les banques de données des personnes disparues. Des colonnes entières.

— Non.

— Elle se résumera à ça, une petite croix en plus.

— Non."

Barratt se penche en avant et pose une grosse main paternelle sur l'épaule d'Andy.

"Fais-moi confiance. Je suis là. Fais-moi confiance."

Et malgré tout ça, malgré les nombreuses fois où Barratt l'a entubé, Andy Jakubiak sent qu'il flanche de nouveau. L'envie impérieuse qui parfois s'émousse mais jamais ne disparaît, l'envie sourde d'un père, d'une grande présence rassurante qui sent l'après-rasage et la chaleur musquée et s'occupe de lui, lui ébouriffe les cheveux et l'emmène faire du foot, se déploie dans sa poitrine.

"Elle roulait trop vite. Elle a perdu les pédales. Vu ce qu'elle a fait, les gens goberont la chose.

— Pitié.

— Elle est tombée de la falaise, dans la mer. C'est facile à arranger."

Jakubiak recule et tape du pied comme un cheval effrayé mais il ne refuse pas. "Pitié, chef."

Supplier, c'est faire preuve de faiblesse. Barratt sait qu'il le tient. Sourire de crocodile.

"Sa caisse tombe de la falaise. Tous les deux font le grand plongeon. Les techs auront quoi comme scène de crime à se mettre sous la dent ? Que dalle. La marée a peut-être emporté les corps. Ou alors c'est une mise en scène, elle a refait sa vie en… Argentine. Pas notre problème, à ce stade."

Andy baisse la tête. Barratt prend ça pour un acquiescement. Il se penche davantage, plus sûr de lui que jamais, et murmure à son oreille.

"T'es un brave gars, Andy. Un putain de champion. Maintenant va chercher les sacs."

CHAPITRE 6

ABDI BILE

Abdi Bile se balance d'un pied sur l'autre, furieux. Il n'y a qu'un téléphone public pour toute la cellule. Ça fait quatre heures et demie qu'il attend son tour. Il y a encore deux types avant lui. Et le connard au téléphone parle depuis dix-huit minutes. Retour en cellule à dix-sept heures, et demain tout sera à recommencer, vu que les gardiens ne le laissent sortir que lorsque la file d'attente est trop longue.

Il a obtenu une carte téléphonique par un Yéménite illettré, en échange de quoi il a aidé ce dernier à remplir un nombre invraisemblable de formulaires nécessaires pour obtenir un "droit de séjour". En Somalie, quand ils vous enferment et vous tabassent, au moins ils ne vous obligent pas à remplir des formulaires après. C'est peut-être ce qui fait de l'Angleterre un pays développé.

07972 274398

Les gardiens le détestent depuis la révolte. Les jeunes ont occupé la cellule pendant une nuit entière et presque tout le lendemain. Ils n'ont pas réussi à défoncer la porte, sinon ils auraient saccagé toute la prison, ils l'auraient brûlée, rasée. Mais les rapports de force ont changé. Les détenus avaient les choses en main, aucun doute là-dessus. Les gardiens ont fini par capituler et un étrange silence a résonné dans la cellule, ponctué de temps à autre par un cri de victoire.

Ils étaient allés jusqu'à établir une liste d'exigences (le droit de demander un permis de séjour avant d'arriver en tête de liste) quand les membres de la section d'assaut ont débarqué. C'étaient des professionnels, pas des gros lards désorganisés comme les gardiens, mais un groupe cohérent. Des costauds avec casques et gilets renforcés, avançant le bouclier tendu comme une phalange romaine, écrasant les détenus contre les murs, les frappant sans pitié et piétinant ceux à terre avec leurs matraques et leurs grosses bottes, se vengeant férocement de l'humiliation subie par leurs collègues.

Mais Abdi avait déjà vu des types harnachés ainsi. Il a presque déjà tout vu, à l'âge avancé de dix-neuf ans, et il n'a pas eu peur.

Il passe une main le long de sa mâchoire enflée et sourit en repensant à la nuit où ils ont occupé la cellule. Ça valait le coup. Il serait prêt à se prendre autant de coups, juste pour éprouver ce sentiment de puissance, le frisson électrique de maîtriser la situation, de gueuler dans les couloirs dans des dizaines de langues et dialectes et idiomes que ON VOUS EMMERDE, on est les rois ici, on ne se laissera plus faire, on n'a pas peur de vous.

C'est la leçon qu'a retenue Abdi Bile de son odyssée : on est plus forts que les monstres.

07972 274398

Le connard au téléphone passe quinze bonnes secondes à faire des bruits de bisous débiles avant de raccrocher. À moins d'être hyper intime avec son avocat, il fait vraiment chier. C'est un téléphone pour obtenir de l'aide. C'est un téléphone pour les aider à sortir de ce merdier. Sinon, ça empêche juste d'autres types d'être libérés. Le gars suivant décroche. Magne-toi le cul, bordel.

07972 274398

Abdi Bile bouscule le connard du téléphone alors que ce dernier traverse le couloir, pas fort, juste assez pour que l'autre sache qu'il a exagéré. Un grand enfoiré maghrébin dégingandé au regard lent et à la bouche ouverte, algérien ou tunisien. Il y a ici d'immenses fossés géographiques, religieux et culturels. Des liens qui rapprochent et des haines qui séparent, des loyautés et des inimitiés qu'on ne peut pas transcender, certainement pas quand la seule chose en commun c'est une cellule de prison. Il ne doit rien à ce connard.

Le type heurte le mur du fond, regarde qui l'a poussé et baisse les poings vite fait. Abdi Bile s'est acquis une certaine réputation dans la prison. Arracher des toilettes et les brandir au-dessus de la tête lors de votre première nuit, ça vous pose un homme. Ça ne le gêne pas de jouer les brutes. Ici, on dort mieux quand les gens ont peur de vous.

Le grand gardien blond a vu l'altercation. Ça suffirait à le renvoyer dans sa cellule. Il s'avance d'un bon pas, comme un brave toutou vers sa gamelle – jusqu'à ce que les marques noires et rouges sur la mâchoire d'Abdi Bile l'arrêtent. Abdi lui jette un regard où se mêlent ennui et agressivité, un boxeur professionnel tolérant un combat en dessous de son niveau.

Danny Hodges observe ce visage cabossé et réfléchit. Faire preuve d'autorité est tout un art. Il s'agit moins de faire mal que de suggérer qu'on peut en faire. L'implication de la violence plus que l'acte lui-même. Les terreurs de l'imagination sont infinies. L'anticipation, c'est ça qui fait mal. Le coup de fouet, le coup dans le ventre, le choc électrique sont limités en comparaison. Bizarrement, c'est presque un soulagement. En conséquence de quoi, l'autorité est souvent diminuée par la violence, et non accrue par elle.

Le cerveau semi-reptilien de Danny Hodges ne se lance pas dans ces boucles paraboliques d'abstractions. Mais il sait que s'il frappe un petit gars coriace comme Abdi Bile et que le type lui rit au nez, c'est lui qui passera pour un con.

"Un problème ?"

Abdi le regarde fixement. Par quoi commencer ? "Pas de problème", dit-il en anglais.

Une longue pause, puis le blondinet à la con s'éloigne. Le type au téléphone raccroche et celui devant Abdi décroche. Il est le suivant.

07972 274398. 07972 274839. 07972 274833. Non, un instant…

Une panique aveugle s'empare de lui. Il s'est répété le numéro comme un *dua* depuis la nuit de la traversée. C'est la seule chose concrète dont il dispose. La nuit où les Blancs ont assassiné Omar et laissé leur petit radeau de bois aux griffes des immenses vagues, avant que le canot des sauveteurs surgisse soudain de l'obscurité et leur vienne en aide, ce numéro de téléphone était la seule chose qui empêchait Abdi Bile de devenir fou. La promesse qu'il a faite. Se rappeler le numéro qu'Omar lui a confié, et appeler Asha.

Elle pourra expliquer à la famille d'Omar ce qui lui est arrivé. Veiller à ce qu'il soit pleuré comme il faut, à ce qu'on ne l'oublie pas. Elle pourra même peut-être réussir à retrouver son corps. Asha vit dans ce pays depuis un bout de temps, elle a peut-être des relations, doit savoir comment ça marche ici.

Et puis, il veut qu'elle le fasse sortir de là. Asha est son seul contact dans ce pays, son unique lien même ténu avec l'avenir. Sans son aide, il risque de rester coincé ici pendant Dieu sait combien de temps. En tout cas jusqu'à ce qu'il ait de quoi soudoyer quelqu'un, et où est-ce qu'il trouverait de l'argent, et qui sait si les autorités ici sont assez honnêtes pour se laisser acheter ? Ce n'est pas l'impression qu'il a, du moins pas à en croire ses semblables.

Quand on lit les journaux, on a l'impression qu'il faut être riche en Angleterre pour avoir le droit de soudoyer quelqu'un, et c'est alors encouragé, même obligatoire. La corruption devrait être ouverte à tous comme c'est le cas chez lui, c'est le seul système équitable. Les premières impressions qu'a Abdi Bile de l'Angleterre ne sont pas hyper positives, même s'il essaie de les ignorer provisoirement jusqu'à ce qu'il se retrouve dans un environnement plus bienveillant.

Aussi, quand il parlera à Asha, il lui dira qu'il ne peut lui révéler ce qui s'est passé qu'en personne. Puis, quand elle viendra ici, il jouera sur sa compassion et verra ce qu'elle peut faire pour lui. Abdi est un peu gêné d'agir ainsi. Il sait que c'est de la manipulation et que ça va la bouleverser. Mais il est tout seul ici, dans un vaste océan à la con. Il a besoin de toute l'aide disponible pour ne pas couler.

Il retourne son poignet, pour lire le numéro qu'il a griffonné au stylo-bille, mais bien sûr ils ont eu enfin droit hier à leur première douche. Plus qu'une traînée d'encre. Il prend une profonde respiration. C'est là-dedans. Allez, sors, putain. Le numéro est là-dedans. Dans sa tête. Il doit juste se calmer et le laisser venir à lui.

07972 427398. Non, 274. 07972 274398. C'est ça. C'est tout à fait ça.

Il jette un œil à l'horloge murale. Il reste quatre minutes et trente secondes. Il envisage une fois de plus l'option du portable qu'un groupe d'Afghans a fait rentrer en douce dans la cellule, mais il est sûr que le chef de la bande est un mouchard, et en plus allez savoir le prix qu'il exigera.

Il pose sa grosse main sur l'épaule du type au téléphone, Kerim, un Kurde chaleureux mais un peu bas du front.

"Habibi."

C'est une infraction majeure au protocole téléphonique. Kerim lui jette un regard agacé et reprend sa conversation.

"HABIBI."

Kerim est en colère à présent. Il s'apprête à parler.

"C'est pour Omar."

Ils ont tous entendu le récit. Et même s'ils sont nombreux à avoir des récits assez semblables, celui-ci leur est resté en travers de la gorge. Ils ne s'attendaient pas exactement à ce qu'on leur déroule le tapis rouge quand ils sont partis pour l'Angleterre. Mais ils ne s'attendaient pas non plus à se faire assassiner par la police.

Kerim réfléchit, hoche la tête, marmonne quelques mots d'explication dans le combiné puis raccroche. Abdi Bile serre son épaule et le remercie du regard.

Il décroche le combiné, le plastique rendu glissant par la sueur des autres types et le micro rendu fétide par l'haleine des autres types, le maintient légèrement à distance de son visage et compose le numéro.

DEUXIÈME PARTIE

Le deuxième enterrement

CHAPITRE 7

CHERRY

Cinq pas. Tout le monde peut faire cinq pas.

Un. Deux. Au troisième, la douleur vrille son épaule. Au quatrième, elle glisse sur du sang et manque tomber. Elle fait un cinquième pas en titubant et s'accroupit, les tendons des genoux en feu, en maintenant debout sa charge à deux mains. Si elle le lâche, elle ne pourra plus jamais le soulever.

Les râles dans ses poumons diminuent. Elle se reprend. Encore cinq pas. Un. Deux…

*

MATT

La sonnette retentit et la porte s'ouvre brutalement, un coup de vent fait s'envoler des prospectus pour un ballet aérien annulé des années plus tôt après que le pilote s'est écrasé parmi les spectateurs en un piqué tourbillonnant. Il est 3 h 43 à l'horloge.

L'A27 émet par moments une plainte triste et distante, comme celle d'un chien abandonné.

Matt, grand, mince, cheveux plats et secs, lunettes à monture noire, lève les yeux de son livre. Personne ne vient à cette heure. Personne ne vient jamais, pas depuis qu'ils ont annulé le ballet aérien.

Une blonde d'âge moyen, vraiment canon dans son genre (Matt essaie de ne pas taper "MILF" sur Google plus de trois fois par semaine parce que c'est de l'âgisme et que ça colle pas trop avec ses principes féministes), soutient un type beaucoup plus jeune. Ils avancent en titubant vers lui. Elle maintient le type sur son épaule en grimaçant un peu, désigne d'un mouvement de tête la rangée intacte de numéros en bois avec des clés attachées et sourit à Matt sans dévoiler ses dents.

"Une chambre avec deux lits, s'il vous plaît."

Il ne bouge pas, stupéfait par l'intrusion soudaine de l'étrange.

"Si c'est possible."

Ils se regardent un moment jusqu'à ce qu'elle comprenne qu'une petite explication est probablement nécessaire.

"La nuit a été longue.

— Ah bon ?

— Un anniv bien arrosé. Vous savez ce que c'est."

Matt ne la regarde pas. Il observe le filet de sang qui progresse sur le lino dans sa direction, tel un chien rouge qui renifle, tout excité, un nouveau territoire. Elle suit son regard. Le sang commence à s'amasser au pied de la réception. Ils le regardent tous les deux former une flaque. L'homme qui saigne marmonne quelque chose d'incompréhensible.

Matt mâchouille ses cheveux comme si ses mèches étaient un khat magique qui allait lui apporter la révélation. Il regarde la MILF canon. Il devrait appeler la police. Au lieu de ça, il tend une main derrière son épaule et s'empare d'une des nombreuses clés inutilisées.

"Une chambre à deux lits, c'est bien ça ?"

Il réveille l'antique ordinateur.

Cette fois-ci, elle laisse voir ses dents. De belles dents.

"Oui, s'il vous plaît.

— Noms ?

— Hein ?

— Il me faut vos noms."

La femme ne répond pas. Elle regarde autour d'elle. Derrière Matt il y a une étagère avec des produits ménagers poussiéreux, des articles d'urgence pour les voyageurs mal préparés. TCP. Ketchup Heinz. Moutarde Colman.

"Brandon Pickle."

Les doigts de Matt se figent sur le clavier, ses sourcils sont perdus dans la futaie hirsute de ses cheveux. Sa voix monte d'une demi-octave malgré lui.

"Brandon Pickle ?

— Exact.

— Bien." Les doigts tapent rapidement, sceptiques. "Et vous êtes ?"

La femme parcourt de nouveau l'étagère du regard, se pose sur des pastilles désinfectantes.

"Mrs Milton. Comme le poète."

*

CHERRY

Le policier est étendu sur le lit, déchaussé, plusieurs serviettes glissées sous lui pour absorber le sang. Elle défait sa chemise, ôte sa ceinture et son pantalon en professionnelle aguerrie et les jette dans un coin. Elle examine sa tête. Il y a des entailles et des lambeaux de peau détachés mais le crâne est intact. Elle passe à la suite.

La plaie laissée par le couteau, davantage une profonde entaille, commence juste sous les côtes et descend en un long croissant irrégulier le long du ventre jusque dans le quadriceps. La bonne nouvelle, c'est que ça a l'air relativement superficiel et que l'artère fémorale n'a pas été touchée, sans quoi ils seraient vraiment dans la merde.

Elle examine le point d'entrée, en écartant les lèvres de la plaie et en dégageant le sang avec la main. Ce dernier éclabousse le mur en une élégante virgule. De quoi faire jaser le personnel chargé du ménage. Si tant est que des gens fassent ici le ménage, ce qui ne semble guère le cas.

Elle a raison. Pas de signes de perforation des organes internes. En fait c'est tout juste si elle les distingue. La lame a traversé la couche blanc cassé et trouble du gras sous-cutané et s'est enfoncée dans les muscles surdéveloppés. Il aura du mal à faire des abdos et, s'il a des velléités de marathon, il devra y réfléchir à deux fois, mais il n'a pas besoin d'aller à l'hôpital. S'ils arrivent à éviter l'infection. Et c'est là que commencent les problèmes.

Bien que peu profonde, la plaie est béante et va être très difficile à refermer. Les muscles des mecs qui font de la gonflette sont si proches de la surface qu'ils étirent la peau, et donc quand celle-ci est entaillée elle s'enroule sur elle-même comme un store bon marché. Le cauchemar un samedi soir. Il faut au moins deux infirmières pour recoudre un monsieur muscles qui s'est fait planter, en fonction de la dose de créatine et de protéine en poudre qu'il s'est enfilée.

Cherry regarde autour d'elle. Il va lui falloir un porte-aiguille, une pince à dissection, un genre d'anesthésiant… et de l'aide.

Un seul endroit où aller.

*

MATT

"Tu as de l'alcool ?"

La MILF canon est de retour. Matt lève vite les yeux de son téléphone qu'il repose brutalement sur le bureau. Il a carrément épuisé son quota de recherches sur internet.

"Euh, vous voulez quoi ?"

Les belles dents réapparaissent. "Tu as quoi ?"

Matt va dans le fond, farfouille un moment, revient avec une grosse poignée de mignonnettes poussiéreuses. Il les agite devant elle avec un sourire triomphal mais timide.

"Parfait." Elle lui fait un clin d'œil. "Ça te dit de monter ?"

L'évaporation soudaine et totale de la salive dans la bouche de Matt devrait être étudiée par des ingénieurs spécialisés dans la prévention des inondations.

"Si deux c'est pas trop pour toi, bien sûr."

Matt se gifle une oreille comme s'il avait mal entendu. Sa gorge est plus sèche que l'Ouest américain. Finalement, il émet un toussotement rêche valant acquiescement, davantage un geste qu'un mot.

"Génial. Il me faut encore une ou deux petites choses.

— Tout ce que…" Matt s'efforce de retrouver sa voix normale. "Tout ce que vous voulez.

— Une grosse aiguille et du fil, genre une aiguille de fabricant de voiles si tu as un trousseau. Aussi des pinces à épiler. Et des pinces à bouts pointus, idéalement.

— Quoi ?"

Les yeux de Cherry s'allument comme si elle venait de voir l'amour de sa vie passer les portes d'un restaurant chic un bouquet de fleurs à la main.

"Et ça."

Elle tend la main et s'empare de l'énorme agrafeuse qui trônait sur le bureau, enfonce d'un coup sec la partie supérieure dans le bois pour la tester et hoche la tête, satisfaite. Elle lève les yeux et regarde l'employé on ne peut plus perplexe.

"Il y a une bouilloire dans la chambre, exact ?

— Euhhh oui ?

— Alors viens. Oh, encore une chose : le sang te dérange pas ?"

*

Un peu, en fait. Écœuré, Matt détourne la tête de la plaie béante. Ce n'est pas comme ça qu'il envisageait la suite de la soirée. Pour commencer, c'est au-dessus de l'entrejambe du type qu'il est penché. La femme bien conservée mais de toute évidence folle dévisse les bouchons des mignonnettes. Les trucs qu'elle a demandés baignent dans de l'eau bouillante dans le lavabo. Elle lui tend plusieurs petites bouteilles de Baileys ouvertes.

"Siffles-en une."

Matt ne se fait pas prier.

"Puis file-lui le reste."

Elle répond à son regard perplexe par un air atterré.

"On met pas du Baileys dans une plaie béante, t'es fou ou quoi ? Y a du lait dedans."

Matt n'a pas d'argument à opposer à ça. Il en siffle une seconde, la vide complètement, avant de verser le contenu d'une troisième dans la bouche baveuse du type. Celui-ci s'étrangle et recrache tout.

La MILF terrifiante le regarde comme s'il était un débile profond. Elle fait décanter des mignonnettes de Jack Daniel's dans une grande tasse.

"Pince son nez.

— Hein ?

— Pince son nez, allez, dit-elle avec l'impatience de quelqu'un expliquant pour la centième fois un tour de cartes à un type particulièrement bouché. Ça l'obligera à avaler."

Matt obtempère, et le type avale.

"Encore deux, dit Cherry. Y a pas mieux comme anesthésiant."

Matt la regarde, connaissant déjà la réponse mais la redoutant.

"Qu'est-ce qu'on, euh, qu'est-ce qu'on fait exactement ?

— Je vais le recoudre", dit-elle tout net, les mains dans le lavabo. Elle se retourne. Elle tient un fil et les deux sortes de pinces. "Tu t'es lavé les mains, hein ?"

Matt acquiesce. Elle lui file la pince à épiler.

"Voilà comment ça marche. Tu maintiens la plaie fermée avec ça. Veille à ce que les deux bords soient bien alignés ; du mieux que tu peux. J'enfonce l'aiguille d'un côté, bam, et le plus loin possible dans l'autre. Il y a des chances pour qu'elle reste coincée à mi-chemin, vu que la chair est très dense, aussi je vais attraper l'autre extrémité avec ça", elle agite gaiement la pince à bout pointu, "et tirer fort. Puis on fera un nœud et le tour est joué. On appelle ça « le premier lancer ». On rince et on recommence l'opération. Plutôt simple, en fait, même si un flacon de lidocaïne et un set de suture nous faciliteraient la vie. Des questions ?"

La boule de bile logée fermement à l'arrière de la gorge de Matt empêche toute communication verbale, mais son regard se porte sur l'énorme agrafeuse qui trône, menaçante, sur la table de chevet. La MILF terrifiante hausse légèrement les épaules, comme s'il venait de pinter une contradiction.

"Ouais, bon. C'est là qu'on doit un peu sortir des sentiers battus."

Oh, c'est maintenant qu'on va sortir des sentiers battus. C'est bien de le savoir.

"La plaie est beaucoup trop large. La peau a commencé à s'enrouler sur elle-même. Tu vois comme elle s'est rabattue dessous ?"

Matt voit, et le déplore amplement. La serviette sous les hanches du type est un vrai marécage. Des tentacules rouges rampent au bord du matelas et glissent vers le sol.

“Il est impossible de maintenir une plaie fermée sans pince anatomique. Donc, avant de commencer, tu vas presser les bords l’un contre l’autre avec les doigts et je vais les agrafer ensemble…”

Elle attend poliment que Matt n’ait plus de haut-le-cœur et se soit essuyé la bouche, puis reprend.

“Tout va bien. Bon, c’est pas l’idéal, mais on a pas vraiment d’autres options. Si je fais du bon boulot, on devrait pouvoir les enlever plus tard. Je te laisserai le faire, si t’es sage.”

Elle sourit. Pour une folle, elle a vraiment de belles dents.

“Avant qu’on s’y mette, tu dois faire un truc. Sans doute le plus important.”

Matt n’ose pas demander quoi. Elle reprend.

“Maintiens-le. De toutes tes forces.”

Et là-dessus, elle prend la tasse de Jack Daniel’s et la verse dans la fente de la plaie ouverte.

*

JAKUBIAK

Le chœur matinal des oiseaux l’arrache à des rêves pénibles. D’étranges et sombres visions de marées noires, soutenues puis terminées par le chant doux et flûté des oiseaux. Le soleil couleur primevère des premières fleurs derrière la vitre.

Il ne sait pas où il est. Une petite pièce miteuse, des traînées de sang et de crasse profanant la superbe lumière. La douleur palpite en lui. Il ne se rappelle pas s’être endormi.

L'infirmière se tient le dos au mur, les bras croisés. Quelque chose dans son attitude suggère qu'elle l'observe depuis un bout de temps. Un rayon de soleil les sépare. Enfin elle parle.

"Bonjour."

Andy ne dit rien.

"Nous devrions peut-être nous présenter dans les règles, cette fois. Je m'appelle Cherry."

Il essaie de se redresser pour voir d'où vient le tiraillement dans son ventre. Un spasme électrique lui fait partir la tête en arrière, déclenche une douleur palpitante dans son crâne. Il gémit et essaie de trouver une position qui ne soit pas trop inconfortable.

"Tu vas sans doute vouloir savoir ce qui s'est passé hier soir, Andy, dit-elle. Désolée, j'ai regardé dans ton portefeuille. Ça se prononce Jake-oubiok ? Chouette nom. Ça vient d'où ?"

Il lui lance un regard noir, toujours plié en deux par la douleur. Elle saisit le drap de lit dont elle a recouvert son torse. Instinctivement, il tressaille, vulnérable. Elle tire doucement sur le drap.

"Regarde. Doucement, hein."

Il se détend lentement, prudemment, un bernard-l'hermite sortant de sa coquille. Une jolie échelle de points de suture part de sa cage thoracique et descend jusqu'au milieu de sa cuisse.

"C'est moi qui ai fait ça, dit-elle avec une pointe de fierté. En me faisant un peu aider."

Il parle enfin, sa voix résonne comme un gond rouillé. "Je t'avais ligotée.

— Heureusement que t'es pas le roi des nœuds.

— Je sais très bien les faire.

— Les faits disent le contraire.

— C'est quoi ce truc ? Une agrafe ?

— Oh, mais c'est gentil, ça. « Merci, Cherry, de t'être si bien occupée de moi. » Apparemment, oui, c'est une agrafe. On les a presque toutes enlevées. Matt a fini par trouver du désinfectant sous le lavabo, donc ça devrait au moins être propre."

Elle s'écarte du mur et se redresse.

"Bon. Ayant assisté à l'hôpital à des tas de réunions horriblement ennuyeuses que je ne souhaiterais à personne sauf au ministre de la Santé, j'ai appris à aller à l'essentiel, à savoir que je t'ai sauvé la vie. L'autre point important, c'est que toi aussi tu m'as sauvé la vie, ce qui potentiellement nous fournit une sorte de base à partir de laquelle travailler. Quelques points à éclaircir, tout d'abord. Des questions pour l'instant ?

— Où est-ce qu'on est, putain ?

— Un motel près de l'A27. Particulièrement miteux.

— Qu'est-ce qui s'est passé ?

— C'est quoi la dernière chose dont tu te souviens ?

— Avoir assommé Barratt.

— Ouais, pas suffisamment, cela dit. Il allait me tuer, pas vrai ? C'est à ce sujet que vous vous disputiez tous les deux ?" Andy acquiesce légèrement et le regrette. "Bon, du coup on est deux. Après que tu l'as frappé en traître…

— Je ne l'ai pas frappé en traître.

— Il t'a tourné le dos, tu l'as frappé. Le coup bas par excellence. Je ne juge pas. Il t'aurait arraché la trachée avec les dents si tu ne l'avais pas fait."

Andy la regarde fixement. Comment sait-elle ce genre de choses ?

“J’ignore ce que tu comptais faire après. Me ramener au commissariat, je suppose. J’ai réussi entre-temps à me libérer et je me suis demandé si je devais tenter de fuir quand il t’a frappé à la tête avec une pierre.”

Les doigts d’Andy tâtent l’arrière de son crâne.

“J’ai soigné ça aussi, t’inquiète.”

Il sent quelques sutures, mais pas d’agrafes.

“Il a un sacré couteau, pas vrai ?

— Un *kukri*.

— Un quoi ?

— Un couteau de combat japonais. Qu’il a commandé. Livré depuis le Japon.

— Eh bien, ça me semble le pays idéal pour commander un couteau de combat japonais. Tu t’en es bien sorti. Tu t’es relevé et tu t’es interposé entre la voiture et lui. Je crois que tu as essayé de me protéger. Un bon point pour toi, Andy. Et donc il a sorti son grand couteau japonais de sa chaussette et t’es tombé dessus. Il est complètement taré ou quoi ?

— C’est les stéroïdes.

— Pourquoi il est toujours en fonction ?

— C’est un bon policier.

— Ça en dit tellement plus long que ce que tu crois.

— Tu l’as frappé ? Avant qu’il…” Il mime le geste de quelqu’un donnant un coup de couteau.

“Pas tant avant que pendant. Désolée. J’ai d’abord dû prendre la pierre.”

Il glisse une main sur son abdomen et assimile ce qu’elle vient de lui dire. La mort, frôlée de justesse. L’ampleur exacte de la trahison de Barratt. La flamme du ressentiment brûle en lui de façon infernale.

Ses doigts caressent les points de suture. Des décharges électriques de douleur à chaque contact, mais également apaisantes de par leur régularité, la netteté de leur précision, le soin qu'elles incarnent.

"Merci.

— Y a pas de quoi."

Une pause. "C'est Jak-oubiak, dit-il. C'est polonais."

Elle acquiesce d'un air songeur. "Intéressant. Bon à savoir. Donc, Andy Jakubiak. Une autre question." Son visage s'assombrit soudain. "C'est quoi, cette vidéo, putain ?"

*

BARRATT

Freddie Barratt se redresse lentement après avoir examiné les traces de pneus, les membres raides et craquant comme les braises du feu devant lui. Il s'est réveillé gelé, aussi gris que les cendres, et entre le froid qui s'est emparé de son corps et la douleur fulgurante dans son crâne, il se déplace un peu plus maladroitement que d'habitude. Mais il est en train de recoller les morceaux un à un, et la soif de vengeance bouillonne sous sa peau.

Les téléphones cassés ne lui apprennent rien, sinon que quelqu'un a pris ses précautions. Les traînées de sang autour des traces de pneus sont nettement plus instructives. À l'endroit d'où est partie la voiture, il n'y a pas de sang du côté conducteur et pas mal de taches rouges côté passager. Ce qui signifie *a)* qu'elle conduit et *b)* qu'il a blessé Andy, mais difficile de dire à quel point, et impossible de savoir s'il est parti avec elle de son plein gré ou contraint.

Il se rappelle avoir attaqué son collègue à l'arme blanche. Ce qui fait office de honte dans l'âme de Freddie Barratt lui colore les joues. Et merde, Freddie. Il y a des limites. Il jettera l'Anadrol à la poubelle quand il sera rentré chez lui, promis.

Mais la question juste avant c'est : Où est-ce qu'elle va ?

Retrouver son mari, très certainement. Mais avec un cadavre ? Plus un policier blessé ? Le mari ne va pas apprécier, c'est sûr. Pas Robert, monsieur droit-dans-ses-bottes. À l'hôpital, alors, voir son connard de pote de la morgue. Mais c'est un lâche, il ne la laissera pas lui attirer davantage d'emmerdes. Et elle doit savoir que ce sont les deux premiers endroits où Freddie cherchera.

Donc où est-ce qu'elle va ? Il pourrait commencer par faire le tour des hôtels dans un rayon donné, mais elle a peut-être des amis dans le coin. Inutile de courir dans tous les sens pour rien. C'est quoi la bonne tactique, là, Freddie ? Que ferait un gros malin dans cette situation ?

Freddie Barratt contemple les vestiges du feu de la veille : il gamberge jusqu'à ce qu'il trouve la réponse.

Un gros malin se rendrait au commissariat. Déposerait une plainte. Prendrait les devants.

Il existe des protocoles très précis quand un policier ne se présente pas au travail. C'est un boulot stressant, et de plus en plus épuisant ces derniers temps du point de vue de Barratt. Les coupes budgétaires, le matos qui part en morceaux, les salaires gelés, les collègues qui se font sacquer et les heures sup. Le taux de suicide dans la police est si élevé que si un policier ne se présente pas au boulot, on pense tout de suite à une tentative de suicide.

Il y a des chances pour qu'Andy Jakubiak n'aille pas travailler ce matin. Et si Andy ne se pointe pas, alors l'alarme sera donnée. On l'appellera au téléphone. Sur sa radio. Quand personne ne répondra, on se rendra chez lui. Si personne n'ouvre, ils forceront la porte, comme ils l'ont fait trop tard pour ce pauvre Nigel Clayborn après que sa femme l'a quitté. Et ils déclareront Andy disparu et commenceront les recherches.

Et qui sera, bien sûr, chargé de diriger les recherches, de s'en occuper sérieusement, en gardant la tête froide, avec toutes les ressources mises à sa disposition par la police de son pays ? Qui sinon le fidèle partenaire et mentor d'Andy Jakubiak, Freddie Barratt. Et voilà pourquoi, Freddie, tu es un gros malin.

Barratt sort les clés de sa poche et monte dans la voiture, en saluant bien bas son propre génie.

*

JAKUBIAK

Il essaie de feindre l'ignorance mais il lui suffit de voir son visage pour comprendre que c'est une perte de temps. Il gamberge, tergiverse, essaie de trouver une façon de ne pas noircir plus le tableau. Il renonce, se laisse retomber sur le lit.

"C'est une mission de dissuasion." Il regarde le plafond, pas elle.

“Mon cul, oui.

— On est juste censés les renvoyer d'où ils viennent.

— Mon cul.

— C'est jamais censé se terminer comme ça. Je savais pas qu'il allait faire ça. Je le jure.

— Tu croyais qu'il se passerait quoi ? Qu'ils allaient vous serrer la main et repartir ? Merde alors, t'es débile ?

— J'ai pas réfléchi.

— Sans déc.

— Juste qu'ils auraient peur, peut-être.

— Ils ont croisé bien pire que toi, mon chou. Qui t'a donné le droit de décider du sort d'un autre être humain ? Qui t'a confié la vie d'autrui ?

— C'est aussi mon pays.”

Elle émet un grognement méprisant et crache entre ses lèvres pincées.

“Non, c'est pas ton pays. Putain, non. C'est pas ton pays et c'est pas mon pays non plus, et la raison principale c'est que des petits minables à la con dans ton genre se font manipuler.

— Je voulais juste…

— Tu voulais juste quoi ?

— Je voulais juste… je voulais faire quelque chose. Avoir voix au chapitre. Sur ce qui se passe chez moi.

— Combien de « missions de dissuasion » tu as menées, Andy, au juste ?”

Une pause, puis ses épaules s'affaissent et il soupire profondément. “C'était ma première.”

Elle rit. “Ta première. Ben voyons. Et t'as pas l'impression de t'être fait avoir, ducon ?”

Il regarde le paraphe élégant de son sang sur le mur, une sorte d'étrange aveu écrit à la main, et ne dit rien.

"Bon, c'est une bonne chose que t'aies été là, finalement. Parce que cette vidéo va permettre de l'envoyer en prison."

Il se redresse aussitôt sur les deux coudes, en grimaçant.

"Tu l'as ?"

Elle regarde par la fenêtre, son visage éclairé par une lumière vive venant aussi bien d'elle que de l'extérieur.

"Bien sûr que je l'ai.

— Où ça ?

— T'occupe. Quelque part en lieu sûr. Entre de bonnes mains."

Une vague de panique le submerge. Si cette vidéo sort, devient virale, il sera dans la même galère que Barratt. Il essaie de s'extirper du matelas. L'infirmière le rallonge sèchement. Puis elle s'assoit au bout du lit et croise les jambes d'un air déterminé.

"Selon moi, Andy, vu que j'ai eu le temps de réfléchir pendant que tu prenais un peu de sommeil réparateur, on a deux options. L'option numéro un c'est que je t'assomme avec ça."

Elle sort la dernière ampoule de Largactil de sa poche et la retourne entre ses doigts. Un liquide épais et gras d'un vert tirant sur le gris tournoie dans son esprit. Il tressaille.

"Fais pas cette tête, petit. Y a pire. Tu as vu *Misery* ? Le film avec Kathy Bates ?"

L'expression sur son visage et la façon dont il se cabre et rétracte instinctivement ses pieds loin d'elle suggère que c'est le cas.

"Je savais pas qu'il allait faire ça, je le *jure*."

Elle se masse la nuque d'un air détaché et détourne le regard.

“On avait une chatte avant, qu’on appelait « Catty Bates » parce qu’elle nous griffait chaque fois qu’on essayait de sortir. Très possessive. Estime-toi heureux d’avoir droit au Largactil.”

Une pause. Elle le regarde et sourit. La perspective d’une manœuvre drastique s’estompe légèrement.

“Bref. L’option numéro un me laisserait cinq à six heures d’avance. Mais ça ne me tente pas trop. Tu sais pourquoi ça ne me tente pas trop ?”

Il ne répond pas.

“Ça ne me tente pas trop parce que tu m’arrêteras. Tu connais ma voiture, tu connais mon nom, tu connais des moyens de retrouver les gens que j’ignore. Tu finiras par m’arrêter. Ce qui nous amène à l’option numéro deux.”

Elle sort la photo plastifiée et la lui présente.

“Je vais aller rendre ce garçon à cette fille. Je vais m’assurer qu’il ait ce qu’il lui faut, à savoir un enterrement dans les règles auprès des siens. C’est ce que je dois faire, et je compte le faire, Dieu m’en est témoin.”

La colère dans sa voix pourrait faire fondre de l’acier.

“Et tu vas m’aider. Tu connais les ficelles du métier. Tu sais où sont les caméras et tout ça. Tu vas m’aider à le faire.

— Pourquoi je ferais ça ?

— Pour rattraper ce que tu as fait. Parce que je crois que tu es quelqu’un de bien, au fond.

— « Au fond » ? Merci.

— Et parce que je peux leur expliquer ce qui s’est vraiment passé. Et leur dire que tu n’y es pour rien. On t’a entraîné là-dedans. C’est la faute uniquement de l’autre enfoiré, si tu me passes l’expression.

— C'est un enfoiré.

— Emmène-moi jusqu'à la fille, et je te sortirai d'affaire. C'est ta parole et la mienne contre la sienne. Mais essaie de m'entuber et tu seras inculpé pour homicide volontaire, au mieux."

Tout l'air quitte soudain son corps, il retombe sur le matelas et fixe de nouveau les spirales de poussière agglomérée et de toiles d'araignées qui décorent le plafond.

"Réfléchis bien, dit-elle gaiement. C'est à toi de choisir. Mais n'y passe pas des plombes. Je crève la dalle."

CHAPITRE 8

ASHA

“Assieds-toi.”

Khadija se tient devant elle, son visage marqué accentue son air maussade habituel, à quelques centimètres d’elle dans l’espace confiné entre leurs deux lits étroits. Asha a plus qu’un peu peur de Khadija. Khadija est grande, anguleuse, terriblement revêche. Les types qui bossent en cuisine l’appellent Dent de Tigre, mais pas devant elle. Au cours de tous ces mois qu’elles ont passés à déboucher des toilettes ensemble, gratter la crasse et la graisse des fours et des assiettes côte à côte, dormir à un mètre de distance, Asha ne l’a jamais vue sourire. Des rumeurs courent sur la façon dont Khadija a réuni l’argent pour son passage, des rumeurs qu’Asha a du mal à croire à moins que les gens aiment se faire peur, et qu’elle n’a aucune envie que Dent de Tigre lui confirme, préférant son visage sous son aspect actuel.

“Assieds-toi”, répète Khadija d’un ton menaçant.

Asha s’assoit, en heurtant presque les genoux de la grande fille et en s’excusant vaguement. Khadija ne s’assoit pas. Elle toise Asha pendant un long moment.

“J’ai parlé à Zelalem, dit-elle enfin.

— Khadi, non !” Asha essaie de se lever mais Khadija la rassoit fermement. “T’avais promis !”

Khadija l’a surprise la veille au soir en train de sangloter sur son lit. Le stress né de la consultation incessante de son téléphone pendant des jours, la tension qui lui noue le ventre et s’intensifie avec le temps, et toujours pas de nouvelles d’Omar – et enfin le coup de fil inattendu d’un type qu’elle n’a jamais rencontré, passé depuis un endroit plein de bruits effrayants avec des grilles métalliques qui claquent et des cris d’hommes, lui annonçant qu’il a des nouvelles mais ne lui parlerait qu’en personne et qu’elle doit venir le voir dans cet endroit plein de bruits effrayants situé dans une région qu’elle ne connaît pas, très loin d’ici. Tout ça était trop.

Pour une personne vivant illégalement à des milliers de kilomètres de chez elle, Asha a une expérience limitée de la vie. Elle n’a que dix-sept ans. Jusqu’à l’an dernier, son père lui tenait la bride haute, la séparant des garçons et la confinant à la maison la plupart du temps, son flirt avec Omar se déroulant dans la plus grande discrétion et le plus grand secret. C’était le garçon qui leur livrait le pain et le lait caillé. Très vite, il s’est pointé même les jours où il n’y avait pas de pain à livrer, un oreiller fourré dans son sac pour berner le gardien posté à la grille. Ils se retrouvaient dans l’escalier à l’arrière de la maison, se touchant à peine, le cœur enflammé.

Puis le frère aîné d’Asha est mort, et avec lui a disparu l’argent qu’il envoyait à contrecœur au père d’Asha, le tribut versé par le vaincu au vainqueur, et soudain tout a changé. Asha a été mise dans un avion avec un faux passeport et un vrai visa étudiant. Son père est un bureaucrate quelque part dans les entrailles du gouvernement, il a donc accès à ce genre de choses. "Les Anglais vendront n'importe quoi à n'importe qui, tout le monde sait ça, la rassura-t-il quand elle lui demanda si son plan allait marcher. Tout va bien se passer. En plus, ils sont toujours en grève en ce moment, personne ne te posera de questions."

Asha était tellement excitée dans l'avion qu'elle tenait à peine en place sur son siège. La patrie d'Harry Potter et de la reine (paix à son âme !). Et bien sûr, à son arrivée, le personnel des douanes était sur les nerfs et trop débordé pour contrôler correctement ses papiers. Zelalem, le propriétaire du restaurant où elle allait travailler, gros et gras avec des mains baladeuses, l'attendait de l'autre côté.

Malgré des horaires épuisants et une sorte de placard qu'elle partageait avec Khadija, plus le fait que l'argent qu'elle gagne va directement à son père, elle reste enthousiaste. Elle adore les nouveautés, les particularités : l'accent rauque et dansant des jeunes Londoniennes, la mise négligée et frimeuse des jeunes Londoniens, les pièges linguistiques, le fait que "je verrai ce que je peux faire" et "ça se peut" signifient tous les deux "non".

C'est tellement vivant comparé à son existence abrutissante d'avant. Dent de Tigre bougonne devant la naïveté d'Asha, elle la met en garde, lui dit qu'elle verra les choses autrement d'ici quelques années, mais Khadija n'a pas connu la maison suffocante de son père et de toute façon Omar va la rejoindre et ils pourront vivre ensemble et tout ça fait partie d'une aventure incroyable.

Mais Omar n'est pas là, et au lieu de ça cet étrange garçon a appelé. "Abdi Bile." Ça ne peut pas être de bonnes nouvelles. Les bonnes nouvelles, on les annonce tout de suite. La peur rampe dans ses entrailles, et l'horreur face à ce qui a pu arriver à Omar, et du ressentiment envers ce garçon en prison qui joue sur sa souffrance. Du moins, les bruits étaient ceux d'une prison, d'un "centre d'accueil" situé loin de Londres sur la côte sud.

Comment pourrait-elle se rendre là-bas ? Elle n'a pas d'argent. Elle a son faux passeport mais le visa a expiré. C'est tout juste si elle est sortie du petit dédale de ruelles où elle vit et travaille. Zelalem ne la laissera pas partir. Il dit que ça augmente les risques d'une descente des services de l'Immigration, avec la police qui débarque de nuit et vous fait disparaître dans une obscurité administrative où personne ne vous trouvera. Et il ne lui laissera pas prendre de congé, hors de question.

Elle a eu l'imprudence de confier tout ça à Dent de Tigre lors d'une crise de larmes et lui a arraché la promesse en retour de ne pas en parler à leur patron. Et voilà que Khadija l'a trahie.

"Il va le dire à mon père !

— Il ne le dira pas à ton père.

— Comment tu le sais ?

— Parce que je lui ai dit que s'il en parlait à ton père, je lui couperais son pénis avec un couteau de cuisine et le lui enfoncerais dans une de ses narines. Sa bite est assez petite pour y tenir, dit Khadija, du ton neutre d'une femme confirmant qu'elle a envoyé l'e-mail de commande pour de nouvelles fournitures.

— Quoi ?! Pourquoi tu lui as dit ça ?" Asha est tellement prise dans sa propre histoire qu'elle n'entend pas ce que Khadija essaie de lui dire entre les lignes.

"Parce que sinon il ne t'aurait pas donné de congé.

— Quoi ? Il a… Mais…

— Écoute-moi, dit Khadija en bougonnant, et elle fouille dans la poche de son tablier, en sort une liasse épaisse de billets et de pièces ternies. On a fait une collecte. Assez pour que tu te rendes là-bas."

Asha regarde l'argent puis lève timidement les yeux, osant à peine croire sa bonne fortune.

"Ils ont donné d'eux-mêmes ?

— J'ai fait en sorte que oui.

— Oh, Khadi", dit Asha et, sans se préoccuper d'éventuelles conséquences violentes, elle enfouit sa tête dans la poitrine de son amie et la serre contre elle quelques instants.

Quiconque ne connaît pas Khadija jurerait que le frisson qui anime alors ses lèvres tranchantes est un sourire.

*

ROBERT

L'aube, et le collègue de Cherry est de nouveau là. Qu'est-ce qu'il veut ? Robert est déjà assez stressé comme ça. Ça fait des heures qu'il a parlé à Cherry, elle n'a toujours pas donné signe de vie et chaque fois qu'il appelle il tombe directement sur sa messagerie. La dernière chose qu'il veut, c'est parler à Michael.

Robert observe Michael depuis la fenêtre de l'étage alors que ce dernier passe d'un pied sur l'autre comme un lézard sur du sable brûlant. Il enfonce la sonnette, colle l'oreille contre la porte, regarde autour de lui, les bras levés comme s'il hélait un arbitre invisible, enfonce de nouveau le bouton de la sonnette. Il y a quelque chose de spectaculairement agaçant chez ce type. Robert en a eu marre d'interroger des barjots pendant ses rondes, le stylo suspendu patiemment pendant qu'ils déblatéraient. Les gens qu'il côtoyait sont une des principales raisons de sa démission. Ça et le racisme endémique dans la police. Si vous voulez détester les gens, travaillez dans la fonction publique.

Et pourtant, Robert arrivait toujours à s'en sortir, malgré tout ce que la vie lui réservait et continue de lui réserver. Alors pourquoi des types dans son genre se levaient-ils apparemment tous les matins complètement largués, incapables d'avoir des relations sociales normales, comme le personnage de Guy Pearce dans *Memento* ? C'était un super film. Ils ne font plus de films de ce genre d'après Robert, même s'il n'a pas mis les pieds dans un cinéma depuis, bon, au moins trois ans. Le confinement, pas sa faute. Comment ce réal, machin chose, est-il passé de ça à *Interstellar*, trois heures autour d'un type qui traverse toutes sortes d'univers et de strates temporelles pour finir derrière sa propre bibliothèque ?

Les réflexions cinéphiliques de Robert sont interrompues par Danielle qui le bouscule en descendant l'escalier.

"Putain, va ouvrir quand ça sonne.

— Me parle pas comme ça, je te prie.

— Alors réponds, va ouvrir, merde. J'ai l'impression d'avoir des acouphènes.

— Je n'ai pas envie de… Danielle, je viens de te dire que… Laisse tomber."

Danielle ouvre la porte.

"Quoi encore ? grogne-t-elle.

— C'est ta mère", dit Michael, gêné, en tendant le téléphone, à la fois gage de réconciliation et amulette protectrice.

"Quoi, ma mère ?" dit Danielle, du ton d'un preneur d'otage se demandant qui exécuter en premier.

"Elle m'a envoyé cette vidéo."

*

BARRATT

Freddie Barratt défonce la porte du studio d'Andy Jakubiak. Il n'est encore jamais entré chez lui. Appart propre, indépendant, bien rangé, quasiment sans aucun trait saillant. Un peu comme Andy. Allez, sois pas vache. Il a montré qu'il avait des couilles, ton Andy, faut lui reconnaître ça. Il a également franchi la ligne rouge, et c'est pour cette raison qu'il doit être puni.

Location standard. Sans caractère, conçue pour laisser le moins de traces possible de ses habitants successifs. Murs couleur magnolia, tapis taupe, canapé gris qui se transforme en lit une place. Il imaginait plutôt Andy branché futon, va savoir pourquoi. Freddie déteste les futons. Comme de dormir sur des pavés molletonnés. Franchement inconfortable.

Des trucs de hippie à la con. Il s'emporte une seconde ou deux contre les futons et les gens qui en ont, jusqu'à ce qu'il se rappelle qu'il n'y en a pas dans la pièce.

Des romans d'espionnage signés Andy McNab, rangés par ordre alphabétique sur une étagère Ikea. McNab peut aller se rhabiller. Il s'est pas foulé. Freddie ferait nettement mieux, s'il s'y mettait. Il a souvent envisagé d'écrire un roman mettant en scène des policiers, avec un héros coriace, éventuellement chauve, aux opinions radicales inacceptables par ces poules mouillées de gauchos, un type que personne ne comprend mais qui n'en fait pas moins son putain de job. Bon, d'accord, McNab a écrit un livre sur les psychopathes qui s'en sortent, et que Freddie a bien aimé, pour être honnête, jusqu'à ce que ça lui parle un peu trop.

"Pas de cadavre ici, au moins."

Il désigne la cuisine. "Va voir là-dedans. Je m'occupe de la salle de bains. On a plus de chance de le trouver pendu dans la douche que la tête dans le four. Statistiquement parlant." Freddie s'amuse bien.

Lisa Bailey – l'équivalent policier des goûts d'Andy en matière de décoration intérieure, une femme qu'on oublie aussitôt et dont le sang se révélerait beige si on lui donnait un coup de couteau – acquiesce nerveusement et s'avance prudemment dans la cuisine. Freddie a fait appel spécialement à elle parce qu'elle ne risque pas de poser des questions gênantes.

"Inspecteur."

Lisa l'appelle. Quand il entre dans la cuisine, elle tient à la main la radio de Jakubiak d'un air inquiet.

La radio grésille désespérément avec la voix désincarnée de l'opérateur.

Freddie regarde autour de lui. Des assiettes un peu partout sur la table, des plats entamés, un verre de boisson protéinée mi-eau, mi-poudre farineuse et pâteuse dans laquelle flotte une mouche morte. Il a appelé Andy sans succès avant d'entrer dans son appart.

"Pas de trace de son téléphone ?"

Lisa fait signe que non.

"T'en penses quoi ?"

La policière a l'air étonnée. Freddie Barratt n'est pas particulièrement connu pour demander aux autres leur opinion, surtout aux femmes.

"Ça ressemble à une urgence.

— Mmm. Et ça pourrait être quoi selon toi ?

— Je sais pas, chef.

— Un appel, peut-être."

Elle hausse les épaules. Il leur semble évident à tous deux que Barratt a déjà mis au point sa version des événements, alors à quoi bon ergoter.

"Ouais. Peut-être quelqu'un dont il attendait des nouvelles."

*

ROBERT

"C'est elle qui l'a envoyée. Ça vient d'un numéro que je connais pas. Mais ça doit venir d'elle."

Michael pose le téléphone sur la table du salon et appuie sur la flèche blanche. Des bruits de pluie et de vent envahissent soudain le calme étouffant de la maison, se répandant bizarrement sur les tapis ajustés. Tout d'un coup, Robert est plongé dans un monde qu'il a quitté depuis un certain temps, un monde de peur, d'action et d'incertitude, et il comprend que ça lui manquait, salement. Danielle se poste derrière lui, curieuse, et quand ça commence, tous deux ont un même mouvement de recul. Ils retiennent un cri et l'air de la pièce s'engouffre en eux.

Le jeune homme mort ressemble à Liam. Même forme du visage, même ossature, même grâce innée dans la gestuelle. Aussi, quand l'énorme chaussure s'abat sur la tempe du gamin, puis quand une seconde fois elle écrase son visage et que son cou se brise et qu'il disparaît, c'est comme de regarder Liam mourir.

Aucun d'entre eux n'était présent quand il s'est pendu dans sa chambre. C'est pour ça qu'il a pu le faire. C'est ce que tous les trois ont ressassé dans leur tête, en boucle, dans leur propre enfer peuplé de regrets. Et si j'étais rentré plus tôt ? Si je n'étais pas allé boire cette bière ? Si j'avais oublié quelque chose ? Un retour imprévu, les escaliers montés quatre à quatre, les bras passés autour des jambes de Liam, le maintenant en l'air, les bons gestes… Les fantasmes de sauvetage. La terrible litanie des "si seulement".

Mais aucun d'entre eux ne l'a vu mourir. En fait, Robert et Danielle n'ont vu son corps que bien plus tard, quand l'étincelle de vérité, de vie indéniable, avait disparu. Aussi, regarder ce jeune qui pourrait être leur propre fils ou frère se faire assassiner devant eux n'est pas juste choquant, c'est un glissement de terrain, une avalanche qui enterre le cœur. Pendant un moment, Robert décroche complètement, il a l'impression de se noyer dans l'air, entouré uniquement par sa monstrueuse respiration et un bourdonnement grêle dans les oreilles. Ses mains remuent le long de son corps, les ailes d'un oiseau meurtri. Il entend un cri étouffé, une cavalcade de pas, une porte qui claque et un hurlement de douleur venu de la chambre de Danielle, et il se rappelle qui il est et où il est.

Il pose son front sur la table en bois, apprécie le grain lisse et frais contre celui-ci, et prend une ou deux inspirations. Une main se pose sur son épaule, hésitante.

"Je suis désolé."

Il se ressaisit, se redresse.

"J'ai pensé que tu devais la voir", dit Michael. Tous deux écoutent Danielle pleurer à cœur fendre.

"Ils étaient très proches.

— Je sais.

— Elle ne s'en est pas encore remise. Loin de là." Robert expire de nouveau, tout ce poids soudain trop important pour qu'il le porte seul. "Elle en veut à sa mère.

— Pourquoi ?"

Michael connaît par cœur la version de Cherry, mais pas sous cet angle.

"Liam et elle se disputaient beaucoup. Elle trouvait qu'il en faisait des tonnes. Au vu de ses autres patients, on comprend qu'elle ait pu penser cela, mais..." Robert inspire de nouveau. "Une dépression. On n'a pas vraiment réalisé, tu vois ? Chez un gosse comme lui. Un grand costaud, bon en tout, l'avenir devant lui. Dur de... Dur d'accepter que c'est réel. Pas juste dans sa tête. Mais pas pour elle." Il désigne l'étage. "Elle a toujours su."

Danielle continue de gémir.

“Et toi ?

— Est-ce que j’en veux à sa mère ? C’est quoi cette question ?

— Tu as surmonté ?”

La douceur et la générosité dans la voix de Michael le blessent profondément, appellent sa confiance autant que sa colère. Il n’a pas l’habitude qu’on l’écoute, qu’on lui demande ce qu’il ressent. Il change de sujet pour ne pas avoir à répondre.

“C’est le gamin ? Le corps qu’ils ont volé à la morgue ?

— C’est lui, oui.”

Ça explique pas mal de choses.

“Tu as des nouvelles d’elle ?” demande Michael, sans trop d’espoir.

Robert fait signe que non.

“Pas depuis que tu es venu ici. J’ai essayé de l’appeler cent fois mais je tombe systématiquement sur sa messagerie.

— Moi aussi.

— T’as reçu ça quand ?

— Cette nuit. Ça a dû arriver pendant que je dormais.

— T’as appelé le numéro qui l’a envoyé ?

— Oui. Là encore, messagerie. Un certain Andy. J’y mettrais pas ma main au feu, mais sa voix ressemble à celle d’un des flics qui sont venus à la morgue. Le plus jeune.”

Ça craint. Ça craint grave.

“Elle a des ennuis, c’est ça ?

— Oui. C’est ça.”

*

CHERRY

Le premier stade de la décomposition humaine s'appelle l'autolyse, ou destruction des tissus. Ça commence environ quatre minutes après la mort. Le sang cesse de circuler et les déchets, surtout le dioxyde de carbone, s'accumulent dans les cellules, les rendant acides. L'acide rompt les membranes des cellules, libérant des enzymes qui commencent à manger les cellules de l'intérieur. Les muscles se raidissent. Des petites cloques de fluide apparaissent sur la peau, finissent par éclater pour donner un lustre caractéristique.

Cherry touche le bras d'Omar. Il est raide et le lustre est évident. Et la peau se détend, ce qui n'arrange rien. C'est le stade suivant. La peau se détend et le corps enfle du fait des gaz et des déchets de la décomposition. C'est là que ça commence, littéralement, à se dégrader.

Ça lui laisse combien de temps, alors ? Moins de vingt-quatre heures pour l'emmener auprès de cette fille dans un état qui soit présentable. La bonne nouvelle, c'est que Londres n'est pas loin. C'est un petit pays. Il y a juste le léger souci consistant à la trouver.

Cherry tire la couverture rêche sur le haut du corps, toujours vautré sur la banquette arrière, mais ça ne recouvre pas complètement le garçon mort. Elle essaie de pousser un peu plus Omar pour qu'on ne le voie pas, mais la rigidité cadavérique rend la chose difficile. Les jambes d'Omar se sont raidies à l'endroit où elles pendent du siège, ses chevilles se sont coincées en dessous et refusent de se déloger. Elle bataille un moment avec les pieds du mort mais ils ne bougent pas, bloqués sur place, et elle ne peut pas déplacer le corps sans aide.

Elle fait signe à Jakubiak, qui recule d'instinct, secoue la tête vigoureusement, un mélange de dégoût et d'incrédulité sur le visage. Le doute l'étreint soudain.

Est-ce vraiment respectueux envers ce pauvre gamin, que de trimballer un peu partout son corps qui se décompose lentement dans une quête vaine ? Elle repense à l'obscène comédie du corps de la reine baladé dans tout le pays comme une livraison égarée, au cours de semaines de grossière propagande qui auraient mis mal à l'aise des Nord-Coréens. Le défilé sinistre et grotesque des sociétés qui se pressaient pour "un dernier hommage" : Delta Force Paintball. Peperami. L'Association des Kebab anglais. Plaisantant entre collègues à voix basse devant l'incontestable et transparente faiblesse du régime.

Mais vaut-elle mieux ? Serait-ce son tour ? N'utilise-t-elle pas elle aussi un mort à ses propres fins ?

Elle s'écarte de la voiture et se cogne contre Matt. Il profite clairement du contact. Elle recule. Matt sourit et agite quelque chose de long et dur sous ses yeux. Une plaque minéralogique.

"Vous allez avoir besoin d'une autre plaque." Il a visiblement étudié la chose à sa place, ou a trop regardé *Les Experts*. "Ils vous retrouveront en un rien de temps avec la vôtre."

Il essaie de voir à l'intérieur de l'habitacle. Cherry s'interpose. Elle lui a dit qu'elle était "en cavale", ce qui n'a fait qu'accroître son ardeur. Elle ne lui a pas dit pourquoi, ni qui était l'autre passager.

"D'où elle sort ?

— De la voiture de mon patron.

— Ben voyons.

— J'ai échangé avec la vôtre.

— Et il ne s'en apercevra pas ?

— Il est défoncé la plupart du temps. Il est en train de sauter la standardiste à l'Aspire Suite en ce moment même. C'est pas vraiment une suite, faut bien dire. Plutôt une grande chambre avec baignoire et coin douche. Je ne la recommanderais pas, pas à ce prix."

Cherry pense de nouveau à Liam. Il est sa boussole dans tout ça. Ce qu'elle ressent pour lui est la seule chose à laquelle elle peut se fier. Elle sait qu'il n'a pas pu compter sur elle, et elle doit tout faire pour se rattraper. Et elle sait surtout que, si elle n'avait pas pu dire adieu à son corps, pas eu de tombe devant laquelle se recueillir quand elle en a besoin, elle serait irrévocablement brisée, encore plus qu'elle ne l'est aujourd'hui. Aussi doit-elle donner à ce garçon et sa famille la même chose. Elle le doit.

Matt agite un tournevis de façon suggestive. "Je la visse ou bien ?

— Vas-y."

Il s'accroupit à l'avant et la regarde en plissant les yeux. "Vous avez vu *Thelma et Louise* ? Le vieux film ?"

Cherry avait dix-sept ans quand ce "vieux film" est sorti. Elle est allée le voir avec Abbie Parkin et Samantha Morris, et elles ont *hurlé* quand Louise tire sur le violeur. Elles ont bondi de leur siège, donné des coups de poing dans l'air, fait tomber leur popcorn sur les sièges rabattus. Utilisé "Vous m'en voyez désolée", "Vous m'en voyez désolée, également" d'une voix du Sud traînante comme d'un code secret entre elles pour *tout*. Oublié d'apporter des devoirs à faire pour que les autres recopient ? Déboulé chez l'une alors qu'elle s'apprêtait à conclure avec un beau gosse ? Emprunté une fringue pour sortir et oublié de la rapporter le lendemain ? "Vous m'en voyez désolée." "Vous m'en voyez désolée, également." Elle s'est même frottée sur un Brad Pitt inconnu à l'époque, mais elle n'est pas la seule. Ça a duré ce que ça a duré.

La sensation, en regardant ce film, qu'elle aussi serait libre un jour, affranchie de tous les ordres, des systèmes et des emmerdeurs en tous genres, une route ouverte d'infinie possibilité humaine s'étendant devant elle, cette sensation ne l'a pas quittée pendant des années. Elle est encore en elle, quelque part. A-t-elle jamais trouvé cette route ouverte ? A-t-elle encore le temps ?

Ils ne font plus de films comme ça. À moins que ? Cherry ne sait pas trop. Elle n'est pas allée au cinéma depuis quatre ans (perdu l'habitude pendant le confinement, pas sa faute) mais maintenant c'est rien que des grosses bouses avec des super-héros. Si c'est pas un indice que la société est irrémédiablement foutue, ça : elle est incapable d'imaginer un type doté de la moindre influence, voire en mesure de triompher du mal, sans qu'il se soit fait piquer par une énorme araignée radioactive ou une connerie de ce genre.

Mais c'était l'époque aussi, ce que ça signifiait à l'époque. Peut-être qu'aucun film ne peut avoir le même sens pour elle à quarante-huit ans, après avoir fait tranquillement le tour de la question sans arriver nulle part, que lorsqu'elle en avait dix-sept, quand tout était brillant et neuf et diffusait d'infinies possibilités et qu'elle savait où elle allait et pourquoi. Les choses avaient alors un *sens*. Les chansons et les films se logeaient dans votre cœur et faisaient partie intégrante de vous. Maintenant, les choses *sont*, c'est tout, et elles sont bien trop nombreuses.

L'autre jour, elle est passée devant un groupe de jeunes, avachis les uns sur les autres dans l'herbe, ils traînaient juste, et elle a imaginé ce que ça devait faire d'être eux. Le frisson du possible, le corps et l'esprit qui se frottent pour la première fois contre un autre corps et un autre esprit, hors du cadre scolaire, familial, institutionnel. La vérité et la joie d'être simplement vivant, à l'écart de tout ce cirque. Elle s'aperçoit que tout ça lui manque énormément, ce sentiment excitant d'un quotidien ayant du sens.

"Vous me faites penser à elle", dit Matt, qui a fini d'installer la plaque.

C'est gentil. "Laquelle ?

— Euh, celle qu'est canon ?" Bien, ça lui va.

"Bon, elles sont canon toutes les deux. La vieille ?"

Cherry caresse son visage avant que Matt puisse s'enfoncer un peu plus. "Prends soin de toi. Merci pour ton aide."

Matt les regarde partir, son jean au niveau de l'entrejambe menaçant dangereusement de se déchirer. Son quota de MILF va exploser aujourd'hui, mais tant pis.

CHAPITRE 9

CHERRY

Pas vraiment un coin archi connu du pays, la route entre Hastings et Bexhill. Le réseau routier pourri a épargné à cette région le terrible sort réservé à presque tout le Sud-Est de l'Angleterre, rien que des dortoirs fantômes pour cadres itinérants et consultants en informatique free-lance. Ici, les villages sont conservateurs, moins puants que dans le Surrey et moins racistes que dans le Kent, certes, mais les villes ont subi l'afflux d'ouvriers de l'East End suite à la destruction de leurs usines pendant la guerre et conservent encore ce sens désuet de la communauté. Elles restent tranquillement de gauche, d'une façon simple et volubile, comme l'étaient autrefois nos grandes villes, avant que la gentrification détruise les communautés ouvrières et que la précarité avale le temps libre des gens. Le truc classique. Des habitants portés sur la boisson, pas contre une petite infraction de temps en temps, et rechignant surtout à accepter des boulots merdiques pour remplir le compte en banque d'un autre, n'est-ce pas là au final tout l'intérêt de la vie ? Une pinte et une portion de fish and chips sur la plage et si tu me paies en liquide mec on s'épargnera la TVA. Les gens sont menuisiers et photographes. Ils font dans le ramassage et la livraison et ils peignent des tableaux.

Tout ça fait penser à Cherry au Sud de Londres où elle a grandi, et qui a disparu aujourd'hui pour de bon. C'est pour ça qu'ils sont venus ici ; pour ça et parce que c'était dans leurs moyens. Les vieux lui rappellent son père, un mécanicien qui bidouillait pendant son temps libre des sculptures incroyablement délicates et inventives à partir de pièces détachées mises au rebut. Il ne les a jamais montrées à personne, à part elle. Disait qu'elles n'étaient pas destinées à être exposées. Un jour, alors qu'elle avait insisté après quelques verres, il lui a dit : Qu'est-ce que tu veux, je suis pas un "vrai" sculpteur. Mais il l'avait emmenée à toutes les expos de sculpture jamais tenues à la Royal Academy, vêtu de son bleu de travail tout taché de graisse quand il n'avait pas eu le temps de se changer mais sans éprouver la moindre honte parmi les visiteurs bien fringués qui ricanaient. Captivé, la tête penchée d'un côté, scrutant tel un Modigliani curieux les œuvres en pierre, en bois ou en bronze.

Cherry Bristow sent son cœur se serrer de regret. Elle aimerait pouvoir parler une dernière fois à son père. Il saurait quoi faire. Il saurait, instinctivement et sans poser de question, pourquoi elle agit ainsi. Et il serait fier.

"Tourne là", dit Andy Jakubiak en désignant une petite voie de sortie. Elle obtempère, puis le regarde. Il s'est tourné, profondément mal à l'aise, vers la silhouette emmitouflée qui se devine sur la banquette arrière et renifle l'air. Le fait est qu'on sent ce qu'on pourrait décrire poliment comme une odeur âcre. Cherry baisse sa vitre. Jakubiak se tourne vers elle.

“SARPM.

— Mais encore ?

— Système automatique de reconnaissance des plaques minéralogiques. Il y a des caméras partout sur les routes principales. Les flux vidéo arrivent dans une base de données centrale où ils sont stockés. Si on ne veut pas se faire repérer, il faut rester sur des routes de campagne.”

Elle est contente qu'il dise “on”.

“Même si on a changé la plaque ?

— Peut-être que le patron de l'autre crevette est moins torché qu'il le croit. Dès qu'ils auront notre plaque, ils nous trouveront.”

Cherry a un large sourire.

“Tu vois, c'est pour ça que je te garde près de moi.”

Ils continuent de rouler sur des routes bordées de chênes, de frênes et de charmes : d'anciennes routes encaissées que le temps a superposées. Des talus hauts comme des cathédrales vertes, des arbres emmêlés au-dessus d'eux comme des mains jointes en prière. En contrebas, un chemin qui a été foulé comme des grappes de raisin par des siècles de pérégrinations et de transports, des millions de pieds, de sabots et de roues de charrettes usant lentement la terre résistante. Personne ne le sait de nos jours, bien sûr. Les gens pensent que c'est juste l'autre façon de rejoindre Sedlescombe.

Puis soudain les cloîtres verts et silencieux disparaissent et ils déboulent dans des champs au milieu des bêtes qui paissent et des bosquets de châtaigniers. Des petits poteaux et des palissades, des façades de maisons agréables, jumelées plus que voisines, des bungalows sur des petits terrains privés. De brefs aperçus de mondes cachés, les vies secrètes de concitoyens que Cherry ne croisera jamais.

Ils longent un champ plein de lamas, puis encore un autre. Quand est-ce que c'est devenu normal ? Quel usage en fait-on ? Ça doit être pour la fourrure, peu de chance que le lama se mange. On peut les tondre pour récupérer la fourrure, ou il faut les tuer ? Existe-t-il un vaste marché pour les produits à base de lama dans ce pays visiblement en plein effondrement ? L'économie de base de l'Angleterre est de plus en plus mystérieuse à l'œil nu.

"T'es dans la police depuis combien de temps, Andy ?"

Andy a mal à la tête, il n'arrive pas à trouver une position assise confortable, et l'odeur dans la voiture empire de minute en minute.

"C'est quoi, là, un rendez-vous galant ? Oui, je prendrai quinze ailes de poulet, steup, bien épicées, et une grande Peroni. Elle prendra le poulet mariné au citron et aux herbes.

— Jamais je prendrai au citron et aux herbes. C'est parce que je suis une fille ?

— Tu n'es pas une fille.

— À qui le dis-tu."

Mais elle se sent fille. Jeune et énergique, affranchie des accrétions pesantes de l'âge adulte qui vous sucent l'âme : les impôts locaux et les soirées avec les parents, les amendes pour stationnement et les réunions Zoom. Surtout, elle se sent de nouveau *elle-même*. Au cours des deux derniers jours, elle a été la Cherry dont elle se souvient, ou du moins pense se souvenir, à savoir une jeune femme déterminée, lucide, compétente, *drôle*. Elle ne s'est pas sentie comme ça, n'a pas été cette Cherry-là depuis des années. Depuis bien avant la mort de Liam.

Où est passée la vraie Cherry ? Comment l'a-t-elle perdue ? Elle se fait la promesse de ne plus la lâcher. Elle s'aperçoit avec stupeur qu'elle n'agit pas ainsi juste pour le gosse, elle fait tout ça pour elle.

Elle repère un petit café sur le bord de la route à moitié caché dans les bois, une enseigne joyeuse et rouge annonce "OUVERT !" dans le cadre blanchi de la fenêtre, et elle se gare juste devant, sur le petit parking désert.

"Qu'est-ce que tu fais ?

— Je vais manger.

— Avec l'autre à nos trousses ? Et lui à l'arrière ?

— J'ai toujours dit, ne laisse jamais un homme s'interposer entre une femme et son assiette, même si bon, c'est un peu exagéré. T'as pas faim ? Je crève la dalle.

— Tu ne connais pas Barratt comme je le connais, marmonne Andy, lugubre.

— Merde, il est pas du genre… *Minority Report*, quand même ? C'est juste un connard blanc et raciste avec un ordi. On a échangé les plaques, ça devrait nous donner de l'avance. Il n'y a personne ici. Viens. C'est moi qui régale."

*

BARRATT

Freddie Barratt finit d'effacer le reste de la bande de vidéosurveillance du parking de l'hôpital.

Une agréable entrevue avec le commissaire et quelques gradés du coin un peu plus tôt. Freddie trouve qu'il s'est plutôt bien démerdé, tout compte fait.

"Si ça ne vous dérange pas, chef, je préférerais ne pas impliquer trop de personnes à ce stade. J'aimerais m'en occuper moi-même. Je le connais mieux que quiconque. Et je ne veux pas que ça nuise à ses états de service, vous comprenez, une affaire qu'on lui reproche après. Je ne pense pas qu'il y ait vraiment matière à s'inquiéter, pour être tout à fait franc, chef. Récupérons-le et gardons tout ça pour nous."

Barratt l'oncle sympa. Des têtes grisonnantes acquiescent à l'unisson. Une préférence marquée pour la discrétion, clairement. Qui voudrait admettre qu'ils ont paumé un policier entre les coussins du canapé ? Une occasion pour Freddie de "prendre le contrôle du récit", comme ils disent dans les formations aux relations publiques.

Il ne peut s'agir du kidnapping d'un policier. Ça signifierait le chaos absolu. La qualification PER-DIS (personne disparue) pour Jakubiak, l'Agence nationale contre le crime appelée en renfort, une "cellule d'urgence" mise sur pied, un inspecteur de police de haut rang déféré depuis Londres pour enquêter. La totale. Budget illimité pour un policier disparu. Les journaux en feraient leurs choux gras.

Cette situation échapperait complètement au contrôle de Freddie. Très vite, il y aurait des questions dont il pourrait se passer, du genre : Qui est ce type visiblement chauve à l'arrière-plan de cette vidéo dans laquelle figure également le policier disparu ? Ou du moins telle serait la question, si ladite vidéo n'avait pas apparemment été effacée automatiquement par le système de surveillance de l'hôpital.

Le récit qu'il impose est celui d'un improbable *amour fou**. Freddie n'utilise pas l'expression *amour fou**, visiblement, il est un peu plus cru. "Il a pensé avec sa bite, chef, si je peux m'exprimer ainsi."

Il peut. Ils sont flics. Ils parlent comme des hommes. Quand ils en ont le droit, merde alors.

"Ça lui est monté à la tête. La tête du nœud, si vous voyez ce que je veux dire.

— C'est qui cette femme, inspecteur Barratt ?

— Un témoin qu'on a rencontré la veille, chef. Bien plus âgée que lui. Il s'est comporté très bizarrement en sa présence, s'est arrangé pour finir plus tôt son service. C'est un jeune assez seul. Facilement manipulable. Vous avez peut-être remarqué que j'ai fait des efforts pour le prendre sous mon aile. Obligation de diligence, tout ça. Retrouvons-la et je suis presque sûr qu'on le retrouvera."

Barratt le mentor inquiet. Ça acquiesce derechef. Une tape dans le dos de la part du commissaire quand il s'en va.

Tout ça fait son affaire. Il va gagner au moins quelques jours. Personne ne regarde par-dessus son épaule. Largement le temps de faire le nécessaire.

Bon, voyons voir ce qu'elle mijote. Il y a une petite lueur dans le complexe amygdalien de Freddie qui respecte Cherry Bristow pour lui avoir échappé, et que cette traque excite.

Il rentre le numéro de plaque minéralogique de Cherry dans le système informatique.

* En français dans le texte original.

*

CHERRY

Le café est confortable et chauffé, avec de belles nappes à carreaux rouges et blancs, la serveuse est souriante et accueillante et les seuls autres clients sont un vieux type enjoué et sourdingue du nom de Bob qui la salue en inclinant sa casquette, à l'ancienne, et son adorable chien de berger, qui est couché à ses pieds et regarde son maître avec amour en gobant les friandises que ce dernier lui lance régulièrement. La chienne s'appelle Leila, ce que Cherry apprend assez vite, vu que Bob le lui dit genre quatre fois.

Elle commande des pancakes nappés de beurre et de sirop d'érable pour elle et du bacon et des œufs pour Jakubiak, qui est allé aux toilettes. Il y passe tellement de temps que sa commande est servie quand il revient. Entretemps, elle joue avec Leila et jette des coups d'œil à la télé installée dans un coin au fond de la salle, réglée à bas volume sur une de ces chaînes d'infos en continu tellement déprimantes qu'il est impossible pour quiconque de les regarder plus de trois quarts d'heure d'affilée. La guerre. La famine. La peste. L'inflation. Les quatre cavaliers de l'apomerdalypse.

Il y a un reportage sur la crise dans un des services publics, et Cherry n'arrive pas à savoir lequel. Mais est-ce important ? Elle s'est dit pendant longtemps qu'il serait plus facile de commencer les infos par la liste des services publics qui ne sont pas au bout du rouleau, ce qui permettrait de parler un peu plus de la transphobie et des agressions contre les migrants et les organisations caritatives.

Soudain, une brève image d'un endroit que Cherry connaît très bien ; la route principale située à quatre pâtés de maisons de là où elle est née. Puis une autre image de gens qui crient furieusement. Elle est sur le point de se lever pour voir de quoi il s'agit, mais c'est le moment que choisit Jakubiak pour revenir et s'asseoir avec agacement.

"Ça va ? J'ai cru que t'étais mort sur les chiottes comme Elvis.

— Impossible, hélas.

— Impossible quoi ? De bouffer tellement d'écureuils frits que t'aurais une crise cardiaque sur les gogues ?

— Impossible de faire. Rien ne marche." Il lui décoche un regard accusateur comme si elle avait accompli un acte de sorcellerie chirurgicale sur lui, mais elle est trop occupée à dévorer son petit-déjeuner pour se formaliser. Entre les efforts carcinogènes de Danielle hier soir (hier soir, est-ce possible ?), l'étrange repas avec Michael, et le réveil sur la plage le matin précédent, sans parler de tout ce qui s'est passé entretemps, elle s'aperçoit qu'elle n'a pas pris de vrai repas depuis plus de trente-six heures. Jakubiak lui aussi crève visiblement la dalle et pendant un moment on n'entend que le cliquetis des couverts sur les assiettes. Quand ils ont fini, ils se sentent mutuellement mieux disposés. Rien de tel que manger ensemble pour favoriser la bonne entente.

Jakubiak repousse son assiette vide, après avoir quasiment raclé la couche de vernis dessus en même temps que le moindre truc comestible. Cherry va payer et revient. En liquide, bien sûr, intraçable. Pas mal d'endroits ne prennent plus de cash ces temps-ci, ce qui est complètement dingue, mais cet endroit, si.

"Alors, c'est quoi le plan ? demande Andy, légèrement sceptique.

— Je te l'ai dit, répond Cherry, en sortant discrètement la photo plastifiée afin de ne pas se faire remarquer. Trouver cette fille.

— Ouais. J'attends encore la partie « comment »."

Cherry tapote le panneau de rue avec un ongle.

"Aller à cette adresse.

— … son Street, NW n'est pas une « adresse ».

— C'est une partie d'adresse.

— Génial. On va rouler dans tout Londres jusqu'à ce qu'on la trouve, c'est ça ?

— Pas tout Londres, dit-elle, raisonnable. Juste ce coin.

— D'accord. Et ensuite ? On se plante au coin de la rue avec un cadavre à l'arrière, en demandant si quelqu'un a vu cette fille ? Qui à tous les coups doit être ici illégalement et se cacher.

— T'as une meilleure idée ?"

Andy expire bruyamment et laisse tomber sa tête sur la table, faisant sauter les fourchettes.

"Sept ans, marmonne-t-il, le visage collé contre la jolie nappe.

— Sept ans quoi ?

— Sept ans que je suis dans la police. On dirait pas, hein ?

— Comment ça ?"

Il se redresse.

"Regarde-moi.

— T'as l'air d'aller très bien. Un peu cabossé."

Il compte sur ses doigts.

"Entraîné par un dément. Kidnappé par un témoin. En fuite avec un cadavre. Sûr, ça va en jeter sur mon putain de CV.

— Pourquoi tu t'es engagé ?

— Pourquoi tu me demandes ça ?

— Mon mari était dans la police.

— On me l'a dit, oui.

— J'ai jamais pu comprendre ce qui l'avait motivé."

Andy réfléchit un moment.

"Le sens de l'ordre, je suppose.

— Range tes CD par ordre alphabétique si tu veux avoir le sens de l'ordre.

— Qui a encore des CD ?

— Personne ne tire quatre fois de suite dans la tête d'un gamin noir par accident juste pour rétablir l'ordre.

— Je voulais appartenir à quelque chose. Trouver ma place.

— Et t'as l'impression que ça marche ?" Elle regrette aussitôt son ton sarcastique en voyant l'expression sur son visage.

"C'est pas facile, ici, tu sais ? C'est comme s'il y avait tellement de façons de s'y prendre qu'il est impossible de choisir, mais aucune finalement n'est la bonne et personne vous aide, et quand vous galérez on vous fait sentir que c'est votre faute."

Un glas étrange et triste résonne dans les entrailles de Cherry. Elle a déjà eu cette conversation.

"On croirait entendre mon fils.

— Ah bon ?

— Il disait la même chose. Il arrivait pas à savoir comment s'y prendre. Il trouvait pas sa place.

— Ah ? Qu'est-ce qu'il a fait ?"

Andy est sincèrement intéressé. La façon qu'il a de la regarder lui rappelle tellement Liam : la même demande intense, désespérée, la même incertitude vulnérable. Sauf que soudain elle ne le voit plus parce que ses yeux la piquent et se brouillent. Elle détourne la tête. Elle prend deux profondes inspirations, se contrôle. Au loin, elle entend un chien aboyer. Elle tourne de nouveau la tête.

"Il s'est suicidé", dit-elle calmement.

Andy se tortille sur sa chaise en regardant fixement la nappe.

"Je suis désolé. Je ne voulais pas…, dit-il, sans lever les yeux.

— Non, ça va. Pas ta faute.

— Je ne…

— Vraiment, c'est…

— Faut que j'aille pisser", dit-il, et il essaie de se lever, pousse un cri de douleur alors que ça tire sur ses points de suture et s'éloigne en boitillant péniblement. Peut-être que ses contorsions étaient davantage que de la simple gêne. Pauvre gosse.

Les aboiements se font plus insistants. Cherry regarde autour d'elle. Bob et Leila ne sont plus là. Elle regarde sur le parking. Le chien est dressé sur ses pattes arrière avec celles de devant appuyées sur le côté de la voiture de Cherry, et il aboie furieusement. Bob scrute l'arrière de la voiture pour voir ce qui cause un tel raffut.

Cherry se lève d'un bond, renverse sa tasse de café. Et c'est alors qu'elle voit, garée juste à côté de l'entrée du café, une voiture de police.

*

BARRATT

Freddie a du succès presque instantanément. Un écheveau de routes de campagne à l'écart de l'A27. Un endroit bien connu où les gens vont pour baiser. Ce qui veut dire qu'il y a des caméras de surveillance dans le coin, moins pour le maintien de l'ordre que pour les amateurs de porno gratis. Freddie ne peut ni confirmer ni nier qu'il a peut-être profité lui-même de cette aubaine, même si les caméras étaient mystérieusement éteintes ces soirs-là.

Elle le déçoit presque. Il pensait qu'elle se battrait mieux que ça. Baiser là, maintenant ? Vu les circonstances ? La chair est faible. Et il avait raison pour Jakubiak, aussi. Il se trompe rarement sur les gens. Peut-être est-ce pour ça qu'il en déteste autant, parce qu'il peut prédire très facilement leurs agissements.

Il s'empare de son téléphone et de ses clés de voiture et zoome sur la plaque repérée. L'image gagne lentement en netteté. Il se penche. Puis il recule.

Ce n'est pas sa voiture. C'est une Audi A4.

OK, donc Andy lui a fait changer les plaques. Mais pourquoi garder les plaques et changer de voiture ? Quelque chose cloche grave. Il zoome plus avant. La tête d'un homme apparaît. Moustache en brosse à dents, cheveux gominés, une vague ressemblance malheureuse avec Ned Flanders. OK, donc elle a peut-être franchi un cap, trouvé mieux, même si Freddie extrapole un peu, là. Puis un autre mouvement et une femme se relève, repousse les cheveux qui lui cachent le visage et respire bruyamment.

Pigé. Donc à moins que l'infirmière soit une putain de reine du déguisement et ait rajeuni de vingt ans, pris vingt-cinq kilos et soit devenue asiatique, c'est pas elle. Freddie donne un coup de poing furieux sur son bureau.

C'est bien. C'est bien. On passe au plan B, finalement.

*

ROBERT

Robert décroche le téléphone. Il n'a jamais été très apprécié au commissariat. Là-bas, c'est un peu la province, et lui a toujours été trop citadin, trop expérimenté, franchement peut-être un peu trop basané pour qu'ils se sentent à l'aise. En outre, à l'époque, il avait déjà en partie décroché, doutait déjà de son engagement dans la police. Mais il a gardé des contacts.

"Lisa à l'appareil."

Lisa Bailey peut sembler manquer d'assurance, mais ces temps-ci c'est surtout une façade destinée à faire en sorte que les hommes la sous-estiment. Par contre quand Robert est arrivé, c'était absolument le cas. Sans vraiment le vouloir, il l'a prise sous son aile, lui a appris à écouter ses intuitions, à ne pas s'excuser d'avoir un avis, à persévérer quand elle était malmenée, traitée avec condescendance ou ignorée. Ce n'est pas quelque chose qu'elle est près d'oublier.

"Salut, Lisa, c'est Robert Bristow.

— Robert ! Ça fait plaisir de t'entendre. Comment tu vas ?"

Ils parlent de tout et de rien pendant un moment, rattrapent le temps perdu.

"Écoute, Lisa, je peux te demander quelque chose ? Juste une bricole.

— Bien sûr.

— Qu'est-ce que fabrique Freddie Barratt ces derniers temps ?"

Une petite pause.

"Comment t'es au courant ?

— Comment je suis au courant ?"

*

CHERRY

Elle se rassoit le plus naturellement possible et regarde les deux policiers sortir de la voiture. Un haricot dégingandé d'âge moyen aux cheveux gris et une toute petite blonde deux fois plus jeune que lui qui, bizarrement, lui ressemble. Ils sont peut-être de la même famille. Il doit exister quelque part dans le monde une sitcom mettant en scène un combo père/fille flics adorables et les nombreux pétrins dans lesquels ils se retrouvent. Robert et elle avaient coutume de regarder les séries policières, qui sont presque la seule chose sur nos écrans maintenant qui ne parlent pas de la famille royale, mais c'était surtout pour que Robert puisse lui signaler les erreurs et les bourdes techniques. Danielle détestait ça. Elle appelait ça : "La soirée copaganda chez les Bristow."

Dieu merci, aucun des deux policiers ne se retourne pour regarder le chien tout excité et le vieux monsieur curieux. Non, ils entrent dans le café d'un pas décidé et regardent autour d'eux. Le sang de Cherry se fige brièvement dans ses veines, mais ils aperçoivent la serveuse et entament la conversation avec elle. Donc ils sont du coin. Ne la recherchent pas. Combien de temps Jakubiak compte-t-il rester dans les toilettes, merde à la fin ?

Elle n'est pas la seule à avoir remarqué l'arrivée de la police. Bob essaie de rentrer, en faisant un effort sisyphéen pour traîner une Leila perturbée loin de la voiture de Cherry, il tire sur sa laisse et progresse centimètre par centimètre. Cherry panique, pense à se réfugier dans les toilettes pour hommes, mais ces dernières sont visibles depuis la salle. Elle se souvient alors que les toilettes sont une sorte de dépendance, une extension du café principal, dotée fort heureusement d'une fenêtre ou d'une bouche de ventilation à l'arrière.

*

JAKUBIAK

Andy Jakubiak peut enfin, ô miracle, uriner. Tout – le stress, la bizarrerie, la douleur causée par l'intervention chirurgicale impromptue – a contribué à obstruer sa tuyauterie, en dépit de son envie pressante. Il lui a fallu deux séjours aux toilettes et penser en boucle à un film qu'il a vu un jour sur les chutes du Niagara (génial, il n'a jamais été aux

States, il doit y aller), mais finalement il se soulage facilement et copieusement. Il inspire avec une grande satisfaction et lève les yeux.

L'infirmière le regarde par le rectangle sale du grillage au-dessus de sa tête. Il pousse un cri et aussitôt le flux se tarit.

“PUTAIN QU'EST CE…

— CHHUUUT. C'est pas comme si je l'avais pas déjà vue.

— J'étais inconscient, alors c'est pas pareil.”

Cherry baisse les yeux un très court instant. “Pas vraiment.

— Non mais arr…

— La police est là.

— Quoi ?

— Et le vieux a repéré le cadavre.”

S'il était possible pour le corps humain de rétracter son urine, Andy Jakubiak le ferait à l'instant même.

“Remballe ton matos, sors de là le plus naturellement possible sans croiser le moindre regard et retrouve-moi à la voiture. Maintenant.”

CHAPITRE 10

BARRATT

Le plan B relève de la télématique.

Autrefois, un échange de plaques minéralogiques aurait posé un sacré problème. Mais à notre époque moderne de surveillance globale, il y a toujours un outil auquel peuvent recourir les autorités, et dans ce cas précis c'est la télématique, “la boîte noire” de la route.

C'est un petit ordinateur puissant, planqué dans les entrailles des camions et des voitures, qui enregistre la vitesse, la consommation d'essence, la pression des pneus, toutes sortes de choses. C'est la norme désormais dans les flottes d'entreprise, mais les compagnies d'assurances insistent pour qu'on en installe également dans les véhicules des particuliers, afin d'avoir d'autres excuses pour refuser des demandes d'indemnisation. La plupart des voitures modernes en possèdent une, sauf si vous insistez pour qu'on l'enlève.

Du point de vue de Freddie, ce qui est génial avec la télématique, c'est que l'ordinateur contient également une carte SIM, permettant un transfert d'information permanent, ce qui veut dire que la voiture peut être suivie par GPS. Donc, si la voiture de l'infirmière est assez récente, et c'est le cas ; s'ils n'ont pas changé de véhicule, ce qui est peu probable parce que où est-ce qu'ils en trouveraient un nouveau, et pourquoi auraient-ils pris la peine de mettre une plaque minéralogique sur la vieille si c'était pour changer de véhicule ; et enfin vu qu'Andy Jakubiak a trop peu d'expérience pour s'y connaître en télématique ou a passé trop de temps à regarder des vidéos de gonflette pendant les briefings, ce qui semble plus que probable, alors Freddie tient quelque chose.

Il allume le système GPS. Et bingo, ce dernier émet un bip de localisation.

*

ASHA

Asha descend du train. Le trajet a été bizarre. Elle a été déconcertée moins par l'affluence – obligée de voyager debout mais bon, c'était pire au pays – que par l'abattement général des voyageurs. Déprimés, silencieux, moroses. Ils ne parlaient même pas, sauf pour vociférer à voix basse dans leur téléphone, et jamais entre eux. Chez elle, partager l'inconfort permet d'engager la discussion, mais ici chacun reste cloîtré dans son propre désespoir privé. La vue par la fenêtre ne vaut guère mieux : autoroutes engorgées, ponts routiers en béton, terrains clôturés où s'entassent des éclats tordus de métal brisé, de mornes étendues de logements ordinaires sous une pluie battante. Des écheveaux de rails pareils à des boyaux de métal bouchés. Les belles régions d'Angleterre doivent sans doute être ailleurs.

Khadija l'avait prévenue qu'il y aurait des caméras partout. Pas des caméras honnêtes qui ressemblent à de vraies caméras mais de petits orbes sombres à l'œil renflé d'insecte qui poussent sur les poteaux métalliques et les toits comme des champignons après la pluie. Elle essaie de les éviter du mieux qu'elle peut, ayant entendu d'effrayantes rumeurs de la part des types en cuisine à propos d'une chose appelée le ministère de l'Intérieur, mais les petites caméras sournoises sont difficiles à repérer et encore plus difficiles à éviter. Et plus elle fait des efforts particuliers pour ne pas se faire remarquer, plus elle se sent remarquée. Elle frissonne. La menace qu'elle ressent est différente, plus insidieuse que celle dont elle a l'habitude.

La ville où elle a atterri ne fait rien pour lui remonter le moral. Grise, maussade, frémissant du furieux anonymat d'un coupable entrant dans un tribunal avec une casquette de baseball baissée sur le visage. Peu de gens dans les rues comparé à Londres, et ils sont pour la plupart vieux et blancs et semblent en très mauvaise santé, ils traînent des pieds et toussent tout en vaquant à leurs occupations. De nombreuses vitrines sont condamnées par des planches. Même le Cash Converters, où Asha a acheté son téléphone à Londres, est fermé.

Elle pense enfin avoir trouvé "le centre d'accueil". Il ressemble à la photo qu'elle a trouvée sur internet ; la même architecture banale et bon marché en briques blêmes, le même sentiment sous-jacent d'exploitation. Des tas de jeunes, dont de nombreux Chinois, certains qui lui ressemblent, un fort contraste avec la ville alentour. Mais il y a moins de clôtures avec barbelés que sur la photo, et les jeunes entrent et sortent très facilement de ce bâtiment censé être une prison. Où sont les gardiens ?

Asha s'attarde dehors un moment, sans trop savoir quoi faire. Finalement, elle rassemble son courage et aborde une fille charismatique et voilée au ricanement rauque qui rigole et plaisante avec des amies en arabe, une langue qu'Asha a apprise par sa mère, et elle lui pose timidement une question.

"*Habibti*, c'est ici le centre de détention ?"

La fille sourit poliment mais d'un air perplexe. Peut-être qu'elle n'appelle pas ça comme ça, ou ne connaît pas le terme officiel. Asha le lui traduit en ce qu'elle pense être de l'arabe.

"Une prison pour les jeunes qui ne sont pas censés être là."

Le groupe s'esclaffe et se disperse en hurlant de rire. Asha sent son visage s'empourprer du sang brûlant de la honte. Elle commence à s'éloigner quand la fille voilée pose une main ferme sur son bras et engueule les autres.

"La ferme ! La ferme ! Arrêtez de la mettre mal à l'aise !"

Elle se tourne vers Asha.

"Je suis désolée, *habibti*, c'est drôle uniquement quand tu sais ce qu'est cet endroit. C'est des logements pour étudiants."

*

BARRATT

La voiture de l'autre salope apparaît très clairement sur l'écran de Freddie, à une quarantaine de kilomètres au nord-est, elle progresse régulièrement sur des routes de campagne dans la direction générale de Londres. Freddie est pote avec Lee Jenkins, le chef de la police locale. Tous deux font partie d'un groupe WhatsApp qui partage, comment dire ?, une conception intransigeante des questions sociales. Barratt sort son téléphone.

"Lee ? C'est Freddie. Comme ça va ? T'as vérifié ce lien que je t'ai envoyé ? Des putains de violeurs, mec, je te dis que ça. Des putains de pédophiles. Et rien ne les arrête, hein ? Le gouvernement leur fera que dalle, vu que c'est des basanés. L'état de ce pays. Bref, cette fois-ci ça nous touche d'un peu plus près.

On a un gars qui a déconné. Un des nôtres. Ce jeune dont je me suis occupé ? Ouais, c'est ce que je pensais aussi. Pas sûr, mais y a une femme impliquée. Il pense avec sa bite, comme d'hab, exactos. Perso, j'y toucherais pas, mais bon c'est comme ça. Chacun ses goûts.

Écoute, Lee, je veux pas compromettre son avenir. S'il est signalé disparu, il est fichu. Il sera viré. Réglons la chose discrètement. J'ai leur véhicule sur mon GPS, je vais t'envoyer les coordonnées. Envoie une voiture pour les arrêter et garde-les au chaud jusqu'à ce que j'arrive. Pas de vagues. Génial, mec."

*

Brian Hamilton, le sergent de police grand et gris, a enfin réussi à se débarrasser du vieil emmerdeur et du chien qui aboyait et est en train de prendre un copieux petit-déjeuner quand sa radio se réveille. Brian écoute son chef dans un silence de plomb, en mâchouillant tranquillement son pain perdu.

"Tu vas rire.

— Comment ça ?

— Putain, tu vas rire, Lee.

— Je pige pas, Brian, désolé.

— Ils étaient ici.

— Pardon ?

— Une blonde d'âge moyen et un jeune baraqué ?

— Exact.

— Ils étaient ici, au café. Ils ont décollé genre y a dix minutes.

— Alors ça devrait être facile de les intercepter, non ?

— Je suis en train de prendre mon petit-déj", dit le sergent Brian, avec l'incrédulité outrée d'une nonne qu'on fait sortir de la file d'attente pour une audience avec le pape. Son alibi du petit-déjeuner est balayé de façon prévisible, il raccroche et se tourne vers sa collègue.

"J'ai bien peur qu'on doive y aller, ma chérie.

— Pas de problème, papa… Sergent. Toute façon j'ai fini."

"Je te l'avais dit ! JE TE L'AVAIS DIT !" lance Bob gaiement alors que Brian et sa fille quittent le café, en l'ignorant tous deux délibérément. Leila aboie de façon délirante. La voiture de police s'engage sur la voie rapide comme un alligator quittant une rive boueuse pour s'enfoncer dans la rivière.

*

ROBERT

Ils sont tous les trois assis autour de la table, devant des verres de vin bienvenus, même s'il n'est que dix heures du matin. Danielle vide le sien et le tend, en haussant ce qu'il reste de ses sourcils récemment épilés (qui ressemblent franchement à cette partie de l'Amazonie que le gouvernement de Bolsonaro a concédée aux conglomérats du soja, même si Robert n'aurait jamais les couilles de le lui dire en face) quand elle voit qu'on tarde à la resservir. De pâles traînées de larmes zèbrent son visage. Robert lui lance un long et lent regard puis remplit son verre à moitié.

"Bon, reprenons, dit Robert.

— « Reprenons »", se moque Danielle.

Robert éloigne le verre de vin de sa fille. Elle le rapproche.

"Elle trouve le corps sur la plage, qu'elle t'apporte ensuite, dit-il.

— Correct.

— C'est là qu'elle rencontre ce jeune policier, Andy. Est-ce que nous envisageons qu'il y a quelque chose entre eux ?" Il dit ça d'un ton si neutre, si dégagé que Danielle lui jette un regard sincèrement inquiet d'en dessous ses sourcils roussis, un regard que Robert ne voit pas.

"Je ne crois pas, dit Michael. J'ai pas eu un instant cette impression. Et puis elle l'a assommé avec un sédatif hyper puissant, ce qui n'est pas en général la caractéristique d'une relation normale." Michael peut être caustique quand il veut.

“Mais il collabore avec elle.

— Nous n’en savons rien.

— Il ne répond pas quand on l’appelle. Il n’est pas entré en rapport avec ses supérieurs, ce qui est inacceptable.

— Nous le savons parce que ?

— Parce que Barratt le cherche. Lisa dit qu’il a tout fait pour que la chose ne s’ébruite pas jusqu’ici, qu’il a pris les choses en main. Des recherches menées par un seul homme.

— Lisa ? fait Danielle.

— Une ex-collègue.”

Danielle émet un grognement où s’entendent à la fois du scepticisme, de la curiosité et de l’excitation. Elle vide son verre pour la deuxième fois. Robert lui retire le verre.

“Pourquoi est-ce qu’il collaborerait avec elle ?” s’interroge Michael.

Robert hausse les épaules.

“Pour toutes sortes de raisons. Personnelles. Sexuelles. Financières.

— Financières ? Qu’est-ce que l’argent vient faire ici ?

— Eh bien, s’il ne collabore pas avec elle, et qu’il n’est pas en contact avec la police, ça veut dire qu’elle fait pression sur lui. C’est un adulte, après tout. Selon nous, est-ce qu’elle en est capable ?”

Une pause alors que le trio pense à Cherry, chacun concluant à part soi qu’elle en est tout à fait capable.

“Ce qui fait qu’elle se retrouve avec au moins un voire deux boulets très distincts.

— Dans une petite voiture.

— Elle va devoir passer sous les radars, prendre son temps, des routes de campagne. Où pensons-nous qu'elle va ?

— Ça ne peut être que Londres, dit Michael.

— Pourquoi ?

— À cause de la photo."

Robert le regarde d'un air interrogateur.

"Elle a trouvé une photo sur le cadavre. Elle me l'a montrée pendant la pause déjeuner. Une jeune fille, souriante, prise à Londres.

— OK. Et à quoi tu vois ça ?

— Un panneau routier derrière elle. NW 10.

— Cherry n'a pas rendu la photo ? En même temps que le corps ?

— Elle faisait pas confiance aux flics, elle l'a dit.

— À raison, dit Danielle. Je la leur aurais jamais filée. Les flics sont des enfoirés, point barre."

Robert se hérisse, ce qui est bien sûr exactement la réaction que recherche Danielle. Ils ont déjà eu cet échange et, chaque fois, il tombe dans le panneau, se jette dans son piège.

"Elle semblait penser que la fille avait un lien avec le gamin, de la famille peut-être ou sa petite amie, et qu'on pouvait la retrouver, ajoute Michael.

— C'est qui ? On connaît son nom ?

— Aucune idée. Je ne crois pas que Cherry en sache plus.

— La retrouver ? Dans quel sens ?

— Je sais pas. Je me disais que c'était plutôt dans tes cordes.

— Tu ne sais rien à son sujet ? Rien du tout ?"

Michael secoue la tête. Robert se penche en avant, en proie à une incrédulité croissante.

“Tu penses qu’elle se rend à Londres avec un cadavre, probablement de mèche avec un policier soit captif soit complice, en quête d’une fille dont elle ne sait rien, dont elle ignore jusqu’au nom, en se basant sur une photo qu’elle a trouvée sur le mort.

— Oui, dit Michael, je pense qu’en gros c’est ça, ouais.”

Robert se masse les tempes, puis appuie les mains contre son visage. Il expulse de l’air entre ses paumes aplaties comme une baleine qui souffle en faisant surface.

Le fait est que c’est pour ça qu’il l’aime.

“Tu penses pouvoir la dessiner ? demande Robert.

— Dessiner qui ?

— La fille sur la photo.

— Je ne l’ai vue que quelques secondes.

— C’est important, Michael.

— Cela dit, j’ai plutôt bonne mémoire”, murmure Michael, modeste, qui jouit de facultés mnésiques si précises qu’il pourrait rivaliser avec une photocopieuse.

“Ça pourrait faire toute la différence. Dessine tout. La fille, le panneau, l’arrière-fond. Tout ce dont tu te souviens.

— Il se trouve que j’ai pris des cours du soir. Dessins d’après nature”, dit Michael avec un sourire timide.

*

Alors qu'ils s'éloignent de la côte et s'enfoncent dans la zone sinistrée de la grande banlieue de Londres, les maisons deviennent plus imposantes et l'atmosphère refroidit. D'épaisses haies de laurier et de hauts portails en bois munis de pavés numériques ne laissent deviner que d'immenses toits et de hautes cheminées. Des aperçus d'allées méticuleusement gravillonnées. L'espace entre les maisons s'accroît sensiblement. Les seules personnes visibles sont les domestiques des temps modernes : les arboriculteurs et les jardiniers, les agents de nettoyage et les livreurs. Mais aucun signe des résidents. Ici, on paie le prix de la discrétion, le droit de ne laisser personne reluquer les jardins ni surtout évaluer le prix qu'ils ont coûté. En Angleterre, on s'enrichit surtout pour dire aux autres d'aller se faire foutre, et ce en recourant aux briques et au ciment.

Mais ce ne sont pas les vrais riches. Ces derniers habitent en ville, quand ils sont en Angleterre et pas à Dubaï ou en Floride ou, jusque récemment, en Russie. Ces gens sont leurs dérameurs et leurs macs, leurs fellateurs et leurs facilitateurs, leurs exécutants en livrée. Ces maisons sont celles des conseillers en investissement, des spécialistes du financement structuré, des manipulateurs fiscaux et des promoteurs de sociétés de holding offshore. Des chefs de projet de monopoles d'entreprises et des promulgateurs de dividendes d'actionnaires, de consultants auprès d'oligarques et de fonds alternatifs et de membres de la Chambre haute cherchant à décrocher des contrats gouvernementaux lucratifs en échange de services essentiels qu'ils ne feignent même pas de fournir, et ce à l'immense détriment de tous sauf de leurs amis de fac en place au gouvernement. Les pires personnes d'Angleterre, en gros. Avec les journalistes du *Times* et George Osborne.

Cherry consulte sa montre. Ils progressent bien. Plus que deux, trois heures jusqu'au Nord-Ouest de Londres, selon l'itinéraire qu'ils choisissent. Elle va même jusqu'à fredonner discrètement, à défaut de siffloter carrément.

Et soudain, dans le rétroviseur, à soixante-dix ou quatre-vingts mètres derrière eux, la voiture de police apparaît.

Pas de sirène, pas de gyrophare, juste une avancée ciblée, la foulée résolue d'un prédateur. Elle gagne du terrain, un loup se rapprochant inexorablement d'un chevreuil. C'est un des plus grands exploits de la vie de Cherry que ne pas enfoncer la pédale d'accélérateur. Rester calme. Ne rien laisser paraître. Ils ne sont peut-être pas après eux. Mais ils se rapprochent. De plus en plus. La panique monte dans sa gorge. Le conducteur parle dans sa radio.

C'est le grand échalas gris du café. À côté de lui la petite blonde. Cherry met le pied au plancher.

Sans s'en rendre compte, elle a accéléré à fond à la faveur d'un virage serré et remet ça au prochain, leur donnant une bonne avance avant que les flics puissent réagir. Soixante mètres, soixante-dix. Son pied appuie tellement sur la pédale qu'elle peut sentir les vibrations de marteau-piqueur du châssis jusque dans ses cuisses. Des cris poussés par Jakubiak. Elle regarde désespérément à droite et à gauche. Pas de sorties, pas d'embranchements, pas de voies de délestage en vue, nulle part où se cacher. La route s'étire et les expose. La petite bagnole pourrie, la seule qu'elle pouvait acheter, les a trahis, ses poursuivants grandissent dans le rétro une fois de plus, gyrophares en marche cette fois, sirènes encore silencieuses.

Elle repère une petite route à droite et s'y engage au dernier moment, l'arrière du véhicule chassant dangereusement, un panache de gravier et d'éclats dans son sillage comme dans *Shérif, fais-moi peur*, la série que les enfants avaient le droit de regarder le samedi après-midi. Putain c'est trop cool, pense Cherry Bristow pendant un long et étrange moment en s'observant froidement comme si elle était perchée sur sa propre épaule. Je n'ai jamais été cool, je n'ai jamais ressemblé à Daisy Duke, et je serais absolument incapable de conduire comme elle. Jusqu'à maintenant. Les choses qu'on est capable de faire dès qu'on est insouciant. Quand je serai en prison, je me raccrocherai à ces souvenirs et les laisserai me bercer.

Une autre petite route, soudain, celle-ci encore plus petite, qui n'a jamais été pavée, leur caisse bondit et cahote entre les nids-de-poule comme une conserve qu'on envoie valser dans la rue. La voiture de police bringuebale derrière mais Cherry a pris de l'avance grâce à ses manœuvres. Elle longe une énorme résidence acquise à tous les coups par des moyens abominables et malveillants, des buissons de rhododendrons masquant le prix du péché. Cherry se dit que ce doit être une voie privée, menant à des écuries de pur-sang ou ce genre de conneries. Une impasse. Acculés.

Mais ce n'est pas une impasse. Un coup de volant soudain à gauche et le chemin de terre débouche sur une vraie route, une route qui en outre bifurque juste après. La possibilité de semer ses poursuivants ravive l'esprit combatif de Cherry. Le pied de nouveau au plancher, elle choisit la route qui part sur la gauche. En cas de doute, toujours choisir la gauche.

Sauf que dans le cas présent, son instinct a pu l'induire en erreur. Deux virages coup sur coup et juste après c'est une impasse, la large étendue d'un cul-de-sac gravillonné devant une énorme maison. Ils foncent sur une femme mince aux cheveux noirs qui referme une paire imposante de grilles métalliques surmontées de pointes avec un pavé numérique.

Cherry braque pour l'éviter, pile brusquement, et c'est l'arrêt soudain, l'arrivée des flics sûrement imminente. La femme aux cheveux noirs grimace et ouvre la bouche, furieuse.

Puis elle regarde à l'arrière de la voiture, et hurle.

CHAPITRE 11

CHERRY

“Ils n’insisteront pas, dit la femme aux cheveux noirs. Quand personne ne leur répondra.”

Tous les trois sont agglutinés devant l’écran du visiophone, regardent les flics enfoncer sans relâche la sonnette. Personne ne bouge. Ils respirent le moins fort possible. Le concerto pour sonnette en *mi* mineur s’achève en une longue coda d’agacement sonore avant que le grand flic lève les bras en l’air, puis ils s’en vont. Une longue expiration collective remplit la pièce.

“Ils ne vont pas revenir ? demande Cherry.

— J’en doute, dit la femme. Ils ne vous ont pas vus arriver. Il y a d’autres maisons, d’autres routes qu’ils doivent inspecter. Bon, ça vous dirait une tasse de thé ?

— Je serais prête à tuer pour une tasse de thé, dit Cherry. Avec trois sucres, s’il vous plaît.”

Ils sont dans une cuisine si grande que le son de leur conversation leur revient en écho, ce qui ne fait qu’augmenter le sentiment d’irréalité. Quand la femme aux cheveux noirs a ouvert le portail métallique et leur a fait signe de vite entrer pour se garer dans un énorme garage souterrain, ils ont été trop perplexes et reconnaissants pour lui demander pourquoi. Elle n'a toujours pas indiqué les raisons pour lesquelles elle les aide.

La femme s'active un moment puis dépose des mugs devant eux. Le bruit de ces derniers sur la table en acajou se répercute en un bruyant écho dans la vaste pièce, les vibrations renvoyées par les interminables éléments en métal poli et le sol en marbre délicatement veiné. À voir l'état flambant neuf de la gazinière à huit feux, on ne dirait pas qu'elle sert souvent.

"Trois sucres, dit la femme à Cherry avec condescendance, plus critique à l'égard de ses choix nutritionnels que de sa soudaine arrivée avec un cadavre à l'arrière.

— Pas ma faute. Des années de travail de nuit, dit Cherry pour sa défense.

— Le sucre empêche de réguler le taux de glucose, dit Andy.

— Se prendre un coup dans la tronche aussi.

— Non, c'est faux.

— Tu veux qu'on vérifie ?

— Ça ne veut rien dire.

— Tu t'appelles comment, déjà, ma douce ?" La femme a une voix truculente et un nez joliment cassé, ce qui signifie que son excellente structure osseuse n'est pas trop agaçante. Ça compense...

"Cherry.

— Mignon. Comme le mot français ?

— Comme le coca", dit Cherry, qui a déjà eu cette conversation. Qui appelle son enfant avec le nom d'un fruit ? a-t-elle demandé de nombreuses fois à sa mère. Il y avait quoi d'autre sur la liste ?

Grenade ? Corossol ? Corossol Bristow, ça le fait, pour être franche. Elle a raté quelque chose avec Danielle, là.

“Moi c’est Radka.

— Andy Jakubiak, dit Andy Jakubiak.

— Enchantée, Andy.

— Merci de nous avoir accueillis.

— Y a pas de quoi.

— On peut savoir pourquoi ?” demande-t-il, en haussant les sourcils. Mais Cherry a autre chose en tête de plus urgent.

“Ils devaient nous suivre, non ? Ça ne peut pas être une coïncidence, les mêmes flics. Comment ?

— Vous avez des téléphones ? demande Radka.

— On les a jetés.

— Alors ça doit être le GPS de votre voiture.

— Il y a un GPS dans notre voiture ?”

Le vague souvenir d’un briefing qu’il n’écoutait pas vraiment, vu qu’il lisait un article sur les nouvelles techniques de soulevé de terre roumain, traverse l’esprit d’Andy. Il préfère ne pas en parler.

“Je suppose. La plupart des voitures récentes en ont un. Je le sais parce qu’Alasdair – c’est le propriétaire de la maison – est complètement parano côté surveillance globale. Il a installé une sorte de bloqueur autour de cette zone. Efficace sur huit cents mètres dans toutes les directions. Donc, ils pourront pas vous retrouver ici.

— Alasdair a l’air on ne peut plus sensé.

— C’est pas le cas.

— Désolée, c’était une figure de style pour dire le contraire.

— Oui, j’avais compris. On a la même chose en République tchèque, comment vous appelez ça ?

Ironie mordante. C'est très présent dans notre littérature. Tu as lu Hrabal ?

— Qui ça ?

— Bohumil Hrabal. Un classique chez nous.

— Jamais entendu parler de lui, désolée.

— Je te recommande *Trains étroitement surveillés.*

— J'y penserai", dit Cherry. Elle sirote son thé. Il est excellent. "Et que fait cet Alasdair pour gagner sa croûte ?

— Courtier en pétrole.

— Je vois. Un boulot d'intérêt public.

— Non, en fait, c'est bien pire que ce que tu crois, dit Radka en recrachant un filet régulier de fumée de sa roulée. C'est un spéculateur. C'est pour ça que l'énergie est si chère, pas à cause de la guerre ou de conneries dans ce genre. La propagande dans ce pays est tordante. Il faut avoir grandi dans les derniers sursauts du communisme pour comprendre la société anglaise, vous savez. Tellement de points communs : l'impuissance des gens, la corruption des dirigeants. Le système de transport ici est considérablement inférieur à celui de l'ancienne Tchécoslovaquie. Et puis nous, on faisait juste semblant de travailler. Pas vous."

Elle recrache encore un peu de fumée et quelques étincelles.

"Alasdair met du pétrole dans ces énormes tankers flottants et les laisse se balader en mer en boucles infinies afin qu'ils puissent augmenter les prix sans arrêt. C'est son boulot. Privant les gens de chauffage et de lumière. Il est donc responsable de nombreuses morts. Tout ça pour cet endroit", dit-elle en agitant la main au-dessus de sa tête comme si elle maniait un lasso invisible, “où il ne vient presque jamais. C’est un type adorable, bien sûr. Un peu faible. Vulnérable. Je lui demande pourquoi il fait ça et il me répond que s’il ne le fait pas, alors quelqu’un d’autre le fera.

— Et où est Alasdair en ce moment ? demande Jakubiak.

— En Ouzbékistan, je crois.

— Pratique. Pour le pétrole, du moins, dit Cherry.

— On m’a dit qu’ils faisaient bouillir leurs dissidents dedans. Je ne sais pas si c’est avant ou après l’avoir vendu à Alasdair.

— Donc vous êtes seule ici ? demande Jakubiak, las de la politique des hydrocarbures.

— Fiona est aux Maldives. C’est quelqu’un de malheureux. Oscar fait des études de cinéma à Londres. Les jardiniers vont pas tarder à venir tailler les haies ici. Mais sinon oui, juste moi. Pour faire le ménage dans une maison déserte.

— Vous êtes là depuis longtemps ?

— Cinq ans environ, dit Radka. Pas dans la maison, je veux dire. Je rentre chez moi le soir. Je ne suis pas Raiponce.

— Vous semblez très cultivée.

— Pour une femme de ménage, vous voulez dire.

— Non, je…

— Je m’élève contre cette idée. Que les gens stupides font les travaux manuels et les gens intelligents envoient des emails. D’après mon expérience, c’est cent pour cent l’inverse.”

Cherry pense à l’humour des brancardiers et à l’hilarité surréaliste lors des épuisantes gardes de nuit, les compare au conformisme bovin des cadres au-dessus d'elle, leur ressentiment vicieux et paniqué à l'égard de toute forme de défi, et regrette son propos. On lui a demandé des tas de fois de passer de l'autre côté et d'intégrer la direction. Elle préférerait être une dissidente ouzbèke.

"Je suis cultivée, dit Radka en haussant les épaules. J'ai un diplôme en chimie organique. J'ai travaillé un temps dans un labo pas très loin d'ici. Mais bon, la merde habituelle ; des disputes concernant le roulement, des gens qui piquent votre repas dans le frigo, des mecs laids qui essaient de vous sauter. Pareil qu'en République tchèque. Mon petit ami est le comptable d'Alasdair. L'occasion s'est présentée, je l'ai saisie. J'ai plein de temps pour lire.

— C'est donc pour ça que vous nous avez laissés entrer, dit Jakubiak.

— Comment ça ?

— Vous vouliez de la compagnie."

Radka semble perplexe.

"Je ne me sens pas seule, si c'est ce que tu veux dire. Quand je dis que j'ai plein de temps pour lire, je veux dire que j'ai plein de temps pour lire. J'aime lire. Non, je croyais que la raison pour laquelle je vous ai laissés entrer était évidente.

— Je ne vois pas."

Radka se penche en avant et écrase sa roulée.

"Vous avez oublié ce qu'il y a à l'arrière de votre voiture ?"

*

BARRATT

“Disparus ? Comment ça, putain, disparus ? Comment peuvent-ils juste disparaître, merde alors ?”

La péroraison de Barratt atteint un pic d’indignation suffisamment élevé pour commotionner les oiseaux qui passent et s’achève en un puissant fracas.

Lisa Bailey frappe poliment à la porte de son bureau, tout en réprimant un petit rire. Les connards comme Barratt sont la pire menace à sa façade neutre, son culte zéro de la personnalité. Difficile de ne pas se moquer d’eux. Pas de réponse, alors elle frappe de nouveau. Un grognement rageur l’invite à entrer.

Elle pousse la porte et trouve Freddie devant les débris de son téléphone, en train de les contempler tel un oracle grec examinant les intestins brûlés d’un mouton, en quête de signes, de sens cachés. Ou peut-être juste de sa carte SIM. Des bouts de verre de l’écran tactile sont incrustés dans le mur à côté de lui.

“Je peux faire quelque chose pour vous, chef ? demande Lisa, en s’efforçant de garder son sérieux.

— Trouvez-moi un autre putain de téléphone”, dit Barratt sans la regarder.

*

CHERRY

“Je suis une sorcière”, déclare Radka d’une voix posée et dénuée de toute prétention, comme si elle annonçait qu’elle était douée en déco intérieure.

Tous les trois sont de nouveau dans l'énorme garage souterrain où ils se sont garés en catastrophe en proie à une joie chaotique après avoir échappé à la police. L'endroit caverneux pourrait presque accueillir un des pétroliers d'Alasdair, mais ne contient que la Mazda de Radka, une décapotable rose en attente de quelque chose, comme deux lèvres luisantes faisant la moue ("La petite caisse de Fiona", dit Radka d'un ton dédaigneux), ainsi que la voiture de Cherry. Ils contemplent la banquette arrière de cette dernière. Radka tient également un sac-poubelle noir avec plusieurs choses dedans qui remuent, extraites des entrailles de la cuisine. La peur est plus que visible sur les traits de Jakubiak.

"Une sorcière ?" demande-t-il, nerveux. Andy ne raffole pas des films d'horreur. Il n'a même pas pu regarder jusqu'au bout le premier épisode de *Stranger Things*.

"Absolument, dit Radka. Également femme de ménage et chimiste organicienne.

— Et mordue de littérature, ajoute Cherry.

— Ça aussi.

— Les nombreux talents de la femme moderne. On parle d'un diplôme de sorcellerie, ou juste d'une spécialisation de premier cycle ?

— Ne te moque pas.

— Désolée, je… C'est pas tous les jours qu'on entend…

— Il n'est pas question ici de chapeaux pointus et de balais volants. C'est plus… normal que ça. Comme si on agrandissait un petit peu l'écran de la vie et qu'on pouvait voir au-delà du cadre que les autres perçoivent. J'ai toujours été capable de voir et d'entendre des choses. Ancêtres. Esprits. Pendant longtemps ça m'a fait peur. Puis j'ai compris que c'était beaucoup plus ancien que moi. Les sorcières sont des femmes qu'on a maudites, persécutées et enfermées parce qu'elles savaient des choses que les hommes puissants ne voulaient pas qu'elles sachent. C'est une façon de résister, établir des connexions avec d'autres êtres humains et des forces qui nous échappent. Il y a beaucoup plus de sorcières ces temps-ci, maintenant que tout fout le camp. C'est une forme d'amour, vraiment. L'amour au temps du désespoir.

— Eh bien, voilà qui me parle, dit Cherry.

— Genre, vous pouvez, euh, communiquer avec lui ?" demande Andy, en subodorant la potentielle dimension positive du côté obscur. "Découvrir qui il est, et savoir où l'emmener ?"

Le regard cinglant que lui décoche Radka pourrait éliminer plus de récoltes que le changement climatique et la modification génétique combinés.

"C'est pas du FaceTime médiumnique.

— Non, je sais bien…

— C'est pas, putain… du iodle tombal. Je peux pas appeler les morts pour discuter des détails de livraison. « Veuillez laisser le corps derrière la remise en cas d'absence. »

— Je suis désolé, dit Andy, décontenancé. Alors, que pouvez-vous, comment dire… voir ?

— Je peux voir son esprit", dit Radka, en tendant le doigt.

*

OMAR

Un camp pour réfugiés sur une des îles grecques. Un espace aménagé à la machette entre les oliveraies à l'agonie visant à accueillir trois mille personnes et en contenant désormais vingt mille, voire plus. Les oliviers se meurent à cause du changement climatique, de l'incessante chaleur et du manque d'eau, mais c'est l'hiver à présent et les températures la nuit sont bien en dessous de zéro. Les tentes de l'UNHCR sont surélevées sur des palettes. Les bâches miteuses et les appentis installés dans les bosquets ne bénéficient pas d'un tel luxe. Les gens meurent de froid régulièrement sur la terre nue et gelée. Il y a des meutes de chiens sauvages.

Omar évite les autres. Il n'y a presque jamais d'électricité et, la nuit, l'obscurité est omniprésente, comme si elle lançait des tentacules pour entraîner et avaler d'imprudents voyageurs. L'obscurité ici est un monstre d'une légende ancienne, un moderne Charybde et Scylla. Ce voyage vous met sans cesse à l'épreuve, vous tendant des obstacles et creusant des fosses piégées, afin de voir si vous avez les ressources pratiques et morales pour vous en sortir. On ne peut pas survivre à cette odyssée sans de la chance et du courage. S'il y eut jamais un peuple élu sur cette terre, c'est bien celui qui réchappe de cette épreuve par le feu, l'eau et la bureaucratie. Si nous avions leur courage, nous leur écririons des chants et des récits.

Là-bas dans les ombres du camp, derrière les monticules de détritus plus hauts qu'un homme et les vagues de rats qui en jaillissent telles des marées cauchemardesques, il y a des hommes avec des couteaux.

La rage, l'ennui, la frustration, la pauvreté. Toute la nuit, de jeunes hommes et des adolescents se rendent en titubant dans les tentes des médecins volontaires pour des blessures à l'arme blanche. Les femmes portent des couches pour bébé pendant la nuit, qui les irritent et les écorchent. Elles se pissent et se chient dessus plutôt que de prendre le risque de s'aventurer dans l'obscurité jusqu'aux toilettes. Le premier de chaque mois, quand les réfugiés reçoivent leurs ridicules allocations, le supermarché derrière le camp est en rupture de vin, et des bagarres ponctuent l'air toute la nuit. Le seul fait de partager un même sort malheureux ne rend pas les gens solidaires, ou décents.

Omar avait un compagnon de tente qui lui versait un peu d'argent pour dormir avec lui, un Syrien sympathique qui avait contracté une fièvre cérébrale (la fameuse "grippe du camp" : méningite virulente, d'après les médecins), et qui avait été envoyé par bateau à l'hôpital. Ils disent que le Syrien a été transporté à Athènes, s'est enfui de l'hôpital en nouant ensemble ses draps de lit et en descendant par une fenêtre du troisième étage, et maintenant il a un bon job comme serveur. Ou il s'est déguisé en aide-soignant pour se barrer et travaille maintenant dans un garage, ou sur un chantier. Tout dépend de qui raconte l'histoire. Mais dans toutes les versions, il envoie beaucoup d'argent à sa famille au pays.

D'autres disent que quand ils vous soignent à l'hôpital dans les grandes villes, ils doivent traiter votre demande d'asile ou, encore mieux, votre requête pour vous installer dans les pays riches d'Europe : l'Allemagne, la France, l'Angleterre. C'est quelque chose que les autorités locales ici refusent catégoriquement de faire. Pendant un temps, Omar est allé voir les gens qui avaient la grippe du camp et leur a demandé de lui souffler dessus, mais il ne l'a jamais attrapée.

Il avait un autre compagnon de tente, un Yéménite maigrichon qui disait avoir vingt ans et n'en faisait pas plus de quatorze, mais qui la nuit ne cessait de hurler. Les yeux grands ouverts, les membres absolument rigides, un hurlement comme sorti des entrailles de l'enfer. Le pire c'est que le gamin prétendait qu'il dormait très bien, et ne se souvenait de rien. Il avait même affirmé qu'Omar avait inventé cette histoire pour lui soutirer plus d'argent. Il avait été furieux quand Omar l'avait viré de la tente.

Omar préfère rester seul. Il se déplace souvent dans le camp, évite les allégeances fragiles et les fidélités changeantes à mesure que différents groupes gagnent ou perdent en puissance, grandissent et diminuent en nombre. Il fait des petits travaux pour un fermier du coin, trimballe des cailloux et coupe du bois. Le fermier est sympa. Il a appris quelques mots en grec à Omar. *"Malaka"* est le plus courant. "Ça veut dire quoi ?" demande un autre travailleur migrant, un grand Soudanais anguleux. "Ça veut dire un homme qui…", répond le vieux Grec décrépit au feutre cabossé, et il agite vigoureusement ses mains devant son entrejambe, suscitant l'hilarité générale. *Malaka* semble être aussi un terme affectueux, en fait un terme qui colle à tout. Ils en saupoudrent leurs paroles comme si c'était du sel sur de la nourriture.

Les bêlements des chèvres dans la cour sont apaisants. Ils rappellent à Omar le pays. Mais il ne compte pas rester longtemps. Son plan est toujours de bouger. De retrouver Asha.

*

ASHA

La femme voilée – elle s'appelle Marwa – escorte Asha dans un dédale de rues de banlieue. Les maisons lui font penser aux passagers d'un train : contraints à la promiscuité, mais faisant comme s'il n'y avait personne. Le regard braqué droit devant, les épaules maintenues à quelques millimètres de celles des autres comme si, en ne se touchant pas, ils pouvaient faire durer l'illusion que c'est là l'existence qu'ils ont toujours voulue. Des palissades fragiles entre elles. Des petites bandes d'herbe laides devant elles, souvent recouvertes de béton ou de goudron. Ce n'est pas le monde que s'attendent à voir les migrants, le monde du trivial et du grossier. Ce ne sont pas là les promesses qui les poussent à monter dans un bateau ou à s'accrocher sous un camion, ou, dans le cas relativement privilégié d'Asha, à prendre un avion. La banalité et le malheur la perturbent bien plus que l'absence de richesses.

Elle demande à Marwa pourquoi les gens ont recouvert leurs minuscules jardins d'herbe plutôt que d'y faire pousser des fleurs ou des fruits, et sa nouvelle amie répond, sur le ton réservé aux enfants bornés ou aux ultralibéraux, que c'est pour y garer leurs voitures. Asha le voit bien, mais elle voit également qu'il y a plein de places où se garer dans la rue. Elle suppose que c'est une question de contrôle. Comme un marquage, une chose dont on est maître, même si c'est juste de l'herbe.

Marwa est quelqu'un de grossier. Elle vient de Hull ("c'est dans le Nord, un coin merdique") mais sa famille est originaire d'Égypte, d'où l'usage de l'arabe. Elle étudie les technologies de l'information et l'informatique. "C'est hyper chiant, pour tout te dire, mais c'est là qu'on embauche, tu me suis ?" Marwa a des faux ongles, longs et rouges, un rire dissident qui évoque un vol d'oiseaux en train de se chamailler, et elle aime l'aventure. Asha essaie de la dissuader de l'emmener au centre de détention pour migrants, elle n'a qu'à lui montrer l'itinéraire sur son téléphone, mais Marwa ne veut rien entendre.

Les maisons se font plus rares, remplacées par le dépotoir périphérique d'une ville de province anglaise. Des jardineries à l'abandon. Des garages miteux avec des avant-cours maculées d'essence. Des hangars industriels en tôle ondulée aux couleurs tapantes, contre lesquels clapotent des lacs de goudron découpés en cubes bordés de blanc, là encore l'obsession anglaise pour la fausse intimité. De grandes lettres blanches sur les parois : B&Q. Sainsbury's. Poundland. Asha ignore ce qu'abritent ces bâtiments mais ils exercent de toute évidence une grande attraction sur les gens du coin, qui se rendent d'un pas pesant dans ces temples préfabriqués tels des suppliants.

Puis ces édifices disparaissent eux aussi et le centre de détention pour migrants apparaît, encore plus menaçant et morne que sur les photos, au beau milieu de rien, un terrain vague envahi par les buissons et les sacs en plastique déchirés. Les clôtures de barbelés sont plus hautes et plus épaisses qu'elle l'imaginait, surmontées à certains endroits de vêtements déchirés, de sweat-shirts qui s'agitent bruyamment dans le vent tels les lambeaux d'un drapeau de pacotille. À part ça, un silence impressionnant. Des fenêtres à barreaux avec d'épaisses vitres entre les barreaux. Personne ne franchit l'énorme portail d'acier, ni dans un sens ni dans l'autre. Le seul mouvement provient d'un groupe de corneilles qui se disputent une portion d'os de poulets. Asha frissonne.

Pour la première fois, le sourire de Marwa s'estompe. Elle se tourne vers sa nouvelle amie. "*Habibti*, tu cherches quoi exactement ici ?"

*

CHERRY

"Son esprit refuse de quitter son corps", dit la femme de ménage-sorcière.

Cherry n'est pas portée sur la spiritualité. N'a jamais trop accroché à la méditation guidée, aux huiles essentielles et au chant des baleines, aux imprécations visant à "ouvrir son esprit". Au cours des semaines qui ont suivi la mort de Liam, un nombre impressionnant de personnes l'ont approchée pour lui demander naïvement si elle croyait à une vie après la mort. On lui a envoyé des liens de médiums, ou des e-mails d'amis ayant recouru à une sorte d'astuce spirituelle "et ça les a vraiment aidés". Ce qui l'a rendue *furieuse*, et comment ! La lâcheté. Le refus d'affronter la dure réalité. Elle supporte peut-être cette réalité en se mettant minable plusieurs soirs par semaine et en cramant lentement toutes ses relations clés, mais au moins elle n'a jamais tiré la moindre consolation de ces conneries faussement rassurantes, dans lesquelles tant de gens semblent s'immerger ces temps-ci.

Mais elle croit Radka. D'emblée et sans rien mettre en doute, elle la croit.

"Quand je t'ai vue rouler comme une tarée, j'ai franchement pas eu envie de vous aider.

— Merci.

— J'avais aucune intention de vous cacher. Mais j'ai vu alors son esprit. Et ça, je dois l'aider.

— Pourquoi n'y arrive-t-il pas ? À partir ?

— Je ne sais pas. C'est différent selon les cultures. L'esprit est malheureux pour une raison ou une autre. Il est agité, ne trouve pas la paix.

— À cause de la façon dont il est mort ?

— C'est possible. La raison la plus courante, c'est parce qu'il a besoin d'être enterré décemment."

Cherry se tourne vers Jakubiak, confortée dans son opinion, étrangement triomphale.

"Je te l'avais dit ! Je t'avais dit qu'il avait besoin d'un enterrement décent !"

Il la regarde, l'œil vitreux.

"Mais il y a autre chose dont il a encore plus besoin, du moins pour l'instant, dit Radka. Et là je parle avec ma casquette de chimiste organicienne. Sans parler d'un odorat qui fonctionne."

Elle retourne le sac-poubelle comme un gant. Il en tombe plusieurs grosses boîtes de sel de Maldon.

*

ROBERT

Robert prépare un sac. C'est le genre d'homme à tout prévoir. Cinq ou six caleçons ? Combien de chemises ? Doit-il emporter un pull supplémentaire ? De quoi se raser ainsi qu'une brosse à dents ? Il compte s'absenter seulement un jour ou deux. Pas d'embauchoir, c'est sûr, ça serait too much.

Il soupire. Ça fait un bail qu'il n'a pas pris la route, travaillé sur une affaire, traqué des suspects, le frisson de la chasse. Un bail qu'il n'a pas passé une nuit hors de chez lui, pour être franc. L'idée de reprendre enfin du service, mais cette fois avec *Cherry* comme suspecte…

Il met un gros flacon de bain de bouche dans son sac puis se ravise et le ressort. La porte de la chambre s'ouvre d'un coup et Danielle apparaît sur le seuil, massive et implacable.

"Bon. Y a des plats tout préparés dans le congélo…

— Non.

— C'est juste pour un jour, deux jours max. Mrs Hilton viendra te chercher si…

— Non.

— Je dois la retrouver, Danielle. Tu peux penser ce que tu veux de ta mère, mais elle a des ennuis et je ne vais pas la laisser…"

Elle laisse tomber bruyamment par terre le sac à dos qu'elle avait sur l'épaule.

"Je t'accompagne."

C'est au tour de Robert de dire non.

“Non. Hors de question. Je n’ai pas le temps de faire du babysitting…

— Du babysitting ? Mais qui garde qui ? T’as de la chance de m’avoir.

— Avec tout le respect que je te dois, tu ne connais rien à…

— Je la comprends mieux que toi, papa.

— Non, je ne suis pas d’accord.

— C’est pourtant le cas. Je sais comment elle pense. J’ai toujours su comment elle pensait. Et il est hors de question que je te laisse faire ça tout seul.”

*

JAKUBIAK

“C’est vraiment une bonne idée, reconnaît Cherry. J’aurais dû y penser moi-même plus tôt.

— Quoi ? fait Andy avec méfiance.

— Mais un peu dingue de le faire avec du Maldon.

— Y en a près de vingt-cinq kilos ici, dit en riant Radka. Du sel pour lave-vaisselle ferait mieux l’affaire, mais on n’en a pas. Ils ne sont jamais ici assez souvent pour utiliser le lave-vaisselle.

— Pour faire quoi ?” gronde Jakubiak. Il sent que quelque chose de désagréable se prépare, et ça commence à l’agacer sérieusement.

“Une méthode basique pour préserver des échantillons organiques à la morgue consiste à les immerger dans un environnement salin. Le retrait par osmose de l’eau cellulaire ralentit le processus de décomposition.

— Parlez. Normalement. S'il vous plaît.

— On frotte sa peau avec du sel, Andy. Pour l'empêcher de pourrir, dit Cherry, affable.

— On va pas faire ça.

— On n'a pas le choix, vraiment. Il gonfle. Tu as remarqué l'odeur. On peut pas l'ignorer. Comme l'a dit madame, c'est le mieux qu'on puisse faire pour lui. Étant donné les circonstances.

— C'est très efficace, en fait. Et ça inhibe aussi la croissance microbienne, ajoute en souriant Radka, en laborantine manquée, une perte grave pour la science.

— Non. Non non non non non non. Pas de ça, putain.

— Se balader dans Londres avec cette puanteur qui sort de la voiture n'est probablement pas le meilleur plan. Et ça sera plus agréable pour nous tous. Nous tous, vraiment.

— Putain mais c'est quoi votre problème ?

— Une question qu'on m'a souvent posée et à laquelle je n'ai toujours pas de réponse, mon gars." Elle se penche en avant, soudain sombre. "Je ne vais pas le rendre aux siens dans un état dont ils ne seront pas fiers. Dans un état où ils ne peuvent pas l'enterrer. Ils font peut-être ça à cercueil ouvert dans leur culture. Ou pas. Dans les deux cas, je veux qu'il présente bien.

— Qu'il présente bien, merde alors ? Ah d'accord, genre profil Tinder.

— Tout va bien, Andy. Vraiment. Retourne dans la cuisine et ressers-toi une tasse de thé. Radka et moi on s'en occupe."

Andy Jakubiak s'empare d'une des grosses boîtes de sel et la balance contre le mur d'un geste rageur.

La boîte explose en une averse de flocons salins scintillants, créant autour d'eux un effet boule à neige hors saison.

"ARRÊTEZ DE ME TRAITER COMME UN GAMIN, PUTAIN !" hurle-t-il.

La rage et le dépit dans sa voix sont renvoyés en écho par les murs du garage caverneux, et se dispersent dans l'air parmi les cristaux blancs. Les deux femmes se taisent.

"Tu penses que je fais ça uniquement parce que tu m'as menacé ? Tu penses que je me résume à ça ? Je serais pas là, putain, si ça n'allait pas plus loin. Ton fils s'est suicidé, tu souffres le martyre, tu crois que c'est quelque chose que tu peux faire pour compenser, ce genre, ça j'ai pigé. C'est complètement taré, mais j'ai pigé. Alors comment se fait-il que ça n'ait pas traversé ton petit cerveau égocentré que peut-être, juste peut-être, j'ai besoin moi aussi de faire quelque chose ?"

Quand Cherry lève les yeux, elle voit des larmes briller dans les yeux d'Andy Jakubiak. Elle tousse doucement.

"Je suis désolée, Andy. Vraiment. J'ai été égoïste. Je suis désolée.

— Vous m'en voyez désolée, également, dit Radka d'une voix ténue.

— Si on doit faire ça, alors faisons-le, merde alors." Il les bouscule légèrement et se dirige vers la voiture. Il prend une profonde inspiration, ouvre la portière, extrait tant bien que mal le cadavre raide de la banquette arrière, le dépose par terre avec une douceur surprenante et retire la couverture.

Tous les trois retiennent un cri. C'est plus fort qu'eux.

D'emblée, l'odeur soudaine de la décomposition, la puanteur répugnante de la putréfaction les font suffoquer. Et puis il y a ce qui est arrivé à Omar depuis la dernière fois où ils l'ont vu. En plus d'être bouffi, sa peau s'est ramollie, elle fronce et se dessèche comme du vieux cuir. Elle est plus lustrée qu'avant, les infiltrations internes et sombres de la dégradation. La raideur des membres fait que ceux-ci n'ont plus l'air d'appartenir à quelqu'un. Ils font penser à Andy à de vieilles racines d'arbre qu'il avait vues, enfant, sur le terrain de son père, une des rares fois où il avait eu le droit de lui rendre visite. Provenant des montagnes, échouées là depuis des décennies, des vestiges d'anciennes forêts et d'antiques déluges. Durcies et délavées, encore tourmentées bien après leur mort, tordues et emmêlées.

Et pourtant, même dans cette nudité, cette exposition totale, le jeune mort n'a jamais paru aussi vulnérable, et par conséquent aussi humain.

Andy déchire une des boîtes, prend deux grosses poignées de sel et commence à le frotter énergiquement. Presque aussitôt, il a un haut-le-cœur. Toucher la peau du garçon est encore plus épouvantable que sentir son odeur. Gélatineuse d'une façon dégoûtante, toute molle et remuant à chaque mouvement, une horrible sensation comme si de minuscules méduses causaient de petites rides sous la peau parcheminée. Toujours furieux, il fait signe aux femmes de venir l'aider, ce qu'elles font.

"Ça marchera mieux, avance Radka d'un ton hésitant au bout d'un moment, si on en met également dedans. Dans les orifices du corps.

— Faut ce qui faut", crache Andy Jakubiak.

*

OMAR

Les plus grands dangers dans le camp, plus grands encore que la violence et le viol, sont l'ennui, la frustration et l'espoir qui s'amenuise régulièrement, tel un pneu crevé se dégonflant lentement. Faire la queue pour manger, faire la queue pour se laver, faire la queue pour être soigné. La lassitude née de l'attente est pesante. Peu à peu, les nouveaux venus rejoignent les rangs des inertes, des passifs, des désespérés, assis sur le seuil de leur tente toute la journée, tête baissée, ils n'ont ni l'énergie d'aller harceler les ONG ou le personnel du centre ni le courage de faire leur barda et de partir "parce qu'on sait jamais, ça pourrait arriver demain".

Omar ne fera jamais partie de ces gens. Il garde espoir car ce dernier est son bien le plus précieux, lui qui possède si peu. Aussi, le soir où les fascistes et la police brûlent le camp, il est prêt.

Les policiers sont censés être là pour surveiller la zone "protégée", un campement pour les plus vulnérables, mais ce qu'ils font surtout, c'est saigner les gens et baiser les femmes qui prennent leur argent et fixent avec une hostilité mécanique le monde au-delà des grilles.

Au cours des dernières semaines, ils ont eu de la visite. Des hommes bien nourris, bien habillés, lisses et menaçants, pareils à des douilles dans leurs blousons bombers et leurs grosses chaussures. Les hommes-douilles longent les grilles avec des jumelles, désignent, prennent des notes. Ils sont le bout d'une longue chaîne, une chaîne de mépris, de déréliction et de désaveu.

Le reste de l'Europe refuse d'accueillir les réfugiés venus de Grèce, persuadé que ça encouragera un nouvel afflux. Le reste de la Grèce refuse de les laisser sortir de l'île, persuadé que ça encouragera un nouvel afflux. Les habitants du coin commencent à en avoir assez que leur île devienne une prison, d'être les gardiens involontaires d'une interminable crise humanitaire. Et les bénéficiaires, bien sûr, comme toujours, ce sont les fascistes. Dans les semaines à venir, six Afghans seront accusés de ce qui se passera ce soir, mais tout le monde sait que ce sont des conneries.

L'incendie commence modestement. Les foyers de flammes émergent un par un comme des étoiles au crépuscule, pétillant dans le firmament du camp, beaux comme des diamants dans la nuit. Faire des feux est officiellement interdit mais ça arrive tout le temps, aussi personne ne réagit. Mais les sens d'Omar sont toujours en alerte et il suffit d'un rien pour qu'ils réagissent. Il n'y en a pas autant en temps normal, pense-t-il. Il n'y a pas autant de gens qui font des feux en même temps.

Puis les petits foyers commencent à s'étendre et se rejoindre, lançant des vrilles d'étincelles et de flammèches sur les feux voisins. Les feux se tiennent la main et s'élancent en avant tels des enfants guillerets. Omar est debout, il crie AU FEU AU FEU AU FEU dans toutes les langues qu'il connaît, arrache les gens à leurs tentes, pousse et bouscule les gens qui trébuchent et appellent leurs enfants et laissent tomber les quelques affaires qu'ils ont prises dans la panique. Des documents irremplaçables et des pots fêlés se mélangent dans la boue et sont piétinés. Les flammes grondent leur rage comme des bêtes réclamant leur souveraineté sur la terre en feu et consacrée. Devant le mur de fumée et de chaleur sont postés les hommes-douilles, qui jouent de la matraque, brisant et frappant. Les gens tombent devant eux et ne se relèvent pas.

Tout s'élance vers le ciel en un instant. Les cabanes en bois délabrées prennent feu d'un coup et les flammes lèchent le ciel. Les bâches en plastique fondent et s'affaissent. Les tentes crament et se gonflent, attisant l'incendie. Les oliviers brûlent à la base et couvent tandis que le feu progresse dans leur cœur de bois avant d'exploser d'un coup en une gerbe de flammes. Les troncs se consument, comme abattus par une tronçonneuse rouge-orange, et les arbres dévalent la colline, tels de terrifiants soleils d'artifice, dispersant des braises qui nourrissent de nouvelles déflagrations. Mais le plus effrayant c'est le bruit.

Ce bruit est quelque chose qu'Omar n'a encore jamais entendu. L'incendie hurle, comme une meute de loups, un hurlement grondant qui ressemble à un cri de triomphe, des prédateurs prêts à la curée finale, mais c'est aussi un bruit funèbre comme si on pleurait la perte définitive de quelque chose de précieux. S'il a le vent avec lui et la pente en sa faveur, un incendie peut se déplacer aussi vite qu'un sprinter olympique. Il fonce vers eux, le mur de flammes s'élevant sans cesse.

Chacun court pour sauver sa peau.

CHAPITRE 12

MARWA

Assise sur le petit lit d'étudiant, Asha est en proie au doute, mal à l'aise, et les bosses du matelas n'arrangent rien. Sa nouvelle amie tape sur son clavier avec ses longs ongles artificiels et une concentration impressionnante. Elle ne comprend pas trop ce qui se passe, mais voit bien que Marwa a un plan. Un plan enraciné dans la douleur.

La cousine de Marwa, Nour, une activiste queer qui a fui l'Égypte de Sissi après l'effondrement du Printemps arabe, a passé plus de deux ans dans des centres de détention anglais, déplacée fréquemment dans tout le pays d'un endroit à l'autre sans prévenir. Marwa est allée voir Nour dès qu'elle a pu la localiser, à savoir pas souvent. Elle relit une fois de plus les lettres déchirées et tachées de larmes que sa cousine lui a écrites sur des pages arrachées à de vieux cahiers d'école, furieuse d'apprendre ce que subit Nour, mais furieuse aussi d'entendre sa cousine répéter qu'il doit s'agir d'une erreur, que l'Angleterre n'est pas comme ça au fond.

Mais au final, ça a valu le coup. Nour a coché tous les critères nécessaires, franchi tous les innombrables obstacles. Elle avait un bon avocat, ce qui n'est pas le cas, de loin, de tous les autres. Une dernière audience de droit de séjour. Juste une formalité, a dit son avocat. Un simple coup de tampon.

Nour a été déportée deux jours avant l'audience. On l'a arrachée hurlante à sa cellule, à cinq heures du matin, un sac a été placé sur sa tête, ses mains ont été attachées dans le dos par des fils électriques, et elle a été mise dans un vol spécial déportation ralliant Stansted au Caire avec un nombre inconnu d'autres dissidents du Printemps arabe. À ce jour, personne n'a plus eu aucune nouvelle de Nour ou des autres passagers de ce vol. Il est très probable, en fait quasi certain, que Marwa n'ait plus de cousine.

Cette expérience explique que Marwa connaisse particulièrement bien le système de détention anglais et jubile à l'idée de le niquer par tous les moyens à sa disposition.

Il n'y a qu'une seule solution. Asha ne peut pas entrer dans le centre. Elle a nettement plus de chance de s'y faire interner que de parvenir à parler au type à qui elle doit parler. Donc le type devra en sortir. Ou se faire sortir.

Ce qui ne sera pas de la tarte. Heureusement, Marwa est entreprenante, courageuse, et a retenu les leçons clés que la société anglaise enseigne à sa jeunesse, à savoir : 1/ Personne n'en a rien à fiche de vous ; 2/ Tout est une arnaque ; 3/ Ne croyez pas un mot de ce que disent ces enfoirés.

Elle se met à creuser.

*

Ils passent devant un salon de coiffure du nom de Ça Me Défrise. Il n'existe aucune loi dans ce pays gouverné par des incapables qui soit aussi respectée que celle stipulant que tous les salons de coiffure ont le droit de porter un nom contenant un jeu de mots, même si au moins celui-ci a un je-ne-sais-quoi de contemporain. Robert se demande s'il existe une sorte de réunion à laquelle on est obligé d'assister quand on achète sa première paire de ciseaux. Peut-être que dans un passé vague et lointain, une femme a appelé naïvement son salon Ainsi Soit Tif et a été brûlée sur un bûcher comme sorcière.

Le patron est un grand type qui semble s'être fait la pire coiffure de toute l'histoire humaine afin que ses clients se sentent mieux quant à leurs propres choix de vie. Il porte une veste en lamé argenté et des talons bottiers en peau de léopard qui sont raccord avec les couleurs de la fausse crête qu'il désigne en souriant comme s'il venait de gagner un match en finale de Ligue des champions. Robert secoue la tête. Si ça peut l'aider à tenir toute la journée.

Robert jette une fois de plus un œil au dessin de la fille mystérieuse qu'a réalisé Michael au crayon, et qu'il a posé sur son tableau de bord comme si c'était une sorte de boussole. La bonne nouvelle, c'est que Michael a un authentique talent artistique. La mauvaise nouvelle, c'est que ce dessin au crayon d'une jeune Noire, exécuté de mémoire par un homme blanc qui ne l'a jamais rencontrée, est la seule piste qu'il a. Objectivement, c'est de la folie.

Mais le dessin est très détaillé : la fille ressemble à un vrai être humain, le panneau est net, il y a une sorte de statue en arrière-plan. Il jette un coup d'œil à Danielle pour voir ce qu'elle pense, mais elle n'a pas décollé de son téléphone depuis qu'ils ont quitté la maison. Il essaie de refouler son agacement et ses jugements péremptoires sur "la jeunesse d'aujourd'hui".

"À quoi tu penses ? demande Danielle, sans lever les yeux de son écran.

— Pourquoi est-ce que tous les coiffeurs choisissent un jeu de mots pourri pour leur salon.

— Peut-être une décision concertée."

Et Robert se rappelle une fois de plus à quel point il aime sa fille.

Le problème, c'est qu'il ne sait pas si elle l'aime elle aussi, du moins pas de la même façon. Il n'a vraiment aucune idée de ce qu'elle pense. Personne ne le sait. Elle entasse tout dans la chambre forte de son cœur, puis verrouille les lourdes portes d'acier dont personne hormis Liam n'a jamais eu le code. Ça a toujours été comme ça, mais encore plus depuis la mort de son frère.

Robert jette un œil au profil de sa fille alors qu'elle fait défiler les pages sur son écran. Agressive. Déterminée. Têtue, dans le style éprouvé de la benjamine qu'on a toujours négligée, restée injustement dans l'ombre du soleil éclatant de son frère. La seule façon qu'elle avait de se faire entendre petite, c'était le refus pur et simple, s'asseoir et crier "NON !", et pour crier, ça elle savait y faire.

Cherry a toujours prétendu que Danielle avait les traits de Robert, et ce dernier peut les voir en surface, mais la mâchoire est bien celle de Cherry, tout comme la résilience, le refus d'être intimidée. Au fond de lui, Robert sait que le lit de son âme est comme de la boue, que si on fait pression sur lui suffisamment il cède. Pour ce qu'il en sait, l'âme de Danielle est une étendue granitique immense sur laquelle les plus gros bulldozers se casseraient le nez.

Danielle s'empare du dessin, l'examine un moment, le repose en reniflant avec mépris, sans doute devant le ridicule de leur quête, et retourne à son téléphone.

"À quoi tu penses ?" lui demande-t-il.

Elle hausse les épaules. Bien essayé, papa. Mais on ne peut pas accéder au vaste coffre-fort de son âme en tapant sur les lourdes portes d'acier. Il faut la jouer furtif. Prendre son temps. Essayer de voir s'il y a un accès secret à l'arrière que personne ne connaît.

"Où est-ce qu'on va ?

— Londres.

— J'avais compris. Plus précisément ?

— Plus précisément, on va à mon ancien lieu de travail. Tu t'en souviens, hein ? Quand t'étais gamine ?" demande-t-il, faussement décontracté alors que Danielle a les yeux qui lui sortent de la tête comme dans un documentaire sur les insectes, tandis qu'il évite un camion plateau qui a pilé sur le bas-côté puis fait aussitôt marche arrière à fond sans raison.

"Ton ancien lieu de travail, genre le commissariat ?

— Correct."

Robert a toujours été un bon conducteur. Les palpitations dans sa poitrine et dans sa gorge ne sont pas dues à la manœuvre absurde du camion.

"Le commissariat où tu as été agressé ? Ce commissariat-là ? demande Danielle.

– Qui t'a parlé de ça ? C'est ta mère qui t'en a parlé ?" Nouveau haussement d'épaules de Danielle. "Parce que c'est pas ce qui s'est passé.

— D'accord. Comme tu veux.

— C'est pas ce qui s'est passé.

— Bien. Visiblement. C'est pour ça que tu te sens obligé de répéter que ça s'est pas passé comme ça.

— Je n'ai pas été « agressé ». Je ne suis pas une victime.

— Mais c'est pour ça qu'on a quitté Londres ? Exact ? Parce qu'un type t'a foutu son poing dans la gueule.

— On a quitté Londres pour des tas de raisons, Danielle. La verdure, de meilleures écoles…

— Parce qu'un gars de la police t'a foutu son poing dans la gueule ?"

S'ensuivent quelques minutes de silence tandis que Robert garde rigoureusement les yeux sur la route et que l'attention de Danielle se reporte de nouveau sur son téléphone. Mais finalement elle remet le sujet sur la table parce qu'elle n'arrive pas à penser à autre chose.

"Comment t'as pu faire ça ? En tant que Noir ? Faire partie d'une putain de copaganda ?

— On est sûrs de vouloir avoir cette conversation maintenant ?"

Et sans prévenir, c'est l'éruption. Danielle se redresse sur son siège autant que le permet sa ceinture de sécurité, agite les bras dans le petit habitacle de la voiture, gueule, fait tomber les lunettes de Robert.

"Non, t'as raison, clairement on n'en parle pas, n'en parlons JAMAIS, putain, ne parlons jamais de rien ! Prions Dieu putain pour qu'on ne parle jamais de rien dans cette famille ! Restons juste là en silence à bouffer de la merde et regarder la télé en faisant comme si tout nous glissait dessus et jamais, jamais, n'admettons que nous SOUFFRONS tous, bordel de merde.

— Danielle…

— Je souffre tellement, papa."

Soudain, le champ de vision de Robert est trouble, comme s'il regardait à travers un parebrise maculé. Il s'est mis à bruiner, ça doit être ça. Il actionne les essuie-glaces mais ça n'a guère d'effet. Le volant tressaute étrangement entre ses mains. Il arrive tout juste à hoqueter une réponse.

"Je sais.

— Et je sais que tu souffres aussi parce que je le vois, ça déborde de toi par vagues. Mais tu refuses de l'admettre, même à toi-même. Elle, elle y arrive. Elle sait ce qu'elle a fait, et elle fait toutes les conneries qu'il faut pour tenir le coup. Mais toi tu refuses de faire quoi que ce soit, même de ressentir, et ça me tue de voir ça. Ça me fait tellement de mal."

Le parebrise maculé l'est de plus en plus. Robert a besoin de se garer.

*

MARWA

À l'image des prisons où ils ont enfermé Nour et d'absolument tout le reste dans la vie publique anglaise, le centre de détention est géré de l'extérieur par des connards spectaculairement inutiles. Plus précisément, par les connards les plus spectaculairement inutiles qu'on puisse trouver dans le secteur privé, un poste où la concurrence frôle le niveau olympique. Un de ces hideux néologismes administratifs dont *tout le monde* sait qu'ils sont d'une ineptie comique mais qui, même s'ils passent leur temps à bousiller les passeports et le transport, les soins et les frais de scolarité, continuent miraculeusement à décrocher d'importants contrats gouvernementaux auprès de ministres qui iront alors travailler six mois plus tard pour eux. C'est pas top pour des services publics fonctionnels, mais excellent du point de vue de Marwa.

En plus d'être d'exécrables sociétés, ce sont d'exécrables endroits où travailler, ce qui leur vaut d'exécrables employés. Des gens grassouillets vêtus de nylon, de chemises de couleur blanche mais de mentalité brune, qui n'en ont rien à foutre du travail du moment qu'ils possèdent une *Weltanschauung* cohérente, pour eux c'est "Cirer des pompes et botter des culs sans se poser de questions". Donc tout ce qu'il lui faut, c'est un truc émanant d'une autorité, un courrier effrayant d'apparence officielle venu d'en haut, pour faire peur à ces petites frappes afin qu'elles ouvrent la porte de la cellule d'Abdi Bile. La question c'est : Quoi. Elle pense à un truc qu'elle a appris récemment à la fac.

Le prof de Marwa est un connard chauve du nom de Steve Rowbotham. Steve Rowbotham croit qu'une barbe pourrie compense sa calvitie et c'est un fan du club de foot de Manchester bien qu'étant originaire de Leicester, un type qui considère Elon Musk comme un des grands héros de la civilisation occidentale. La semaine dernière, Steve a commenté furieusement le phénomène de “typosquattage”. C’est quand un fraudeur modifie le nom de domaine d’une société, intervertit des lettres ou ajoute un caractère supplémentaire, puis enregistre le nom modifié comme étant un nouveau site. Depuis ce site, il envoie des factures, des demandes de mots de passe, etc., aux clients de la société, dont un nombre étonnamment élevé ne pensera pas à vérifier l’adresse électronique. Ça a l’air réglo. Voici mon argent.

Marwa a trouvé ça malin et hyper drôle et a engrangé l’info dans une case de sa tête en vue d’un éventuel usage. Il y a une raison pour laquelle elle n’a pas les meilleures notes de sa classe (même si, pour être honnête, la plupart des cybercriminels commencent par étudier les technologies informatiques, avant de s’apercevoir qu’il est plus amusant et plus lucratif d’être braconnier que garde-chasse). Mais même elle ne s’attendait pas à faire du typosquattage seulement quelques jours plus tard. Impressionnante application pratique de l’enseignement. Faut absolument faire figurer ça dans son dossier d’évaluation.

Elle étudie le fonctionnement du système judiciaire. Qui peut faire relâcher un immigré détenu, et sur quelle base ? Elle apprend vite. Deux heures plus tard, elle pense avoir une bonne compréhension de la chose. Le nom de domaine pour la branche disciplinaire des tribunaux, la base pour accorder ou refuser une libération, est *hmcts.gsi.gov.uk*. La personne qui représente ce genre d’institutions s’appelle un greffier.

Ça prend juste quelques minutes à Marwa pour enregistrer le nom de domaine *hmcts-gsi-gov.org.uk*, la déformation la plus invisible qu'elle puisse imaginer, et créer un compte e-mail à partir de là. Ça prend un peu plus de temps mais ce n'est pas très compliqué d'imiter une interface miroir assez convaincante du site web original, par précaution. Tous les liens n'aboutissent pas quelque part, mais elle doute que quiconque les vérifie.

Elle enregistre le nouveau site sous le nom de Steve Rowbotham, juste pour rire au cas où quelqu'un se penche dessus un jour, puis commence à composer un décret dans le style insupportablement pompeux de ses e-mails, qu'elle envoie alors au service traitant du centre de détention.

> *De : steve.rowbotham@hmcts-gsi-gov.org.uk*
> *À : À qui de droit*
> *Cher Monsieur / Chère Madame*
>
> *Permettez que je me présente : je suis le nouveau greffier désigné par le tribunal, responsable spécifiquement des migrants détenus.* [Elle efface : *Ravi de faire votre connaissance !*, d'abord le point d'exclamation, puis toute la ligne, jugée trop féminine.]
>
> *Je vous écris en lien urgent avec un détenu,* [ici elle insère en majuscules le vrai nom d'Abdi Bile, qu'il a donné à Asha lors de son coup de fil].
>
> *Veuillez je vous prie prendre en compte, de par l'article 475 sous-section 7 paragraphe 5 de la législation applicable la plus récente* [Marwa envisage de vérifier l'article de loi en question, mais c'est un peu risqué et le but est de faire flipper ces connards en se référant à quelque chose dont ils ignorent tout d'une façon hautement

autoritaire], *le fait que cette affaire a été conclue en faveur du détenu, et qu'il a reçu la permission immédiate de rester au Royaume-Uni* [un petit pincement douloureux dans le cœur de Marwa alors qu'elle imagine sa cousine recevoir un tel courrier. Trop tard, bien trop tard].

Ledit détenu devra sur-le-champ [du Rowbotham typique] *être libéré et confié à la tutelle* [elle tient ce mot de séries américaines policières et n'est pas sûre à cent pour cent que ça marche ni même que c'est ce qu'ils font ici avec les détenus mais on s'en branle, c'est intimidant] *de la personne chargée de la sécurité avec effet immédiat.*

Veuillez je vous prie me contacter sans délai [là encore du Rowbotham pur jus] *au cas où des éclaircissements seraient requis.*

Cordialement,

Stephen Rowbotham, MSc, PhD, *EE* [l'opérateur téléphonique de Marwa], *ESB* [une étrange maladie touchant les vaches dont son père lui a parlé]

Greffier en chef

www.hmcts-gsi-gov.org.uk

Ça devrait faire l'affaire. Au moins avec le genre d'individus qui bossent dans des centres de détention privatisés.

La question des uniformes, à présent. C'est la partie qu'a hâte d'aborder Marwa. Elle a certes laissé sa famille la pousser à faire des études de technologie de l'informatique, mais son premier amour à l'école c'était le théâtre. C'est une comédienne née. À l'Académie Winifred Holtby de Hull, ils parlent encore de son rôle de Juliette d'une voix admirative.

Elle cherche sur Google des boutiques spécialisées dans les déguisements.

*

DANIELLE

La bruine s'est changée en pluie soutenue, la pluie anglaise classique qui s'attarde, poisseuse et importune comme le dernier invité bourré à la fête, et la chaleur des corps dans le petit café de bord de route tapisse de buée les vitres. Danielle finit de faire défiler les dernières fenêtres de son téléphone, le pose sur la table et dégage un petit espace dans le brouillard avec un pan de sa chemise en flanelle.

Elle n'aime pas vraiment les chemises en flanelle, des fringues à papa, encore moins celles qui ne vous vont pas, mais là c'est différent. Elle est bien trop grande pour elle, non parce qu'elle essaie de cacher quelque chose, elle aime globalement son corps, mais parce que c'était la chemise préférée de Liam. Et maintenant, donc, elle ne s'en sépare quasiment jamais.

Elle contemple le monde extérieur. Peu après son père s'assoit devant elle, essuie ses lèvres avec sa serviette. Elle pose une main sur la sienne.

"Ça va mieux ?

— Ça ira. J'avais besoin de faire une pause.

— Ne t'excuse pas.

— Je ne m'excuse pas. J'explique.

— D'accord."

Son père sirote son café et la regarde comme s'il n'appréciait guère ce renversement des rôles, recevoir un conseil de quelqu'un qui n'a pas encore vécu, son rejeton de dix-sept ans. Ce qu'elle peut comprendre. Mais ça fait un bail qu'elle attend qu'il s'en aperçoive par lui-même.

"Tu as le droit de souffrir. Elle n'est pas la seule."

Robert s'essuie le visage. La honte le consume. Penché sur la cuvette des toilettes pendant que quelqu'un martèle la porte fermée alors que de l'eau salée coule sur son visage impuissant, son estomac se retournant et se contractant, la cuvette engloutissant tout ce qu'il a mangé depuis des jours mais ses tripes expulsant encore un horrible liquide clair, comme ça arrive après un premier shoot à en croire les héroïnomanes avec qui il a parlé. Le tout échappant complètement à son contrôle. Il a l'impression qu'une sorte de carapace, une coquille protectrice, lui a été arrachée et qu'il est désormais à vif, effrayant, et pue la mort.

"Je ne crois pas que j'aime ça, Dani. Pour être honnête."

Danielle lui prend les deux mains.

"Ça s'appelle être humain, papa. Tu devrais essayer plus souvent."

Il essaie de rire.

"Comment peux-tu savoir ce que c'est que d'être humain ? Tu as dix-sept ans."

Elle lâche ses mains comme si c'étaient des braises et le fusille de nouveau d'un regard mortel. Robert a vraiment peur pendant une seconde. Un ex-flic de cinquante balais devrait-il avoir peur de sa propre fille ?

"Pour répondre à ta question…

— Je t'écoute."

Elle se penche en avant. Il ne s'est encore jamais aventuré sur ce terrain.

"Je me suis engagé dans la police parce que c'était un métier et que ta grand-mère voulait que j'aie un métier, pas que je traîne et gagne de l'argent n'importe comment. Un truc où personne ne pourrait dire qu'on ne méritait pas d'être ici, qu'on ne faisait pas notre part. Je n'étais pas assez doué pour devenir médecin ou avocat comme ton oncle, mais ça, je pouvais. Déchiffrer les gens. Prédire les gens. Aider les gens. Je ne pense pas que ça soit négatif, au final.

— Aider les gens ?! Dans la police ?! Merde alors !

— C'est ce que j'ai essayé de faire. Au cours de ma carrière. D'autres que moi, au même poste, en ont fait moins.

— Et Mark Duggan, alors ? Chris Kaba ? Azelle Rodney ?"

Elle pourrait continuer longtemps comme ça, mais elle s'interrompt.

"Ils auraient fait davantage de dégâts si je n'avais pas été là. Je te le garantis.

— Peut-être qu'ils en ont fait encore plus, et sous ton nez.

— Je pourrais te donner des exemples. De choses que j'ai empêchées.

— Je peux te donner des exemples. Peter Foster.

— C'est qui ?

— William Kean. Timothy Brehmer.

— Je ne sais pas qui sont ces gens.

— Wayne Couzens.

— Oh."

Là, il sait qui c'est.

"Ce sont tous des policiers qui ont tué des femmes, papa. Et y a aussi tous leurs putains de potes qui ont tabassé les femmes qui assistaient à une veillée mortuaire organisée pour la fille que Wayne Couzens a assassinée alors qu'il était en service, alors qu'il était connu *chez vous* comme Le Violeur. Maintenant dis-moi pourquoi cette liste n'est pas aussi connue que la première ?"

Les joues de Robert s'empourprent. C'est une chose à laquelle il n'a jamais vraiment réfléchi parce qu'il n'y est pas personnellement obligé, et c'est gênant.

"Tu sais ce que le gouvernement a dit qu'on devait faire quand on était une femme, si on pensait qu'on allait être assassinée par un policier en fonction ? Héler un putain de bus !"

Quand Dani est lancée, on ne peut plus l'arrêter. Il touille le marc de son café avec véhémence mais ne dit rien.

"Ils me tiennent des deux côtés, tu piges ? Je suis coincée.

— Bien sûr que je pige.

— Mais est-ce que tu comprends *vraiment* ? Ce pays me *terrifie*. Toutes les choses que je suis censée respecter, qui sont censées me protéger – la police, le gouvernement –, ils se comportent comme s'ils me détestaient et voulaient ma mort. Et c'est vraiment pénible, au quotidien. Vivre dans une société qui vous déteste carrément. Surtout quand votre père est, ou était, complice de la chose. Et ça c'est avant qu'on en arrive même à ma putain de mère.

— C'est quoi, ça ? Entre elle et toi ? Vous avez toujours été proches. Plus proches qu'elle ne l'était de Liam."

*

CHERRY

Un coup à la porte.

Un autre.

Liam ne répond pas.

Cherry, épuisée comme c'est pas possible, son visage et sa tenue maculés de morceaux de sang séché formant de petits rubis d'un rouge foncé, sait qu'elle devrait d'abord prendre une douche. Boire une tasse de thé. Respirer. Elle sait à un niveau rationnel et abstrait qu'elle ne doit pas s'en prendre à son fils, que ce qu'il traverse, ou prétend traverser, ne justifie pas ça, cette rage insondable, cette furie sans fond. Et pourtant elle ne peut s'en empêcher.

Trois autres décès aujourd'hui. Trois de plus sur la liste de ceux qui ne s'en sont pas sortis, de ceux qu'elle a laissés tomber et trahis, et même si elle a du mal à remonter dans sa mémoire au-delà des trois derniers jours, elle sait qu'elle est très très longue.

Un type de cinquante-sept ans a serré son bras et l'a suppliée de ses yeux fous à travers le tube respiratoire de ne pas le laisser mourir, ses enfants sont dehors et l'attendent, il les a eus tard et il n'y a plus qu'eux et lui, et il ne peut pas les laisser parce qu'il n'a qu'eux au monde et il doit les ramener à la maison, il leur a promis de les ramener à la maison. Il est mort trois heures plus tard et Cherry a dû dire à ses deux enfants, de quatorze et quinze ans, qui effectivement étaient là dehors dans la zone d'attente et l'étaient depuis que leur père avait été admis la veille au soir avec une saturation en oxygène de 73, que ce dernier ne les ramènerait pas chez eux aujourd'hui. Qu'il ne les ramènerait plus jamais chez eux.

Une femme de quatre-vingt-sept ans atteinte de démence sénile, qui avait contracté le virus à l'hôpital après s'être gravement brûlée avec une casserole, hurlant à tue-tête, se débattant entre les mains de Cherry avec une force incroyable, et qui a fini par arracher son intubation. Ils ont dû la mettre sous sédatifs pour l'intuber de nouveau, et là encore elle s'est débattue jusqu'au bout, et quand ils ont enfin réussi à l'intuber, elle était morte. Heureusement pour elle. Cherry ne sait pas trop, mais on aurait dit que la femme se battait moins contre elle que contre un horrible trauma issu de son passé. Une agression, si Cherry devait avancer une hypothèse. Une façon horrible de partir, en tous les cas.

Le sang avait giclé du tube arraché et avait aspergé le visage et la tenue de Cherry. Au début de cette épidémie de merde, elle se douchait religieusement avant de quitter l'hôpital, se récurait pour ôter toute trace du virus, la moindre trace de ce qu'elle avait enduré. Elle se changeait complètement, se maquillait avec une attention soutenue, tout ça pour tenir le plus possible sa famille à l'écart des horreurs inhérentes à son travail.

Mais à présent, elle n'en peut plus de les protéger, ne supporte plus de faire comme si tout était "normal", préparer le dîner et faire poliment la conversation. La télé dégoise en fond ses banalités apaisantes alors qu'une demi-heure plus tôt ce n'était qu'agonie innommable, chaos et douleur. Pourquoi sa vie croule-t-elle sous ces choses, alors qu'eux passent des appels par Zoom au lit en buvant une tasse de thé ? Le mécontentement ne cesse de croître, et ce depuis des mois.

Le troisième mort était un jeune de vingt-trois ans. Un footballeur semi-pro, qui s'était rendu à l'enterrement de vie de garçon d'un pote quinze jours plus tôt. Une légère toux, rien de grave, puis la plongée choquante et vertigineuse dans l'abîme. Il est mort les yeux écarquillés, en proie à une terreur absolue en comprenant qu'il était mortel, une chose à laquelle il n'avait jamais pensé une seule fois, une chose à laquelle il n'aurait absolument jamais dû penser. Ça n'arrive pas souvent, même maintenant, quelqu'un de cet âge qui meurt, et quand ça arrive, ça secoue tout l'hôpital.

Mais Cherry n'est pas secouée. Elle est *furieuse*. Elle est tellement épuisée dans toutes ses particules que c'est tout juste si elle arrive à mettre un pied devant l'autre, elle traverse les couloirs dans un état de fatigue sous-marine d'un vert épais, mais là elle rentre chez elle en voiture en proie à une montée d'adrénaline de rage palpitante.

Comment son fils, son fils en parfaite santé, son fils chéri, dans son lit confortable dans sa maison confortable, ose-t-il se refermer ainsi sur lui-même ? D'accord, ils ont annulé ses cours à la fac. Il travaillait à temps partiel et se retrouve au chômage technique. Et alors ? Alors quoi, merde ? Ils seront encore là après la pandémie. Mais l'autre gamin, non. Lui, il a tout devant lui. L'autre gamin aussi, mais il est mort, putain, et Liam ne sort pas de sous sa couette et la colère coule dans les veines de Cherry et elle tape, tape, tape sur la porte de son fils et elle sait qu'elle devrait arrêter mais elle ne peut pas s'en empêcher.

*

DANIELLE

Danielle ne sait rien de tout ça. Tout ce que Danielle voit quand elle sort de sa chambre, c'est sa mère, son air fou, ses yeux exorbités, toujours en tenue d'infirmière couverte de Covid et du sang de quelqu'un, qui tape sur la porte de son frère. Sa mère qui n'est jamais là alors qu'ils sont tous confinés à la maison à péter un câble. Qui ne fait rien pour eux quand elle rentre enfin à la maison parce qu'elle s'est donnée noblement à fond là-bas. Qui les engueule pour un rien, qui joue la victime, qui feint de ne vouloir aucune récompense pour ses "sacrifices" mais exige constamment toute leur attention, tout leur amour et leurs encouragements. L'ego de cette garce. Danielle en a ras le cul.

Elle a passé toute la journée à essayer de remonter le moral à son frère. Liam est une belle âme, doté d'un talent incroyable, mais naturellement fragile, aussi volatile qu'un composé chimique. (Danielle est la seule noire en cours de chimie niveau A. Elle n'aime même pas la chimie, elle aime juste faire des trucs que les gens ne s'attendent pas à la voir faire.) Il a besoin d'une structure pour grimper. Sans ses cours et son job, il se retient tout juste par le bout des doigts.

Et donc ils ont fait des projets, établi une liste des choses qu'il devait faire, bien que tout soit fermé et confiné et arrêté et bouclé. Des exercices physiques à distance dans le parc avec des haltères et des potes. Du volontariat, s'occuper en ligne de gamins exclus, qui étaient ravis que ce soit avec Liam. Avaient établi des horaires et des lieux. Une routine, une façon de donner sens au monde, quelque chose pour repousser le chaos et le désespoir. Et maintenant voilà qu'elle revient tout foutre en l'air.

C'est chimique, pourquoi ses parents refusent-ils de l'admettre. Quels vieux enfoirés désuets. Ce n'est pas parce que d'autres personnes souffrent qu'on ne souffre pas nous aussi. Et se montrer courageux ne sert à rien en cas de déséquilibre chimique. Merde alors, elle bosse pourtant dans le médical.

Donc Danielle sort de sa chambre et crie sur sa mère, qui crie à son tour. Puis Liam ouvre enfin la porte de sa chambre. Quelque chose dans son apparence pitoyable – le visage exsangue comme une carcasse suspendue, un pauvre hère, des cernes sombres sous les yeux – semble faire péter un plomb à sa mère. Elle lui crie dessus. Il crie à son tour. Danielle se met à hurler. Son père les entend et monte à l'étage.

Son père qui s'est enfoncé dans sa propre dépression, selon elle. La télé allumée, volume à fond. Grisonne depuis quelques mois. Et puis il se passe quelque chose entre ses parents, quelque chose d'intangible qui se transforme sous ses yeux, alors qu'il essaie de la calmer et qu'elle dirige toute la force éruptive de sa colère contre lui. Un transfert d'énergie, sa mère se nourrissant de la douleur et de la tristesse de sa famille comme un succube, et son père qui se ratatine, se décompose, redescend l'escalier.

C'est alors que Danielle gifle Cherry.

*

Son père retire ses mains des siennes et se redresse.

"Tu l'as giflée ?

— Hun-hun."

Il la dévisage un long moment et elle se dit qu'il va la punir d'une certaine façon, mais il se détourne et secoue la tête.

"Elle n'en a jamais parlé.

— Comme c'est noble de sa part.

— Dani…

— Quoi ?

— Juste… Tout le monde souffre, tu sais. Tout le monde.

— Je sais.

— *Vraiment* ?" Il la sonde un long moment. "Parfois quand on souffre le plus, c'est là qu'il faut penser aux autres.

— C'était mon cas. J'étais furieuse de te voir te débiner comme ça, et j'étais furieuse contre elle. Mais je t'ai épargné.

— Comme c'est noble de ta part, dit-il, en l'imitant assez bien et en s'en sortant sans se prendre une fourchette dans l'œil.

— Parce qu'au moins je voyais que tu souffrais.

— À ton avis, pourquoi tu crois qu'elle fait tout ça ?" C'est un crochet du droit au plexus solaire de Danielle, qui est soudain obligée de voir le monde et sa mère sous un angle légèrement différent. Elle se cale au fond de son siège, regarde ailleurs d'un air boudeur.

Son père sourit d'un air pince-sans-rire.

"Tu trouves vraiment ?

— Que quoi ?

— Que je grisonne ?" Il essaie de voir son reflet dans l'espace qu'elle a libéré, mais la buée est revenue.

"Just For Men est dans l'allée 3 de chez Morrisons, papa, c'est tout ce que je dis."

Et ils rient. Robert tapote un rythme sur le bord de sa tasse avec sa cuiller, et finit par un crépitement de mitraillette qui lui vaut les regards désapprobateurs de leurs deux voisines de table. Il sort le dessin de Michael de sa poche intérieure.

"Mon ancien commissariat est le plus proche de ce panneau de rue à être encore ouvert. Il y a là-bas des gens qui m'aiment bien. Et je pense qu'ils peuvent nous aider à trouver cette fille, et par conséquent ta mère, avant que d'autres s'en chargent. Donc, c'est ça le plan. Pigé ?"

Danielle hausse les épaules.

"J'sais pas, papa.

— Qu'est-ce que tu sais pas ?

— Je pense qu'on peut faire mieux.

— Comment ça ?"

Elle prend son téléphone et le lui montre.

CHAPITRE 13

MARWA

Danny Hodges regarde une fois de plus le bout de papier, l'air furieux.

"Z'êtes sûre de ça ?

— Oui, m'sieur. C'est écrit noir sur blanc, non ?"

Le gamin devant lui se gratte l'aisselle. Il ne doit pas avoir plus de vingt ans. Du poil au menton, les deux oreilles percées, le dos voûté, en train de mâcher un chewing-gum et de fixer un endroit à mi-distance derrière l'épaule de Danny. L'irrespect total. Ce con a l'air d'avoir trouvé son uniforme chez un loueur de déguisements, putain. Ces entreprises de sécurité privées sont de plus en plus à chier.

La rebeu à côté du gamin s'avance. Son uniforme à elle laisse à penser qu'elle a été embauchée comme strip-teaseuse pour animer la soirée la plus cheap du monde entre célibataires. C'est quoi leur problème ? Essayez au moins d'être un petit peu professionnels. Elle pointe du doigt le document.

"Tout est clairement spécifié dans l'ordre du tribunal. On n'a pas beaucoup de temps, alors si vous pouvez traiter son cas fissa ça serait appréciable."

Il y a une lueur d'acier dans son regard qui ne tolère aucune discussion. Merde alors, on dirait qu'elle débarque de Hull, même si elle a l'air franchement d'une étrangère. Danny, lui, est de Grimsby. Et Grimsby ne s'entend pas avec Hull, pour des raisons qui se perdent dans la nuit des temps mais sont presque certainement liées à la pêche. À la morue, en particulier. Danny ne l'aime pas du tout.

"Je vais vérifier. Attendez ici."

Il tourne les talons et laisse les deux "agents" seuls dans la zone de réception. Dès qu'il est parti, Marwa flanque un coup de pied dans le mollet d'Eric.

"Eh ! Qu'est-ce qui te prend ?

— Essaie un peu d'être professionnel, d'accord ? Redresse-toi et avale ton putain de chewing-gum !"

Eric est le petit ami occasionnel de Marwa, et ce littéralement quatre-vingts pour cent du temps qu'ils passent ensemble (il est bien pourvu, à défaut d'être futé), à savoir à la fac, sauf quand elle rentre chez elle entre deux semestres. La famille de Marwa est très stricte et n'apprécierait guère qu'elle sorte avec un Blanc en général mais avec Eric en particulier, et pour être tout à fait honnête, elle les comprend. Elle le larguerait bien, mais le seul autre endroit où elle pourrait trouver de quoi la contenter c'est dans un Subway et elle n'en a pas les moyens.

Marwa ne voulait pas impliquer Eric là-dedans, mais elle a supposé à raison que même un petit Blanc pas futé serait mieux accueilli que si elle y allait seule. Ils ont loué la veille des uniformes dans une boutique de déguisements, après que Marwa a fini de contrefaire un logo et un en-tête pour l'entreprise de sécurité privée bidon qu'ils prétendent représenter. Il ne leur restait que "l'ensemble Strippo-Matic Police H & F" ? H & F ? Pourquoi un gars *et* une fille s'habilleraient-ils en policiers strip-teaseurs ?

Sa tenue est bien plus moulante qu'elle ne le souhaiterait, surtout dans ce contexte, mais c'était sans doute à prévoir vu le genre de boutique.

Eric se redresse et avale son putain de chewing-gum. Il aime vraiment bien Marwa. Il aimerait bien rencontrer sa famille un jour. Il pense qu'ils l'apprécieront vraiment, une fois qu'ils auront appris à le connaître.

Danny Hodges revient, l'air furax.

"J'ai vérifié. L'ordre est dans le système.

— Bien, alors si vous pouvez…

— J'ai jamais entendu parler de vous, dit Hodges, méfiant.

— On est nouveaux." Marwa, péremptoire, dédaigneuse.

"Nouveaux ?

— Genre, pas vieux ?" ajoute Eric, en essayant du mieux qu'il peut d'être utile. Hodges les dévisage.

"Pourquoi vous l'emmenez ?

— Comme il est précisé dans l'ordre, il a la permission de rester", dit Miss Hull (catégorie Charia).

"Ça n'arrive jamais aussi vite.

— Ben, là c'est le cas.

— Et même dans ce cas, ils les relâchent pas pour les interner ailleurs. Ils les laissent juste partir.

— Il est peut-être dangereux. Franchement pas votre souci, non, chef ? Vous voulez que je signale que vous avez refusé de suivre l'ordre ?"

Marwa et Hodges s'affrontent du regard un long moment, jusqu'à ce qu'elle murmure la seule chose susceptible de mettre fin au bras de fer.

"C'est notre poisson.

— Quoi ?

— Vous êtes de Grimsby, pas vrai ? C'est notre putain de morue. Allez chercher le détenu maintenant."

La convulsion qui déforme les traits de Danny Hodges, alors qu'il lutte pour ne pas étrangler la salope et/ou prendre feu spontanément, vaut le coup d'œil. Mais au final, qu'est-ce qu'il peut faire ? Il sait que quelque chose cloche. Mais l'ordre est dans le système. Et les gens comme Danny vivent pour le système. Ils préféreraient mourir que de trahir le système.

Hodges disparaît pendant genre mille ans, et pendant ce temps Marwa manque de craquer nerveusement et s'enfuir en hurlant, mais finalement il revient en traînant un petit gars râblé d'où émane une certaine assurance pugnace, qui cligne des yeux dans la lumière comme quelqu'un ayant passé un peu trop de temps au mitard.

Abdi Bile est remis entre les mains de Marwa, comme dans une série policière américaine.

*

BARRATT

Freddie Barratt est blême. Un entretien tout sauf agréable avec ses supérieurs un peu plus tôt. Le ton qui monte, des mines soucieuses. Des accusations de promesses foireuses, d'engagements non tenus. Des conneries. Freddie tient toujours ses engagements. Comme chez Domino's Pizza. Mieux que ça, même, vu que la semaine dernière il a attendu plus d'une heure sa pizza et quand il l'a eue elle était froide et il manquait le supplément piment.

Ce n'est pas sa faute si ces ploucs de condés sont pas foutus de pister un véhicule. Pas sa faute si ledit véhicule a disparu du système GPS. Disparu comme par magie, et sans réapparaître plusieurs heures plus tard. C'est un problème majeur. C'était sa carte maîtresse.

Il a beaucoup été question au cours de l'entretien de dessaisir Freddie de l'enquête, de "choses échappant à notre contrôle". De faire venir des enquêteurs de l'extérieur. Et de rumeurs concernant l'un d'eux en particulier. Des termes comme "étoile montante", "pointure", "du genre à pas faire de prisonniers". Patricia Quelque-Chose.

Freddie a googlé Patricia Quelque-Chose. Une Noire, bien sûr. Un nom à rallonge, imprononçable de bout en bout, et long comme un jour sans pain. Ça doit lui prendre genre cinq minutes pour signer. Dans son entretien pour le magazine *POLICE*, ça cause pas mal de sa fierté d'être d'origine nigérienne-ghanéenne.

Ils font juste ça pour le provoquer, non ? Où est le putain d'entretien de Freddie dans le magazine *POLICE* ? Et que se passerait-il s'il en donnait un et parlait, lui, de l'héritage dont il est fier, dix générations de Britanniques blancs qui ont servi leur pays et fait leur devoir et n'ont plus apparemment autant leur place ici que Patricia Nom-à-Rallonge et sa famille nigérienne-ghanéenne qui a débarqué il y a quoi, cinq minutes ? Comme s'il ne le savait pas.

Une montée amère de ressentiment bilieux, ce vieux compagnon, peut-être l'émotion à laquelle

Barratt est le plus habitué et certainement celle à laquelle il fait le plus confiance, bouillonne dans ses entrailles.

Tout va bien, Freddie. Il y a toujours une autre solution. Toujours une autre ficelle à tirer, si on sait bien s'y prendre.

Il s'empare à nouveau de son téléphone.

*

JAKUBIAK

Andy Jakubiak a des haut-le-cœur au-dessus de l'évier de la cuisine, un évier bien plus grand que les baignoires des chambres d'hôtel qu'il a connues, même si son expérience ne va pas au-delà de Premier Inn et Travelodge. Finalement, ses tripes semblent disposées à ne pas se retourner complètement et à rester en lui, et il redresse la tête.

Ses yeux se posent sur Radka, qui farfouille dans un frigo si grand que s'il était situé dans le centre de Londres, quelqu'un y mettrait un lit, des toilettes et une douche et le louerait pour mille cinq cents livres par mois. Elle en sort une barquette remplie de ce qui ressemble à un amas de minuscules globes oculaires. Elle enfourne avidement une grosse cuillérée de cette masse gélatineuse dans sa bouche, puis encore une. Andy a aussitôt de nouveaux haut-le-cœur.

“Comment tu peux manger ?” demande-t-il, incrédule, après avoir repris une fois de plus le contrôle de ses organes internes. Cherry est perchée sur un tabouret, son visage verdâtre affiche la même expression perplexe.

Radka hausse les épaules.

“Chacun son truc. Moi ça me donne faim.

— Et c’est quoi cette saloperie ?

— Des graines de chia. Marinées dans du lait.

— Des graines de quoi ?

— L’ancienne nourriture des Aztèques.

— Pas étonnant qu’ils se soient éteints.

— Il y a eu la vérole et le colonialisme.

— Ouais, mais aussi leur bouffe à la con, clairement.

— Franchement, je préférerais un truc de chez KFC mais Fiona n’en veut pas dans la maison.”

Radka finit la barquette à une vitesse étonnante et se penche en arrière.

“Bon, qui veut une tasse de thé ?” demande-t-elle alors, en hôtesse exemplaire, et avant même de finir sa phrase Andy répond : “Trois sucres. Autant de sucres que vous avez, en gros.”

Ce n’est que lorsque tous les trois sont confortablement installés à la table en acajou, mais répartis en trois fuseaux horaires distincts vu la taille de la table, chacun remuant sa cuiller dans sa tasse à deux mains vu la quantité de sucre versée dedans, que Radka demande :

“Et maintenant, on fait quoi ?”

Cherry se lance dans son habituel laïus, mais avant même qu’elle soit correctement lancée, Andy l’interrompt :

“Non, dit-il d’un ton autoritaire.

— Qu’est-ce que tu racontes ? On…

— J’ai réfléchi”, dit-il, et un sourire chaud et inexorable comme un lever de soleil éclaire son visage. Pour la première fois de sa vie, le futur inspecteur Andy Jakubiak est sur le point de commettre un véritable acte d'inspecteur.

"On t'écoute", dit Cherry, un sourire s'épanouissant également sur son visage en prévision de ce qu'il va dire.

Il pose ses mains sur la table avec un bruit définitif, comme s'il abattait une quinte flush.

"Les autres détenus."

*

DANIELLE

"J'ai commencé par une recherche d'image inversée, dit Danielle.

— D'accord", répond Robert, en opinant d'un air autoritaire.

Un sourire tord la commissure de la bouche de Danielle.

"Tu n'as aucune idée de ce que c'est, hein ?

— Disons que, c'est pas, tu sais… Rafraîchis ma mémoire.

— Une recherche d'image inversée c'est quand on rentre la photo de quelqu'un dans un moteur de recherche, pour essayer d'en savoir plus sur lui. Identité, contacts, ce genre de choses.

— Tu sais faire ça ?

— Euh, oui. Tu faisais comment pour retrouver des gens quand t'étais flic ?

— J'appelais des contacts, regardais des vidéos de surveillance, la bonne vieille méthode.

— D'accord. La vie sur Mars. Les choses ont un peu évolué depuis les années soixante-dix. Tu peux recourir à plusieurs sites. TinEye est probablement le meilleur.

— Mais tu n'as pas besoin de… de mettre…

— Télécharger.

— La photo elle-même ? Pour lancer une recherche ?

— Si.

— Dans ce cas, dit Robert, satisfait d'avoir résisté à la vague du progrès technologique. Nous ne l'avons pas.

— C'est pour ça que j'ai commencé par une description physique et procédé à rebours. C'est une autre étape, un site différent, tu n'as pas besoin d'en savoir plus. Ça m'a donné des tas de réponses d'images réelles, et il existe diverses façons d'affiner les recherches à partir de là. Voici les résultats fournis par TinEye, Bing, Yandex et Google."

Elle lui montre plusieurs fenêtres sur l'écran de son téléphone. Sa mâchoire se décroche.

"Il y a aussi un truc qui s'appelle SocialMapper et qui passe au crible les comptes Facebook, Instagram et Twitter des gens pour identifier des images récurrentes, et un autre truc que je n'ai encore pas utilisé mais qui semble très bien." Elle fait défiler rapidement d'autres fenêtres comme si elle était un agent de la sécurité privée très bien payé et non une fille de dix-sept ans qui va passer son bac. "Ça s'appelle KarmaDecay pour une étrange raison, et ça trouve la source des photos, et des dessins en fait, sur Reddit et quelques autres sites."

Elle se redresse calmement sur sa chaise alors qu'il la fixe avec de gros yeux ronds.

“Quoi ?

— Comment tu sais tout ça ?

— Tous les gens de mon âge savent ces trucs. Toutes celles qui ont été ghostées par un mec, en tout cas. Je te garantis que tes collègues en ont encore plus à dispo.

— Anciens collègues.” Robert raccroche sa mâchoire et se penche en avant.

“Et donc tu l’as trouvée ? Tu sais qui c’est ?” demande-t-il, incapable de réfréner l’excitation dans sa voix.

Un temps.

“Non, dit Danielle, même si elle ne semble pas particulièrement affectée par la chose. Tous ces trucs impliquent qu’elle ait téléchargé l’image sur un réseau social. Si elle ne va pas sur les réseaux, ou si elle la lui a juste envoyée par texto, on ne peut rien faire. Rien que je puisse faire, moi, en tout cas.”

Robert secoue la tête et, non sans condescendance, reprend les rênes de la conversation.

“Bien. Dani. Je suis épaté. Je suis sincèrement très très impressionné. Merci pour tout ce travail abattu. Quand on arrivera au commissariat, je veux que tu montres… Qu’est-ce qui te fait rire ?

— Papa ?

— Oui.”

Une certaine humilité s’insinue dans sa voix.

“Qu’est-ce que tu vois d’autre dans le dessin ?”

*

“Quels autres détenus ? demande Cherry.

— Il y avait six autres personnes sur le bateau cette nuit-là.

— Comment tu le sais ?” demande-t-elle. Aussitôt sur ses gardes, Andy sent la honte déformer ses traits. Cherry lève les mains comme pour s’excuser. On n’en est plus là depuis un bail. “Parce que, bon…

— Je le sais parce que six hommes ont été admis dans ce centre de détention le lendemain matin. Les gardes-côtes les ont récupérés. Et quand ils sont arrivés là-bas, ils étaient dans tous leurs états. Il s’agissait des autres types à bord de ce bateau. Ils criaient au meurtre et ont décrit Barratt aux gardes. C’est pour ça qu’on est allés à la morgue, parce que le pote de Barratt l’a appelé et lui a dit qu’on était dans la merde et qu’il fallait se débarrasser de la preuve.

— D’accord. OK. Je suis peut-être pas fute-fute, mais je ne vois vraiment pas en quoi ça peut nous aider ? Tu veux qu’on aille au centre de détention et qu’on leur parle ?

— Ils ont passé des coups de fil. À des avocats, des amis, des membres de la famille. Quelqu’un aura appelé cette fille. C’est évident. Il est clair que si ce gars tenait aussi fermement cette photo, alors il a dû parler d’elle à quelqu’un.

— Exact. Mais…

— J’y suis déjà allé. Y a qu’un seul téléphone. Et ils gardent la liste de tous les numéros appelés, et de qui.

— Par qui, marmonne la pédante Radka, qui ne veut pas tarir le flux d’inspiration.

— On récupère les numéros qu'ont appelés les six rescapés, puis on regarde les noms et les adresses qui correspondent à ces numéros. C'est comme ça en général que la police retrouve les gens maintenant. Il y a une base de données. On trouve quel numéro est le plus proche du panneau qui figure sur la photo." Il tapote cette dernière. "Et c'est elle."

Cherry gonfle les joues. "Andy, mon vieux. Je veux pas jouer les rabat-joie mais ça me semble assez tiré par les cheveux…

— Tu m'as demandé si j'avais une meilleure idée que de rouler au hasard comme des crétins.

— Bon, j'irai pas jusqu'à dire que c'est…

— C'est une meilleure idée. Je peux emprunter ton téléphone ? demande-t-il à Radka. Je vais appeler le centre de détention.

— Mais ils sauront qui… Que tu es…

— J'en doute. Les services ne communiquent pas trop entre eux. Mais il n'y a qu'une seule façon de le savoir."

Il tend la main à Radka. Déterminé. Radka regarde Cherry, hausse les épaules, sort son téléphone de sa poche, tape le code et le lui tend. Il le prend puis se détourne avec une soudaine timidité.

"Désolé, je dois faire ça dans une autre pièce. Je dois… Je dois parler d'une façon différente."

Andy s'éclipse. Cherry et Radka portent leurs mains à leur cœur et minaudent.

"Waouh. Trop chou.

— Mais sans doute encore un peu raciste. Mais mignon. À ce propos, ajoute Cherry. « Vous m'en voyez désolée » ?

— Quoi ?

— Quand on était là-dedans.” Elle désigne vaguement le garage. “Tu lui as dit : « Vous m’en voyez désolée. » D’où ça sort ?”

Radka la regarde avec incrédulité. “T’as jamais vu *Thelma et Louise* ?

— OH PUTAIN !” éclate Cherry Bristow.

*

DANIELLE

Son papa, ancien inspecteur de police extraordinaire, regarde de si près le dessin que le bout de son nez le touche, il le tourne d’un côté, puis de l’autre. Elle fait un effort pour ne pas ricaner, mais au final sans grand succès.

“Le truc dingue, c’est que je vous aurais tous niqués si j’avais été flic. Si je n’avais pas également une conscience sociale.”

Il la regarde d’un air maussade.

“Personne n’aime les je-sais-tout.

— Surtout quand, de fait, ils savent tout.

— Tu es agaçante. C’est une sorte de statue.

— C’est une sorte de statue. Dotée d’une drôle de paire d’outils.”

Elle balaie l’écran jusqu’à la fin et lui tend son téléphone, avec le triomphalisme contenu d’un champion d’échecs qui en temps normal ne prend pas aussi rapidement le roi de son adversaire.

“Des outils de dessin industriel, en fait. Il existe une appli appelée Visual Search qui vous permet de trouver des objets à partir d’images. Mais j’y serais arrivée de toute façon. Peut pas y avoir autant de statues dans le Nord-Ouest de Londres.

Il s'agit de Thomas Parker Jackson, papa. Un architecte à qui on doit pas mal de trucs là-bas, à l'époque. Qui aurait pu dire que les statues des hommes blancs morts et riches sont une bonne chose, en fait.

Thomas se trouve dans Jackson Street, NW 10."

*

JAKUBIAK

Cherry et Radka sont en train de se re-raconter à tue-tête l'intrigue de leur film préféré quand Andy déboule dans la pièce, son torse déjà très développé encore plus gonflé par la fierté.

"C'était rapide.

— L'un d'eux est déjà sorti.

— Vraiment ?

— Le type à qui j'ai causé pouvait pas grand-chose pour moi. Un truc hyper suspect. Une remise en liberté. Voulait m'aider à le retrouver. Il a consulté les appels que le type a passés. Y en avait qu'un."

Il tend le téléphone de Radka devant elle avec un grand sourire. L'écran affiche Google Maps.

"Lié à une adresse dans Jackson Street, NW 10. Un restau éthiopien. La fille s'appelle Asha."

TROISIÈME PARTIE

Le troisième (et toujours le deuxième) enterrement

CHAPITRE 14

ASHA

Le vent s'insinue dans la veste légère qu'elle a empruntée à Marwa, l'emmêlant autour d'elle comme une voile déchirée autour d'un mât. Le sel lui pique le visage. Une pluie froide et drue a trempé ses vêtements et elle frissonne. Elle ne peut pas se permettre de tomber malade. Comment fera-t-elle pour travailler si elle tombe malade ?

Elle regarde par-dessus son épaule le type trapu qui se tient à quelques mètres du rivage, le corps penché vers la route, les mains agitées, faisant tout ce qu'il peut pour l'inciter à partir sans avoir les couilles de le lui dire en face. La colère qu'elle ressent, nette, pure et dévorante, fait rage une fois de plus en elle. Elle s'accroupit et examine quelques cailloux (ça, une plage ?) pendant un long moment. Omar a peut-être été ici. Peut-être a-t-il rampé hors des flots, épuisé mais vivant, à cet endroit même. Peut-être a-t-il été sauvé ici par de gentils inconnus et emmené dans un endroit chaud et confortable. Peut-être son corps s'est-il échoué… Non. Elle refuse d'envisager la chose. Pas tant qu'elle peut l'éviter.

Elle glisse avec révérence une des pierres dans sa poche. Du coin de l'œil, elle voit Abdi Bile lever les bras de frustration. Ça la rend heureuse.

Mais bientôt cette petite flamme heureuse s'éteint dans le vent et la pluie. Pour tout dire, elle n'a aucune idée de ce qu'elle fabrique ici, à part punir Abdi Bile. Elle a pleuré tout son soûl. Elle a sangloté et sangloté sur l'étroit lit d'étudiante de Marwa, en tremblant et frissonnant dans les bras de son amie jusqu'à ce que le chemisier de Marwa soit trempé et que la teinture bon marché de sa tenue coule – elle ne récupérera pas la caution à la boutique de déguisement.

Puis les larmes se sont taries. Et après avoir abordé quelques personnes au hasard le long de la grève, un type avec un voilier et quelques pêcheurs du coin, pour leur demander s'ils avaient vu quelqu'un répondant à la description d'Omar, Marwa a dû partir. Retourner en cours, traîner Eric avec elle et promettre de faire tout ce qu'elle peut, appelle-moi juste. Mais que peuvent-ils faire d'autre ? Marwa lui a parlé d'un truc qui s'appelle les gardes-côtes, mais hors de question qu'Asha entre en contact avec les autorités, avec des types en uniforme. Ils courent déjà bien assez de risques comme ça, à être là sur le rivage, à parler à des Anglais qui pourraient être n'importe qui, travailler pour Dieu sait qui.

Elle se dirige à contrecœur vers Abdi Bile, qui vibre d'une colère et d'une peur à peine contenues et, pour tout dire, de froid.

"On doit y aller.

— Alors vas-y.

— On est exposés, ici. On peut nous voir à des kilomètres à la ronde. La prison va me rechercher.

— J'ai besoin d'une preuve.
— Une preuve de quoi ?
— Une preuve de ce que tu me dis.
— Et comment tu comptes t'y prendre ?"

Elle hausse les épaules.

"Peut-être que je ne renonce pas aux gens aussi facilement que toi", dit-elle, en sachant parfaitement que ça va le blesser.

Son visage se tord de colère, il ouvre grand la bouche et lui montre sa langue. Un bout de chair a été tranché aussi nettement qu'avec un tranchoir. La chose rouge et gélatineuse à sa place palpite légèrement.

"Je voulais pas qu'ils abandonnent. Les gens qui nous ont sauvés. Même quand j'étais engourdi par le froid et que mes dents se sont mises à claquer si fort que je me suis coupé un bout de ma propre langue, je les ai suppliés de continuer les recherches. Omar est mort."

Elle hausse de nouveau les épaules et s'éloigne en le bousculant.

"Quand l'as-tu vu pour la dernière fois ?" lui lance-t-il avec mépris. L'hameçon s'accroche à la peau de son dos et l'oblige à s'arrêter. "Si ça se trouve, tu ne le connais même plus. J'étais avec lui la *semaine* dernière."

Elle se retourne, la peine évidente sur son visage. Asha n'a jamais su dissimuler ses sentiments. "C'était mon meilleur ami", dit Abdi Bile.

*

Un immeuble en ruines dans la banlieue de Rome. Une sorte d'usine, fermée depuis longtemps et abandonnée. Des vagues d'immigrants vont et viennent, de tous âges, toutes conditions, religions, de tous pays. Certains vivent ici depuis des années, ballottés dans la bureaucratie italienne sclérosée, logés dans le système comme des boules de graisse dans un cœur malade, pris au piège de cette vie crépusculaire, à moitié dans le monde et à moitié dans l'obscurité.

Les Soudanais avec leurs énormes tas de sacs à main contrefaits et leurs faux bijoux étalés au coin des rues dans le *centro storico*, sur d'immenses couvertures qui peuvent être ramassées en un clin d'œil quand les flics déboulent, en fuyant comme des cambrioleurs de comédie avec leurs gigantesques baluchons pleins de butin. Les touristes qui marchandent avec eux, vautrés dans leur pouvoir mesquin. La vie dans les marges, une vie de perpétuelle cavale. Jamais un instant pour se détendre, ni un endroit où se poser.

Il refuse de connaître ça. Il veut ce que tous ceux qui sont nés ici semblent posséder. Il a dix-huit ans et il a l'arrogance et la naïveté de croire qu'il peut avoir tout ce qu'il voit à la télé – parce que s'ils ne voulaient pas qu'on possède ces choses, pourquoi nous les montreraient-ils ? – et en outre qu'il peut les obtenir tout seul.

Il s'embastille donc dans un coin de cette décharge, installe des remparts bricolés avec des contreplaqués. Il ignore les rats qui sautent par-dessus ses jambes comme des gamins turbulents, appuie son dos contre le béton délabré, et refuse toutes les offres d'aide et de conseil. Il y a plein de Somaliens, d'Éthiopiens et d'Érythréens dans le coin, dont certains vivaient même non loin de son village, mais allez savoir ce qu'ils veulent ? Son argent ? Son cul ? Mieux vaut rester sur ses gardes et pas très loin de ses affaires.

Il lui est déjà arrivé des choses au cours de son périple, surtout pendant qu'il était en Libye, à Al Mabani, "les Bâtiments". Des choses auxquelles il refuse de penser, des choses dont il ne peut se permettre de se souvenir. Un grand vide noir tournoie au centre de son être, menaçant de l'aspirer et de le détruire à l'instant où il admettra sa présence. Même refoulés, les événements liés aux Bâtiments ont laissé en lui une marque indélébile : ses colères implacables et explosives, sa violente méfiance à l'égard des étrangers.

Al Mabani est la base depuis laquelle les gardes-côtes libyens opèrent. Les gardes-côtes libyens sont les contrebandiers les mieux organisés et les mieux équipés du monde. C'est parce qu'ils reçoivent chaque année des dizaines de millions de la part de l'Union européenne pour refouler l'afflux de réfugiés par tous les moyens possibles. Ils enferment et torturent les migrants de mille façons toutes plus vicieuses et originales ; du moins, c'est ce qu'ils font jusqu'à ce que lesdits migrants amassent assez d'argent pour se payer leur transport par bateau. À la différence des gens qui les financent, les gardes-côtes libyens ne sont pas stupides. Ils se font payer pour arrêter les migrants d'un côté, et de l'autre côté se font payer pour transporter les migrants. C'est toujours super d'être un intermédiaire.

Ce soir, l'ambiance dans la vieille usine est hyper louche. Il règne toujours ici un climat volatil et étrange, qu'il s'agisse de l'eau qui dégouline des murs en nappes vert d'algues après la pluie, des disputes au sujet des maigres rations de nourriture distribuées par les volontaires locaux, ou encore des échauffourées avec la police et les types d'extrême droite, lesquels sont toujours postés à l'extérieur et cherchent la bagarre. Un des volontaires dit que les Italiens ont toujours été ceux qui partent, ceux qui mettent les voiles en quête d'une vie meilleure, non ceux qui accueillent, et qu'ils ont du mal à s'adapter. Mais ce soir l'ambiance est plus trouble, plus dangereuse qu'en temps normal. Une mèche va être allumée quelque part.

Un gamin grand et mince se dirige vers lui d'une démarche sautillante. Ça fait plusieurs jours qu'il traîne dans le coin. Charismatique. À l'aise dans ses baskets. Un sourire détendu un peu de traviole, le corps tout en angles et en lignes comme un jeu de mikado. Un Somalien.

“Les élections, mec. C'est ça le problème.

— Ça veut dire quoi, hein, « élections » ?

— Mollo, frangin. Je suis pas ton ennemi. Les élections du gouvernement italien.

— Qu'est-ce que j'en ai à branler ? Fiche-moi la paix.”

Le gosse efflanqué se glisse à ses côtés comme s'il y était convié. Il l'observe attentivement et son sourire grandit.

“Tu sais à qui tu ressembles ? Abdi Bile. Le coureur. Tu lui ressembles vraiment. Bon, juste le visage. Sinon t'es un gros connard.

— Va te faire, mec.

— Sérieux, t'as le même visage.

— Ouais, eh ben toi, on dirait que t'as eu une attaque.

— C'est un compliment ! Qui n'a pas envie de ressembler à Abdi Bile ? Le héros de mon père."

L'ombre d'une profonde tristesse passe sur le visage du gosse sous sa jovialité. Il tend une main.

"Ravi de faire ta connaissance, Abdi Bile. Je m'appelle Omar."

D'une pierre deux coups, Abdi Bile a un nouveau nom et un nouvel ami.

"C'est quoi ces conneries d'élections ?

— Les types ici disent que c'est quand ça dérape. Les connards au pouvoir veulent montrer qu'ils sont forts en nous mettant une branlée."

Le récemment dénommé Abdi Bile hausse les épaules, mais l'enceinte de sa forteresse paraît soudain plus fragile.

"Qu'est-ce que tu veux que j'y fasse ?

— Rien, frangin. Garde les yeux ouverts, je suppose. À deux c'est plus facile.

— C'est peut-être que des conneries.

— Peut-être. T'as faim ?"

Omar apporte de quoi manger. Avec prudence, Abdi extirpe de ses affaires quelques trucs à lui. Ils partagent. Ils comparent leurs périples. Omar tressaille quand Abdi lui parle des Bâtiments. Lui a pris l'autre itinéraire, *via* la Turquie ("un endroit de tarés, mec, un trou à rats bien merdique"). Est arrivé jusqu'au nouveau mur construit à la frontière hongroise ("des vrais tarés là-bas, des sacrés nazis") mais vu les forces de police en présence il a dû rebrousser chemin, prendre une route alternative et traverser l'Adriatique jusqu'en Italie. Le poste-frontière de

Vintimille a bonne réputation, tantôt ouvert tantôt fermé selon les circonstances politiques.

Omar sort une photo, un truc plastifié en sale état. Une fille très belle, aux cheveux qui tombent en cascade dans le dos, tout bouclés, un sourire vaste comme l'océan. Asha. La fille qu'il aime, la fille qu'il va retrouver à Londres. Abdi ressent la morsure violente de la jalousie. Il n'a rien ni personne, pas dans ce genre en tout cas.

La présence de l'absence lui tord le ventre. Il cache sa peine en se moquant de l'autre.

"Plastifiée ? Désolé, j'ignorais qu'on était en 1997."

Omar embrasse la photo. "Il peut arriver tout et n'importe quoi avec un téléphone. Le perdre. Se le faire voler. Le laisser tomber dans l'eau. On traverse l'océan, tu sais. Et soudain, plouf, toutes tes photos et tes souvenirs à l'eau. Ça ne peut pas arriver avec une photo plastifiée. Le plastique est éternel, frangin."

Plus tard, Abdi dort d'un sommeil agité, troublé par des rêves étranges. D'énormes machines fouaillent la terre devant lui, creusant de gigantesques tranchées et des fosses qui lui barrent l'accès à un lieu qu'il ne peut pas voir. Un fracas démentiel alors que les machines progressent régulièrement vers lui, leur inquiétante avancée faisant trembler la terre sous ses pieds.

Il se réveille hébété et comprend que le tremblement est réel. Omar lui secoue l'épaule à deux mains.

"Debout. Maintenant."

Du fond du couloir lui parviennent des cris, un fracas, le martèlement de grosses chaussures. Instinctivement, il essaie de récupérer ses affaires derrière le contreplaqué mais Omar le tire en avant.

"Maintenant."

Ils courent. Derrière eux, une jeune femme hurle, en proie à une terreur abjecte. Les matraques s'abattent sur les corps. Du verre est brisé.

Ils entrent dans un espace différent, une pièce longue au plafond bas. La police est déjà passée par là. Les gens se traînent seuls ou par deux sur le sol en béton crasseux, en se tenant la tête et en gémissant. Un bruit horrible, pas juste de la douleur, comme s'ils défendaient leurs âmes. On peut voir où ils se sont laissé surprendre : à intervalles réguliers, environ la largeur d'un corps endormi, il y a des taches de sang là où leur crâne s'est pris un coup. Abdi a la nausée.

Une phalange de flics en tenue de combat fait irruption par l'autre porte. Une légion romaine des temps modernes, des armures ternes et renflées, des visières qui étincellent comme d'énormes yeux d'insectes, d'épais boucliers et des matraques. Ils les repèrent et leur foncent dessus.

"Par ici."

Omar pousse Abdi dans une brèche que l'autre n'avait pas vue et qui donne sur une échelle d'incendie délabrée. L'air nocturne et un vide vertigineux sur quatre niveaux ébranlent Abdi, qui se cramponne aux échelons rouillés. Ils descendent bruyamment, de gros morceaux de métal écaillé qui se détachent, toute la structure oscille dangereusement alors que les forces de l'ordre s'amassent au-dessus d'eux, sur leurs talons.

Trois étages. Deux.

Puis la dernière volée de barreaux, et là, en train de fumer sur la marche du bas, leurs casques posés à côté d'eux, deux flics. Qui tirent au flanc ou attendent d'éventuels fuyards. Ils ramassent aussitôt leurs matraques et chargent. Abdi est devant. Il se fige et essaie de reculer, mais au-dessus d'eux la phalange arrive à toute vitesse, les marches ploient sous le poids des types casqués comme un rafiot en pleine mer. Piégés. Le premier flic est sur eux, son visage étroit et vicieux retroussé sur des dents carnassières. Il lève sa matraque. Abdi lève son bras, ferme les yeux, se prépare à l'inévitable.

Il y a un bruit sourd mais il ne sent rien. Il ouvre les yeux. Omar a les mains sur la bouche, et du sang coule entre ses doigts. C'est lui qui a pris le coup. Il a pris le coup qui était destiné à Abdi. Omar ôte ses mains de sa bouche. Il lui manque presque toute une dent de devant. Il recrache du sang et des bouts de dent au visage du flic.

Une rage folle s'empare d'Abdi, une colère inédite. Personne n'a encore jamais souffert à sa place. Personne ne lui a jamais prouvé qu'il méritait sa confiance.

Il balance son poing dans l'œil du flic sournois. Le type titube en arrière. Abdi remet ça. Et remet ça. Un torrent déchaîné de coups jaillit de l'océan en fusion qui se déchaîne en lui. Abdi observe la scène en spectateur distant tandis que son corps libère une avalanche de violence qui oblige les deux flics à battre en retraite. Ils reculent, trébuchent, tombent de tout leur long. Un couloir de liberté apparaît. La phalange en armure se rapproche. Deux niveaux au-dessus. Un niveau.

Les jeunes détalent entre les flics à terre et s'enfoncent dans l'obscurité protectrice.

*

ROBERT

“Pourquoi t’as eu des gosses, au fait ?”

Ils sont sur la M25 et Danielle a sorti l’artillerie lourde. Dans l’habitacle de la voiture, c’est comme la Première Guerre mondiale mais avec moins de boue et de poésie agaçante : les explosions, le shrapnel qui vole. Robert voit venir le trauma. Mais au moins ils parlent, il y a de la franchise, plus que depuis des mois, voire des années.

“T’en veux pas, toi, des enfants ?

— Putain, non. Les gosses c’est bruyant, stupide, égoïste, des petits cons privilégiés qui déforment le corps des femmes.”

Robert gonfle les joues et écarquille les yeux. Il a fait mouche, visiblement.

“Je suis d’accord sur ce dernier point.

— On dirait des mini députés torys, sauf que les gens se marrent pas quand tu dis que tu veux les tuer.”

Bon sang. Elle a sorti l’arsenal nucléaire.

Robert jette un regard à sa fille. Pugnace, le menton en avant, en cet instant le portrait craché de sa mère. L’amour le traverse comme un coup de tonnerre, suivi par un rire inattendu et incontrôlable. Il s’affale sur le volant, des larmes dans les yeux, toute la tension et la douleur des derniers mois qu’il n’a pas encore vomies dans les toilettes du café se changent en gargouillis hilares.

“Quoi ? Qu’est-ce qui te fait rire ?

— Des mini députés torys ??!!

— Je suis sérieuse !”

Danielle croise les bras sur sa poitrine et essaie de prendre un air revêche et vexé devant le rire de son père mais très vite le rire la rattrape, sa résistance se dissout dans une hilarité partagée. Leurs hurlements de rires n'en finissent pas.

"Mais c'est vrai, quoi !

— Allez…"

Ils finissent par se calmer, dépassent l'aire de services de Cobham, reprennent leur souffle à temps pour huer ensemble alors qu'ils longent le terrain d'entraînement du FC Chelsea, le QG de l'équipe de foot la plus raciste et la plus répugnante du monde. Robert et Danielle partagent un moment agréable en s'abandonnant au roulis méditatif des pneus sur l'asphalte.

"Je pensais pareil quand j'avais ton âge. Sur le fait d'avoir des gosses. Peut-être pas en ces termes.

— Ouais, mais le monde où tu vivais n'était pas en feu.

— Pas faux." Robert se gratte la nuque. "Ça doit être dur pour vous. Vous ne devriez pas avoir à penser à ce genre de choses. L'avenir. Vous devriez juste pouvoir vivre.

— Va pas t'imaginer que j'ai juste pu vivre. Jamais.

— Vraiment ?

— Avec tout ça ? Comment ?" Une pause. "Et toi, tu y arrivais ?

— Ouais.

— Quand ?

— À ton âge, je suppose. Un peu plus vieux. À l'époque des raves.

— L'époque des raves ? T'allais dans des raves, toi ?

— Et comment !

— Toi ?! Mon père ? Tu les infiltrais ?

— Avant que je sois flic. C'était mon truc.
— C'était pour baiser, oui.
— Mollo. J'ai passé quasiment deux ans comme ça. L'Orbital. Tout me revient quand je passe par là. Toutes les raves étaient dans le coin, au bout d'un petit chemin de terre ou dans un champ à l'écart.
— C'était comment ?
— Bien." Le sourire qui passe sur les lèvres de Robert alors qu'il se souvient est comme un lever de soleil sur la plage, une lueur chaude et irrésistible. "On se garait sur une de ces aires de repos, ou dans une station-service, y avait des cabines téléphoniques partout, et on attendait dans l'obscurité. Des dizaines et des dizaines de voitures, des centaines parfois, tout le monde guettait le feu vert, attendait de savoir où les mecs avaient installé le matos. Les gens fumaient des joints assis sur le capot de leur caisse, allaient de voiture en voiture pour se présenter, « Salut mec, tu viens d'où ? », distribuaient des flyers pour la prochaine rave, proposaient des ecstas pas chères et des amphètes…
— Papa !
— Quoi ?
— Je veux pas savoir les drogues que tu prenais !
— Tu veux entendre cette histoire ou pas ?"
Danielle se fend d'un petit sourire incrédule qui laisse à penser qu'elle a très envie d'entendre l'histoire, quoi qu'elle en dise, alors Robert reprend.
"Les gens du coin qui nous dévisageaient et nous qui les dévisagions, nous sentant comme une espèce différente, débarqués d'une planète plus éclairée. On parlait que de tribus et de liberté. Parce qu'on avait réussi. Toutes les barrières tombaient. La peur disparaissait. Un sacré poids en moins, l'espoir, le

bonheur. Thatcher avait enfin dégagé et le monde allait être plus agréable pour tout le monde."

Robert se sent soudain au bord des larmes, la gorge nouée. Tout ça pour une putain de fête il y a longtemps. Gênant. Il cligne des yeux et regarde ailleurs en espérant que Danielle n'a rien remarqué.

"Continue, dit-elle, car elle a vu.

— L'attente. Les possibilités entrevues, ne plus être entravé, se sentir libre. C'était ça le meilleur, avant même la rave elle-même. Puis celui qui avait le numéro de l'équipe l'appelait depuis une cabine téléphonique, y avait pas de portables à l'époque, et on leur balançait l'info et ils sautaient sur le toit de leur voiture et gueulaient la destination et tout le monde braillait comme des putains de guerriers, chacun sautait dans sa caisse et on formait un convoi d'enfer sur des petites routes de campagne, on traversait des zones industrielles jusqu'à ce qu'on trouve le champ ou l'entrepôt où ça se déroulait. Toutes sortes de trucs incroyables se passaient alors, des trucs qui ont fait ce que je suis, en grande partie. Puis, avant qu'on ait compris ce qui arrivait, le jour se levait et on restait allongés sur l'herbe à regarder le soleil rouge et orange avec des gens qu'on aimait et qui comptaient pour nous, et on se disait que tout se passerait bien désormais. Tout se passerait bien."

Danielle ne dit rien. Robert lui jette un coup d'œil, et elle le regarde avec stupeur et un peu d'inquiétude et une peine immense, devant l'espoir et la fraternité qu'il a connus autrefois. Il lui prend la main et elle ne la retire même pas.

"Qu'est-ce que la police en a pensé ? finit-elle par demander.

— Je l'ai pas mis en avant sur mon CV."

Ils roulent encore quelque temps en se tenant la main, tous deux regardant par les vitres avec des yeux neufs, distinguant le vague rougeoiement magique sous les KFC en bord de route, les pneus déchiquetés, les feux arrière cassés, les vestiges de joie ancienne sous la crasse quotidienne.

"J'ai rencontré ta mère dans une rave, ajoute, désinvolte, Robert.

— Tu déconnes ! hurle Danielle qui retire brusquement sa main.

— Tu veux savoir le premier truc qu'elle m'a dit ?

— Beurk, NON ! Certainement pas !"

Elle regarde par la fenêtre. Quelque chose de sombre se dépose sur elle comme une brume impalpable. Elle demande calmement :

"Tu aurais eu quand même des enfants si tu avais su ?

— Si j'avais su quoi ?

— Que l'un d'eux mourrait. Que Liam se suiciderait."

Robert regarde fixement devant lui un moment.

"On ne pense pas à ce qui pourrait mal tourner. On ne pense qu'à ce qui pourrait être beau.

— Mais tu aurais changé d'avis ?"

Robert regarde sa fille, sincèrement surpris.

"Non, bien sûr que non. C'est un risque qu'on prend. Toute forme d'amour est un risque qu'on prend. Sinon ça ne serait pas de l'amour, non ? Ça ne voudrait rien dire."

Elle le regarde et ses lèvres tremblent. Il cligne des yeux, met le clignotant, quitte l'Orbital, ancien dépositaire des espoirs et des rêves d'un meilleur avenir, et s'engage sur la M4.

*

CHERRY

Ils reprennent la route mais plusieurs choses ont changé. D'abord, ils ont mis d'autres fringues, ce qui urgeait vu tout ce qu'ils ont traversé aussi bien physiquement qu'émotionnellement. Cherry porte maintenant un jean de marque élégant (un peu moulant, d'accord) et un pull en mérinos noir qui est classe mais pratique. À eux deux, ils dépassent tranquillement son salaire mensuel. Radka suppose que ça ne manquera pas à Fiona. Vu sa corpulence, Jakubiak a été moins facile à habiller, mais il s'est dégoté un bas de survêtement de coach de tennis et une des chemises à lisière japonaises d'Alasdair qui se portent large, et qui lui va comme une sorte d'étrange attirail SM mais en jean.

Andy a fait des recherches sur Google et appris où était planqué le GPS dans sa voiture. Il a annoncé qu'il pouvait retirer la boîte noire manuellement, mais ce projet a avorté brutalement quand Cherry a vu qu'il regardait une vidéo sur YouTube intitulée "Comment retirer une boîte noire sans trop endommager votre véhicule". De toute façon, c'est la voiture que la police va rechercher. Ils ont donc décidé de trouver un autre moyen de transport.

Cherry trouve paradoxal de conduire une décapotable rose vif alors qu'ils essaient de passer inaperçus, mais Radka l'a convaincue. D'une part, a-t-elle dit, c'est exactement le genre de voiture qu'ils devraient conduire. Quelqu'un au volant d'un véhicule qui clame haut et fort "REGARDEZ-MOI !" ne peut pas, par définition, avoir quoi que ce soit à cacher. Et puis, comme il n'y a pas de banquette arrière, ils disposent d'un coffre particulièrement volumineux, et vu l'état et l'odeur du cadavre, c'est vraiment le seul endroit où le mettre, enveloppé dans un tas de vieux draps. Elle a ressenti un pincement de culpabilité familier alors qu'Andy installait une fois de plus le pauvre garçon mort dans l'obscur réduit. Tiens bon, petit. On y est presque. On veille sur toi.

Radka leur dit au revoir gaiement, elle a hâte de découvrir l'enfer qui va se déchaîner quand Fiona rentrera et découvrira que sa petite voiture, une voiture qu'Alasdair n'a simplement jamais approuvée, n'est plus là. C'est un déchirement pour Cherry, voir Radka diminuer dans le rétro. Quelqu'un qu'elle n'a connu que quelques heures, mais qui, elle le sent déjà, pourrait être une vraie amie. Comme il est difficile de se faire de vrais amis passé neuf ans. Elles se sont tellement marrées en essayant les fringues de Fiona, des fringues que Cherry n'oserait même pas toucher dans une boutique de peur de faire des taches de café dessus. Ça lui a rappelé quand elle avait onze ou douze ans et que ses copines et elle faisaient main basse sur la commode de sa mère quand ses parents étaient sortis.

Quoi qu'il en soit, elle est là, à jouer les despérados en fuite au volant d'une décapotable (la capote rabattue, hein, elle n'est pas complètement folle) au fin fond de l'arrière-pays, bon, en fait en pleine campagne dans le Sud-Est de l'Angleterre. Pas évident d'imaginer un road-movie dans un pays qui se traverse en quatre heures seulement, selon la circulation, mais elle ne s'est jamais sentie aussi *Thelma et Louise* de sa vie. Sauf qu'ils sont trois à bord, et que l'un d'eux est mort.

Jakubiak regarde par la fenêtre, la tête posée sur une main, il ne dit pas grand-chose, et pendant un temps elle a peur qu'il n'ait des arrière-pensées quant à toute l'entreprise, mais une fois de plus elle l'a sous-estimé.

"Tu ferais quoi différemment ? demande-t-il calmement.

— Quoi ? Dans tout ça ?" Elle fait un geste circulaire avec la main autour d'elle. "J'en sais rien, tout, putain !

— Je parle de ton fils."

Aïe. Ça fait mal. Elle se crispe. Elle veut prendre son temps avant de répondre.

"Pourquoi cette question ?

— Je me demandais, c'est tout. Ce que j'aurais pu faire. Avec mon père."

Et soudain elle éprouve de la tendresse pour ce type, un gosse, en fait, quelque chose qu'elle n'aurait jamais imaginé ressentir en un million d'années.

"Ça n'a absolument rien à voir, Andy.

— Pourquoi ?

— Quel âge tu avais la dernière fois que tu l'as vu ?

— Onze ans, dit Andy Jakubiak, un peu honteux, comme si c'était lui le coupable.

— Tu étais un enfant.

— Ouais, mais si j'avais…

— Tu étais un enfant. Tu n'as rien fait de mal. Ça dépendait de ton père. C'était lui l'adulte. Tout comme moi.

— Mais…

— Ce qu'il a décidé de faire", et elle tremble, elle lutte, et elle se ressaisit, "ce qu'il a décidé de faire n'est pas ta faute. Ce n'est pas ta faute, et ça n'a certainement rien à voir du tout avec toi.

— Je n'ai peut-être pas été assez gentil. Pas assez intelligent, pas assez sympa.

— C'est peut-être mieux que tu penses ça, parce qu'ainsi tu te sens davantage lié à lui d'une façon tordue, mais c'est de nous qu'il s'agit. Des adultes. C'est nous les responsables. Et pour répondre à ta question, voilà ce que j'aurais dû faire différemment. J'aurais dû me rappeler que même si Liam faisait un mètre quatre-vingt-cinq et était champion régional du 800 mètres et parfois hyper chiant, c'était toujours, en fin de compte, juste mon gamin."

Andy fixe la route par la vitre et refuse de la regarder, et elle l'entend qui pleure doucement. Elle envisage de lui toucher l'épaule, mais ça semble à la fois trop et trop peu.

Elle continue de rouler.

Ils traversent la M25 à un carrefour tranquille et s'enfoncent lentement dans un South London écrasé de chaleur, d'abord la partie verte et feuillue, puis ils s'enfoncent progressivement dans un territoire plus familier. Cherry a décidé que l'itinéraire bis était préférable, plutôt que de se rendre directement à l'adresse. Les surprendre. Au cas où. Et peut-être veut-elle apercevoir de vieux lieux chéris, invoquer l'esprit de son père pour l'aider dans sa quête.

C'est là qu'a grandi Cherry, même si l'endroit a beaucoup changé. Probablement davantage que n'importe quelle autre partie de Londres, le Sud a été recolonisé par les forces du capital. Naguère un quartier chaud à l'abandon estampillé *"Hic sunt dracones"* par les membres bien-pensants de la bourgeoisie et laissé à son sort, South London a connu au cours des dernières décennies le règne de l'immobilier sans foi ni loi. Dévasté par les évictions et les liquidations, défolié de ses formes de vie naturelles par le vicieux agent orange de l'embourgeoisement. Déplacements forcés, destruction des communautés et démolitions de l'habitat social à une échelle normalement réservée aux derniers stades de la guerre.

Les primes étaient pécuniaires, mais le but était le contrôle. Les puissants ne pouvaient pas virer avec des chars d'assaut les communautés noires mécontentes, résistantes et laborieuses de Brixton et Loughborough Junction, si tant est qu'elles aient été assez stupides pour envisager cette méthode. Mais le marché, le marché merveilleusement malveillant, y est parvenu sans faire trop de vagues. Et la différence au final, la transformation, est extraordinaire. South London était autrefois une ville pauvre. Une ville radicale, connaissant bien son histoire, violente, méprisante et prompte à montrer les dents à la moindre provocation. Et maintenant, comme partout ailleurs, c'est un endroit plein de gens soucieux avant tout des choses matérielles. Et aux yeux de Cherry, c'est une véritable tragédie.

Ça fait drôle de revenir ici. L'impression d'être chez soi et très loin de chez soi. L'étrange enchevêtrement du miteux et du friqué. Des marchands de kébabs avec des enseignes qui partent en lambeaux et des nouveaux restaus clinquants aux noms à la con genre : "Tu sais, le petit italien dont je t'ai parlé ?" Des sociétés de taxis bon marché avec des barreaux aux fenêtres, les chauffeurs épuisés qui dorment la tête sur les bras, à côté de vendeurs de voitures avec des 4×4 de luxe alignés sur le parking aussi lisses et dodus que des saumons qu'on vient de pêcher. Le familier et son contraire, le sacré et le profane. Une gamme de regards surpris, de sifflements obscènes, avec de temps en temps, quelques huées qui rappellent à Cherry ce qu'elle conduit.

Soudain, quelque chose dans la rue interrompt ses réflexions. Des gens. Des tas de gens en colère.

*

ASHA

"On ne sait pas s'il est mort", dit Asha pour la vingtième fois. Elle s'éloigne d'Abdi Bile et s'enfonce dans la foule qui enfle à chaque seconde sur les trottoirs alors que le soir tombe, se déverse dans cette rue fréquentée pleine de pubs, de clubs et de bars. Pile l'endroit où Abdi ne veut pas être. Asha fend la foule, mue par le mépris et la rage, une cicatrice provisoire cachant un cœur définitivement brisé, sans trop savoir où elle va mais sachant que, tel le requin, elle se noiera si elle cesse de bouger.

Abdi la rattrape et la retient. Elle pivote, ses yeux lancent des éclairs.

"Lâche mon bras !

— Tu crois pas que j'ai tout essayé ?

— Je sais pas ce que tu as fait. Je te connais pas.

— Tu me manques de respect.

— Lâche-moi le bras." Elle se dégage. Un des buveurs les regarde, fasciné par cette dispute inhabituelle, lâche un "Mollo, chérie".

"Ma famille a emprunté plein d'argent pour ça, grogne-t-il.

— Et alors ?

— Un an de salaire, quasiment. Ils ont vendu des moutons et des chèvres aussi. Le moins que je puisse faire, c'est de les rembourser.

— Alors CASSE-TOI !" hurle-t-elle. Les gens se retournent pour les regarder. Paniqué, Abdi agite les mains dans l'espoir de la calmer, mais elle refuse de se calmer.

"Tu m'as obligée à te faire sortir ! Alors que tu aurais pu juste me parler au téléphone et m'épargner du temps, de l'argent et de la peine ! Alors maintenant tu es libre ! Va bosser et envoie du fric à ta putain de famille !

— Je peux pas, marmonne-t-il.

— Pourquoi ? J'ai pas besoin de toi ! Je suis pas une pauvre femme démunie.

— Tu es tout ce qu'il me reste de lui." Elle se fige sur place. "Il m'a sauvé la vie. Si j'ai pas pu le sauver, alors je dois veiller sur ceux qui comptaient pour lui."

Une nouvelle compréhension se fait jour dans le regard d'Asha. Puis il se passe un truc moche.

Ils sont devant un pub. Un vaste endroit hyper bruyant où venir se murger plutôt que se désaltérer, appartenant à une chaîne célèbre, propriété d'un bigot minable ayant une opinion spectaculairement basse de sa clientèle, que celle-ci semble décidée à oublier. Une institution typiquement british consistant à se bourrer la gueule le plus vite possible tout en supprimant l'intermédiaire, et en se branchant directement au tonneau de bière à l'aide d'un tuyau. Les télés diffusent du foot, le bruit est massif, l'ambiance agitée.

Deux clients parmi les plus imbibés sont perchés sur une marche au-dessus de la tête d'Asha. L'un d'eux, un aide-maçon dont le salaire est monté récemment à cent quarante livres par jour ("Le pied !") et qui a fêté ça en dépensant tout son fric en alcool depuis dix heures du matin, donne un coup de coude à son pote, qui ricane, acquiesce, le met au défi. Le porteur de briques tend une main et tire sur les cheveux d'Asha.

Elle pousse un hurlement.

Abdi obéit au seul instinct qu'il connaît. L'inflexible loi des poings. La giclée de sang qui jaillit du nez du type est impressionnante, comme si quelqu'un avait mis en marche un jet à haute pression. Le sang fuse dans l'air comme un Alhambra écarlate, avant d'éclabousser bruyamment le trottoir et les cheveux d'Asha.

Elle hurle de nouveau.

Deux policiers s'avancent sur le trottoir d'en face. Ce sont en fait des agents de soutien communautaire, surnommés "flics en toc", mais Asha et Abdi ne sont pas censés le savoir. Pas au vu de leur gilet fluo et de leurs gros brassards. Et même ces agents de soutien soupçonnent, au mélange de femmes qui crient, de violence et d'éclaboussures de sang, que quelque chose ne va pas. L'instinct policier d'élite.

Ils se précipitent.

CHAPITRE 15

Appelons-la Romilly.

Romilly pourrait tout aussi bien s'appeler Martha ou Olivia, ou Julian ou Philip, ou même Humam ou Shaistah ou Femi ou Ronke. Ça n'a pas vraiment d'importance. Il existe de nombreuses Romilly de formes et de tailles diverses, mais globalement une seule catégorie.

Romilly a d'abord fréquenté une école privée, correcte mais pas élitiste, puis elle est allée dans un des collèges les moins cotés de Cambridge. Romilly est quelqu'un de bien. Elle voudrait se rendre utile, même si elle rêve également d'une cuisine tout équipée et de promotions, deux aspirations fondamentalement incompatibles. Mais elle ne le sait pas encore. Aussi, quand elle voit ses condisciples déposer leurs candidatures aux grandes banques (blanchiment d'argent) et cabinets juridiques de haut vol (réputés pour blanchir de l'argent) et à Goldman Sachs (Goldman Sachs), elle tord le nez et choisit la voie vertueuse. Elle postule pour un poste dans le service public, qu'elle décroche facilement. Elle se débrouille vraiment bien. Exceptionnellement bien, en fait. Et quand l'occasion se présente, elle doit choisir son ministère.

Comme c'est quelqu'un de bien, et parce qu'elle aimerait se rendre utile, et aussi parce qu'elle n'a aucune idée de comment s'y prendre, elle choisit le ministère de l'Intérieur.

Et c'est là que les choses commencent à se dégrader rapidement.

Le ministère de l'Intérieur ne ressemble à aucun autre ministère. Tous les ministères, à l'ère infiniment vicieuse de l'austérité, sont en guerre contre les gens dont ils ont la charge, et passent leur temps à réduire les aides et rendre la vie des gens aussi difficile que possible, même si les fonctionnaires seraient plutôt enclins à faire l'inverse. Mais bon, si vous êtes fonctionnaire dans l'Éducation, vous passez du temps avec des gens qui en général aiment l'éducation. Au moins, si vous êtes à la Santé, vous travaillez avec des gens pour qui la santé est un facteur motivant.

Le ministère de l'Intérieur n'est pas comme ça. Le ministère de l'Intérieur, histoire de le dire abruptement, DÉTESTE TOUT LE MONDE, BORDEL ! Tout le monde est une menace. Tout le monde est un danger à la sécurité nationale ou un profiteur qui essaie de "contourner le système" ou bien est lié à des "bandes criminelles organisées". Surtout, tout le monde est un risque potentiel de une cauchemardesque du *Daily Mail*, et d'une engueulade de première émanant du ministre d'État. Alors qu'ils aillent tous se faire foutre, on gagnera du temps. Vous connaissez la maxime d'Orwell, "une botte écrasant un visage humain – éternellement" ? C'est en fait le nouveau logo du ministère de l'Intérieur.

Du point de vue de Romilly, ce n'est pas un cadre de travail idéal. La secrétaire d'État est basanée. Celle d'avant était elle aussi basanée. C'est parce que les conservateurs, même s'ils sont au fond d'eux des clowns cupides, sont moins stupides que les centristes en ce qui concerne la politique identitaire.

La précédente ministre se rendait à son travail tous les matins à 7 h 30, vêtue parfois d'un gilet pare-balles avec les mots SECRÉTAIRE D'ÉTAT imprimés dessus en grandes capitales blanches, le gilet qu'elle portait lors des raids anti-immigration de la veille au soir. La ministre avait des objectifs sur ses tableaux blancs et des camemberts sur son ordi portable pour les arrestations, les détentions, les déportations. Les personnes concernées par ses objectifs n'étaient pas appelées "migrants" ou "réfugiés", ni même "personnes", mais "stocks et flux".

Si jamais ces objectifs n'étaient pas atteints, ce qui était toujours le cas vu qu'ils étaient absurdes et irréalisables, la ministre hurlait et balançait des feutres, des tasses et des agrafeuses et traitait les gens de connards, de feignasses et de traîtres. Une enquête interne l'a reconnue coupable de harcèlement au travail dans au moins trois ministères différents, ce qui est un record, même pour ce gouvernement. La seule personne qui a perdu son travail suite à cette enquête a été la personne en charge de l'enquête. C'est ça, l'Angleterre.

La nouvelle ministre est, ô miracle, pire, mais elle est moins portée sur les gilets pare-balles. La moralité au ministère de l'Intérieur est encore moins élevée que sa cote de popularité. Romilly a demandé de nombreuses fois à être transférée, mais les autres ministères ne veulent plus de ces réfugiés. Marrant, non ?

La seule façon d'en sortir, c'est de grimper, et pour grimper il faut atteindre les objectifs.

Aussi, quand Romilly reçoit un appel d'un type réputé pour ses agissements policiers plus que limite, un officier de police à qui elle n'a jamais parlé directement mais dont on lui a beaucoup parlé à la Police des frontières, elle n'a pas envie de prendre l'appel. Mais elle se rappelle alors son beau chemisier blanc gâché par du feutre vert, et les bleus laissés à cette occasion. À contrecœur, non sans appréhension, en tenant le combiné entre ses doigts comme si c'était un sac à crottes qu'elle s'apprête à jeter dans la poubelle, elle décroche.

"Monsieur Barratt.

— Freddie, je vous en prie.

— Que puis-je pour vous ?

— Ben, vous pouvez m'aider à vous aider, maintenant que j'y pense."

Freddie Barratt lui dépeint la situation. Il est sur la piste d'une importante opération de passeurs de clandestins. Des tentacules dans tout le pays. La une direct, du gros gibier. Il a une touche d'enfer (c'est dingue comme les gens puisent leur vocabulaire de tous les jours dans des émissions télé pourries, pense vaguement Romilly), dans un certain quartier de Londres. Il lui dit où ça se trouve, lui décrit le genre de migrants qu'il recherche. Sans doute des Érythréens, d'après son expérience, peut-être des Somaliens. Des Éthiopiens à la limite.

Elle a quoi dans ses banques de données sur ces groupes dans ce coin de la ville ? Clubs, organisations communautaires, restaurants et autres lieux de travail de ce genre.

Et bien sûr, quand ça aboutira, il sera ravi de laisser le ministère de l'Intérieur s'en occuper. Défoncer les portes, faire les arrestations, les sortir tous de là hurlants en les tirant par les cheveux. Elle pourra s'en vanter, prendre la lumière devant les caméras. Tout ce qu'il veut, c'est la satisfaction d'un travail bien fait.

Mais il aimerait être présent. Quand les arrestations auront lieu. Uniquement dans un but professionnel.

Romilly a l'impression de sentir l'haleine rance de ce type au bout de la ligne. Elle lève les yeux et aperçoit un des bandeaux défilant H24 des infos que le ministère tient à diffuser dans chaque bureau. Un type au visage bouffi avec un gilet de sauvetage, bien qu'il soit sur la terre ferme, décrit l'arrivée de réfugiés sur la côte anglaise du ton d'un employé des services de dératisation las qui informe un restaurateur malheureux que les rongeurs sont de retour. Dans un bureau du ministère, on entend des cris furieux et un bruit de verre brisé.

Résignée, elle se met à taper sur son clavier.

*

ROBERT

Le nuage noir sous lequel Robert a quitté les forces de police de Londres semble s'être dissipé. Son agresseur, un commissaire à la moustache extravagante connu sous le nom du Morse, a cassé sa pipe il y a quelques années. Le Morse était un membre irréductible du Parti unioniste de l'Ulster et un ancien flic de la police d'Irlande du Nord, dont les deux sujets de conversation préférés étaient son aversion pour “le mélange contre-nature entre les pays” et le jour où il a tenu les cordons du poêle à l’enterrement de Keith Blakelock, un policier assassiné pendant les émeutes de 1985. Robert était le seul Noir dans son unité. Ça ne s’est jamais bien passé, mais dès l’instant où Cherry a débarqué sans prévenir pour emmener Robert déjeuner, le dénouement n’était qu’une question de temps.

À présent le pas pesant du Morse ne résonne plus dans les couloirs vernis du commissariat. Il y a encore quelques anciens dont le visage se ferme quand ils aperçoivent Robert, mais davantage de larges sourires, de mains tendues et d’accolades : le sentiment répandu qu’un tort doit être redressé. Danielle, qu’il doit quasiment traîner pour qu’elle entre, est étonnée de voir combien son père est populaire, respecté et aimé. Et Robert se sent lui-même grandir et s’épanouir, rafraîchi comme une plante fanée dont les racines ont été plongées dans de l’eau froide, maintenant qu’il est revenu dans un lieu où il sait quoi faire, qui être, où il a une mission.

Il demande où il peut trouver un certain Charlie, et ils finissent par se retrouver devant une imposante porte fermée. Robert tressaille légèrement et hésite avant de frapper.

“Entrez.”

Il sourit en entendant la voix à l’intérieur, ce que Danielle ne comprend pas, vu que c’est une voix de femme. Il ouvre la porte. Une petite brune est assise à son bureau. Le sourire de Robert s’estompe.

“Désolé, je cherchais…

— Robert !

— Charlie ?”

La femme jaillit de derrière son bureau et se jette dans les bras de Robert. Il rit en l'attrapant au vol. La femme croise ses bras derrière sa nuque. Danielle a les yeux qui lui sortent de la tête.

"Lifting abdominal ! s'écrie la femme. J'aurais pas pu le faire il y a dix ans, non ?

— Pas sans me casser les deux bras", dit Robert.

La femme lui donne une petite claque affectueuse. "T'as l'air en forme.

— Comme toi. Comme d'hab.

— Même si, avant, tu…"

Danielle toussote. Robert pose la femme à terre.

"Danielle, je te présente Charlie Maserati, une ex-collègue. Charlie, voici Danielle. Ma fille. Pas sûr que tu t'en souviennes.

— Mais si." La femme jauge Danielle d'un air approbateur, comme un fermier examinant du bétail pour déterminer son pedigree. Elle tend une main à hauteur de hanche. "La dernière fois que je t'ai vue, t'étais haute comme ça.

— Fascinant, rétorque Danielle, impassible. De toute évidence, c'est pas votre vrai nom."

Charlie récupère sur son bureau son badge et l'agite sous le nez de Danielle. En majuscules noires, à côté d'une photo à peine reconnaissable de la même femme avec un triple menton et des traits épais et flous, figure le nom CHARLIE MASERATI.

"Officiellement c'est Charlotte, mes parents sont italiens, et mon ex-mari était chauffeur de poids lourds. Hélas, je peux pas t'avoir de réduc sur les voitures de sport.

— Ex-mari ? dit Robert en haussant un sourcil.

— On en recausera, lâche Charlie en récupérant son badge.

— C'est toi qui as demandé à occuper le bureau du Morse ? demande Robert qui regarde autour de lui et ne voit que des souvenirs désagréables.

— Personne d'autre n'en voulait. Tu sais combien les flics sont superstitieux."

Robert hausse les épaules, perplexe.

"Tu ne savais pas ?" Elle caresse le bureau comme si c'était un chien qui s'est bien comporté. "Il a clamsé pile ici. Une crise cardiaque en plein petit-déjeuner. La bouche remplie de bacon.

— C'est comme ça qu'il rêvait de partir." Ils ricanent tous les deux comme des écoliers.

"J'ai pris rendez-vous à la clinique le lendemain. Et j'ai viré mon ex. Même moi je sais écouter la voix de la raison. Bref, mon ami : à quoi dois-je le plaisir de cette visite ?

— On cherche quelqu'un. Je compte sur toi pour m'aider." Robert déplie le dessin de Michael. "T'as des infos sur les restaus, les bars, les débits de boissons illégaux, partout où un clandestin pourrait bosser au noir, dans le quartier de Jackson Street, NW 10 ?"

Charlie examine attentivement le dessin. Elle ne demande pas qui est la fille ni pourquoi ils veulent la retrouver. "Qui a fait ça ?

— Un type que ma femme connaît.

— Il cherche du boulot ? Notre dessinateur vient de se faire casser le nez par un cambrioleur armé qui trouvait que l'autre l'avait grossi sur son dessin.

— Tu n'es pas sérieuse.

— Ça le grossissait, c'est un fait. Mais bon, il est gros, donc le dessinateur pouvait pas y changer grand-chose. On l'a chopé dans le bus après qu'il a braqué un Billy Hill's dans High Street. Rien de bien grave, sauf que le bus passe littéralement devant le commissariat. On a juste eu à lui faire signe de s'arrêter. Sérieux, tu viens de voler huit mille cinq cents balles, paye-toi un Uber. Bref", dit-elle, en tapotant le chef-d'œuvre de Michael, "on parle de quoi, là ? Somalienne. Érythréenne ? Éthiopienne, peut-être ?

— C'est par là que je comptais commencer, ouais.

— Il y a effectivement un restau éthiopien dans Jackson Road. Voyons voir ce que j'ai là-dessus."

Charlie se met à tapoter sur son clavier. Robert se penche au-dessus du bureau pour voir ce qu'elle trouve, et Charlie en profite pour mater son cul. Danielle la surprend en train de le faire. Elle surprend Danielle en train de la surprendre et lui adresse un clin d'œil. Danielle se surprend elle-même en lui décochant un sourire.

"Il y a une autre personne intéressante qu'on aimerait également trouver, en profite pour glisser Robert, qui s'efforce de paraître normal mais n'y arrive pas tout à fait.

— Ah ouais. Et c'est qui ?

— Euh, Cherry. Ma femme."

Charlie se redresse et le dévisage.

"Tu vas devoir m'en dire un peu plus, je crois, Robert."

Il soupire. "Par où commencer ?"

Le téléphone sonne sur son bureau. Elle décroche.

"Ouais ?" Des aboiements brefs et furieux à l'autre bout. Son expression change. "Et merde."

*

"C'est une manif", dit Andy d'un ton hésitant, et aussitôt Cherry sait qu'il se trompe. Elle a déjà participé à des tas de manifs. Des manifs contre la guerre, avec leur mélange de politesse enjouée et de nervosité à l'idée de sortir de la zone de confort, comme une kermesse de paroisse ayant décidé de convier des Hell's Angels pour pimenter la chose. Des tas de citoyens respectables, d'âge moyen, en impers et chaussures confortables, qui boivent du thé dans une flasque et disent des trucs du genre, "Bon, ils ne peuvent tout simplement pas ignorer autant de personnes", même si c'est souvent le cas.

Mais là, ce n'est pas ça. Ce n'est pas ça du tout. Un torrent de gens de tous les genres et ethnies imaginables, presque tous jeunes, se déverse dans la rue principale comme si une conduite avait cédé (un truc auquel sont habitués les habitants du coin, grâce à Southern Water). Pas une seule banderole avec un slogan astucieux en vue. Au lieu de ça, des cris rauques, des poings levés et une colère bouillonnante et vengeresse palpable dans l'air. Il y a une rage pure, crue, non distillée, une rage vague et nébuleuse, qui se cherche un mode d'expression. Peu importent les raisons apparentes. La cause profonde est présente depuis longtemps et se hisse hors du sombre et du profond, des réprouvés, des écrasés, des broyés, et ce qui l'a causée n'y mettra pas fin.

Plusieurs filles sont en pleurs. D'autres ont le visage déformé par la rage. Des garçons cognent le vide et donnent des coups de poing dans leur paume. La circulation a été arrêtée alors que de plus en plus de gens affluent dans la rue et entourent les voitures. Il y a un ou deux coups de klaxons, mais la plupart des habitants de South London sont assez intelligents pour reconnaître les ennuis quand ils les voient et ne pas intervenir.

Des coups frappés à la fenêtre de Cherry, presque courtois. Une jolie Noire tatouée, avec ce qu'on appelait des dreads en pointe quand elle avait son âge, lui fait signe en souriant, encadrée par des amis. Cherry lui rend son sourire et baisse la vitre.

"Vous allez pas pouvoir passer, madame. Y a trop de gens." La fille désigne la foule qui enfle. "Faites demi-tour si possible."

Cherry est frappée de voir à quel point ils sont tous jeunes. Ils semblent à peine capables de supporter le fardeau écrasant dont la société les a gratifiés, avec leurs visages fragiles comme des coquilles d'œufs et leurs corps à peine éclos. On a l'impression qu'ils vont se ratatiner sous le poids. Aurait-elle su gérer tout ça quand elle avait leur âge ? Elle en doute, et elle s'estime forte.

Elle repense aux choses qu'elle trouvait importantes et primordiales à l'époque, et à quel point elles semblent insignifiantes aujourd'hui en comparaison de la galère que doit se fader cette génération : la planète qui brûle, la haine venimeuse des vieux à leur égard, et la promesse de zéro avenir à part se faire enculer à sec par les capitaux occultes offshore et leurs larbins politiques.

"Qu'est-ce qui se passe ?

— Ils ont tué Matthew."

Le visage de la fille est empreint de colère mais surtout d'une profonde tristesse qui la dépasse. Une tristesse qui va bien au-delà de cet incident et de ces gosses et remonte loin, à plusieurs générations, ses racines pivotantes enfouies dans le compost fertile de l'histoire anglaise. Puis elle raconte brièvement l'histoire à Cherry.

Il y avait dans le coin un centre communautaire. Un espace chauffé pour les gens n'ayant pas les moyens de se chauffer. Des repas chauds pour les gens n'ayant pas les moyens de s'acheter à manger, financés par des dons et de la récup dans les poubelles. Il y avait des cours d'anglais et des lectures de poésie d'une qualité franchement discutable. L'idée venait d'un type du nom de Matthew, une célébrité du coin comme on n'en rencontre que dans South London. Il ressemblait un peu à un rappeur d'Arrested Development, même si ça ne date pas d'hier. Grand, de grosses lunettes, les cheveux bouclés, maigre comme un poulet de batterie. Pas même la trentaine. Une âme généreuse, qui essayait juste de faire le bien.

L'ennui, c'est que le centre n'était pas censé se trouver là. Légalement. Il était hébergé dans un bureau pour l'emploi abandonné (un sérieux progrès pour aider la communauté), sur un terrain que les promoteurs convoitaient depuis quelque temps. Ils avaient demandé la permission de rester, des aides pour préempter les lieux, une assistance juridique, mais les principaux avocats du coin bossent pour Lendlease, la multinationale immobilière. Et donc hier soir, en plein bingo (un jeu très prisé des vieilles Jamaïcaines, venues en nombre), les forces de l'ordre ont chargé. Matthew est allé à leur rencontre, les bras levés.

La police prétend qu'il a trébuché sur des gravats et s'est brisé la nuque.

"Mais on a ça", dit la fille, et elle lui passe son téléphone par la vitre baissée. Soudain, Cherry remarque qu'ils sont nombreux autour d'elle à regarder leurs téléphones ou à les faire circuler, en montrant l'écran, tous outrés.

Elle ne peut voir que quelques secondes de la vidéo. Des membres qui s'agitent, des bruits de pas, la police qui lance ses alibis à la con, et des voix effrayées et scandalisées de vieilles allant à l'église qui crient "Il n'arrive pas à respirer ! IL N'ARRIVE PAS À RESPIRER !", tout ça est si terriblement inattendu, si horriblement familier que les derniers jours et les dernières années reviennent, affluant en masse. Cherry refoule des larmes et rend le téléphone sans regarder. La fille est paumée.

"Pardon, pardon ! Je suis désolée, je voulais pas...

— Tout va bien." Cherry s'est ressaisie. Elle sourit à la fille. "Tout va bien. C'est pas ça, mais... Ça fait beaucoup, tu comprends ? Ça fait juste... beaucoup.

— Putain, oui, c'est du lourd, reconnaît la fille, en souriant à son tour.

— Bonne chance, dit Cherry, sincère.

— Merci, dit la jolie fille. J'adore votre voiture, au fait.

— Merci. Je l'ai volée", répond Cherry, pince-sans-rire, et la fille est morte de rire.

Un coup soudain à la vitre. Jakubiak sursaute. Un doigt pointé sur sa tête. "Un flic." Un deuxième coup. Un visage hargneux.

"Ay ! Eh mec ! T'as une tronche de flic, toi !"

Jakubiak veut baisser sa vitre, mais Cherry repousse son bras. Quelqu'un dans la foule qui encercle la voiture écarte l'importun, "Mollo, mec" puis disparaît.

Cherry enclenche la marche arrière et s'extrait de là.

*

ROBERT

C'est étrange de regarder ça sans le son, en noir et blanc. Distant, irréel, comme un vieux film. Mais il est indiqué que ça remonte à dix minutes. La vitre arrière explose quand la bouteille avec le chiffon enflammé la percute. Rien ne se passe ensuite pendant un moment bizarre, la violence à l'intérieur fermentant, prenant son temps.

Puis la vitre de côté explose, comme défoncée par des poings tendres. Des flammes jaillissent par le verre brisé tels de jeunes tigres émergeant de leur tanière. Non sans hésitation au début, puis gagnant en assurance et en force, léchant la peinture de leurs langues rêches, désossant la carrosserie, une manifestation triomphale de puissance noir et orange. Les mains des passants qui commencent à secouer le véhicule en feu, le remuent de tous côtés, ajoutant de l'oxygène à la conflagration. Les flammes s'élèvent de plus en plus haut. Le parebrise éclate. La voiture de police s'embrase.

Danielle pousse des cris de joie. Robert tourne la tête et la fusille du regard. Charlie pose une main sur son bras et réprime un petit rire. Elle ne devrait vraiment pas rire, vu les circonstances, c'est très grave, mais cette fille est tellement sa fille. Les gens reculent devant la chaleur des flammes qui grondent de triomphe dans le ciel, complètement déployées maintenant, leurs griffes en extension. Les gens se mettent à courir, et la voiture en feu se retrouve isolée. Puis le moteur explose.

Charlie arrête la vidéo. Ils restent sonnés un moment.

"C'était où ? demande Robert.

— Neasden.

— Neasden ? J'ai cru que t'allais dire près de Harlesden, à Stonegate, ce genre.

— Boboïsé maintenant. Plus ou moins.

— Il ne s'est rien passé à Neasden depuis le début des années 1980."

Elle hausse les épaules. "Apparemment si, aujourd'hui.

— Je croyais que le type dont tu parlais avait été tué à South London ? Ce Matthew ?

— C'est le cas.

— Alors c'est quoi ce truc dans l'Ouest ? Qui plus est, à Neasden, putain.

— Pas de gros mots, lance Danielle avec un sourire narquois.

— C'est encore pire là-bas, d'après ce qu'on m'a dit", explique Charlie. Son téléphone sonne à nouveau. Elle décroche, n'écoute même pas. "Je vous rappelle tout de suite." Elle raccroche. Ça sonne de nouveau, de façon plus insistante, on dirait.

Londres est une ville extrêmement régionalisée, moins depuis l'embourgeoisement massif, certes, mais encore constituée de citadelles distinctes. Le Nord, l'Est, et surtout le Sud, séparés par le fleuve mais plus encore par les allégeances aux localités, aux inimitiés régionales, aux anciennes fractures. Certaines personnes vaquent à leurs occupations sans jamais traverser la Tamise. Les guerres de quartier existent toujours, les disputes au sujet des zones administratives arbitraires, un problème que les autorités ont résolu en expulsant le plus de pauvres possible et en vendant leurs maisons à des fonds de placement gérés par l'État. Les conflits et les manifs restent confinés. Ils ne débordent en général pas dans les autres voisinages, encore moins dans les quartiers et zones de la ville.

Quelque chose ne va pas. Quelque chose de bizarre se passe.

Charlie et Robert échangent un regard. "Ça pourrait être très dangereux là-bas, je crois", dit-elle platement.

Robert prend une décision. Il fait signe à Danielle. "Dépêchons-nous, dans ce cas."

Le téléphone de Charlie n'a pas cessé de sonner. Elle décroche et un flot furieux de paroles en jaillit. Elle n'essaie pas de le retenir. Mais alors qu'il ferme la porte, elle dit : "Robert. Sois prudent, s'il te plaît."

À mi-chemin dans le couloir, un sourire narquois sur le visage, Danielle dit : "Je l'aime bien.

— S'il te plaît tais-toi, Danielle."

*

MARWA

Marwa attend que débute son cours d'informatique, le téléphone à la main. C'est tellement bizarre d'être de retour dans le cadre stérile et banal de l'amphi après toutes ses récentes aventures. Elle regarde le tableau blanc sale, les sièges grinçants qui en se relevant dévoilent des stalactites coagulées de vieux chewing-gums encore collants, et se demande si elle n'a pas rêvé. Peut-être que si ; elle vient d'envoyer un texto à Asha pour la quatrième ou cinquième fois ; pas de réponse. Marwa est un peu inquiète.

Son prof arrive en se pavanant. Steve le Chauve, de sa démarche ridicule de roi de la basse-cour, s'avance comme s'il allait annoncer un investissement majeur dans un capital-risque de la Silicon Valley, et non donner un cours à des première année d'une ex-fac polytechnique côtière qui survit avec les cotisations d'étudiants chinois parlant à peine l'anglais et dont les parents se servent clairement comme d'un moyen humain de blanchir de l'argent.

Il décoche à Emma – l'amie de Marwa assise à côté d'elle – un sourire qui ressemble à la grimace d'un type souffrant gravement. Il doit se dire que c'est un sourire engageant, mais Emma a un mouvement de recul et enfouit son visage dans la manche de Marwa. Steve a envoyé à Emma des e-mails tard le soir, au contenu explicite, des messages dégageant une odeur de Famous Grouse même à travers l'écran de l'ordi, mais Emma n'ose pas signaler la chose de peur qu'il se venge.

Par la porte ouverte entrent alors deux officiers de police, un homme et une femme, qui se déplacent avec assurance. Marwa se raidit et son cœur bondit dans sa gorge. Elle cherche l'issue de secours mais, dans le plus pur style académico-radin, celle-ci a été condamnée il y a des lustres. Marwa se ratatine sur son siège et essaie de disparaître.

Steve, qui a repéré les policiers, a un petit sourire satisfait. Il se demande pour lequel de ses étudiants ils sont là. Ça serait génial si c'était pour la musulmane impudente. Qu'on la remette un peu à sa place. Elle a l'air bien nerveuse, pour le coup. La jolie blonde à côté d'elle n'a sûrement pas parlé de ses messages inconsidérés alimentés au whisky, ce n'est pas son genre, il n'est pas inquiet de ce côté-là, raison pour laquelle il a jeté son dévolu sur elle. Qui ne tente rien n'a rien.

"Steve Rowbotham ?

— Lui-même ! C'est laquelle ? La musulmane ?

— Pardon ?

— Si vous pouvez faire vite, j'ai un cours à…

— Pourriez-vous nous suivre s'il vous plaît, monsieur ? Vous êtes en état d'arrestation."

Alors que les policiers embarquent Steve Rowbotham, lequel gesticule furieusement en désignant une Emma perplexe, Marwa ôte les mains de devant sa bouche et éclate d'un fou rire incontrôlable.

*

ASHA

Elle appuie sa tête contre le verre humide et glacé, épuisée. Ils reprennent encore leur souffle après avoir échappé aux flics en toc, qu'ils ont semés en slalomant dans la foule dense (avec les loups ?), mais soudain Asha est submergée par le stress, la tension et la peur accumulés ces derniers temps. Comment est-il possible qu'elle soit ici depuis à peine un jour ? Elle regarde son reflet dans la vitre obscure du train et trouve qu'elle a pris un coup de vieux. Lessivée, raplapla, le visage d'une pâleur grise. Elle détourne le visage et regarde le dessus de table un long moment.

L'entrain, l'énergie et l'excitation qui l'ont conduite jusqu'ici, c'est comme si tout ça s'éloignait, remplacé par quelque chose de plus grave, quelque chose ayant des conséquences, et qui ne lui plaît pas. Ça a été une sacrée aventure. Ce n'était pas réel, d'une certaine façon. C'était juste un soulagement, une délivrance et un rêve, et elle n'a jamais vraiment pensé à l'avenir. Combien de temps elle resterait ici. À quoi ressemblerait sa vie. Sera-t-elle encore en train de faire la vaisselle et de se cacher de la police dans deux, trois, cinq ans ? Que ressentira-t-elle alors ?

Elle pense à l'amertume de Khadija, sa frustration avec sa vie fantôme, et elle frissonne. Elle adore Dent de Tigre mais elle ne veut pas finir comme elle. Acceptée nulle part dans ce nouveau monde, et vilipendée par les siens pour ne pas savoir se montrer reconnaissante. La gratitude insuffisante est la grande hérésie du migrant. L'ingratitude pour des journées de travail de quinze heures et des coups de fil interminables à s'entendre dire que tata est malade et que le cousin veut aller à l'école et que les animaux meurent de faim et est-ce que tu peux envoyer de l'argent ? Encore et encore et encore. Cette vie dans les limbes où la seule réalité est le prochain service et le prochain salaire. À toujours redouter qu'on frappe à la porte, qu'il y ait une descente à l'aube, tout en espérant presque, dans un coin sombre et tordu de votre esprit, que ça arrive.

Telle est la vie réservée aux gagnants, aux survivants de la grande odyssée moderne de la migration, et le moins qu'on puisse faire quand on est l'un d'eux, c'est de manifester sa gratitude.

Et bien sûr toutes ces sombres pensées n'émanent que d'un seul endroit.

"Il est mort, c'est ça ?" demande-t-elle, toujours en regardant le dessus de table, si doucement qu'Abdi Bile ne l'entend pas vraiment.

"Hein ?"

Elle le regarde droit dans les yeux. "Omar est mort."

Il soutient son regard. "Ouais, dit-il simplement. C'est forcé."

Elle s'étire tristement sur la table en plastique toute collante et pose son menton sur ses mains. Elle sent les larmes monter de nouveau mais c'est presque trop énorme pour qu'elle pleure, surtout ici. Elle va devoir emporter son chagrin dans un endroit privé et calme et le fragmenter en bouchées de taille raisonnable qu'elle pourra alors avaler et digérer avec le temps, comme le font ces énormes serpents.

"Je vais devoir appeler sa mère. Et ses sœurs. Qu'elles disent au moins le *Ya-sin* et le *Janaaso* pour lui.

— Il a combien de sœurs ?

— Trois.

— Et le père est mort.

— Mmmm."

Il tressaille. Il sait combien ça va être dur pour elles.

"Une des sœurs va devoir partir, elle aussi. Peut-être les trois", dit Asha d'un air songeur. Puis : "J'ai l'impression de l'avoir laissé tomber, tu comprends ?

— Toi ? Qu'est-ce que tu aurais pu faire d'autre ? dit-il, presque abruptement, comme s'il était vexé.

— Je ne sais pas. J'aurais dû lui parler plus.

— Quand ?

— La dernière fois où je lui ai parlé. Avant qu'il monte sur ce bateau. Mais il a dit que ça portait malheur.

— On allait partir.

— Je sais.

— C'était marée montante.

— C'est ce qu'il a dit. Mais…

— Difficile de lancer un bateau plein de gens contre la marée. Mais il pensait que ça portait malheur. D'avoir trop peur du voyage. Ça pouvait vous attirer des malheurs. Il avait l'intention de t'appeler dès qu'on serait arrivés."

Elle hoche la tête, le cœur déchiré mais appréciant la moindre miette de détails, de petits souvenirs. Puis elle dit, d'une voix presque inaudible : "Je suis désolée.

— Quoi ?

— Ne m'oblige pas à répéter. Je ne le dirai qu'une fois.

— Pour quelle raison tu es désolée ?

— J'ai tout pris sur moi. Toute la douleur. J'ai tout gardé et je ne t'en ai pas laissé un morceau. Toi aussi tu étais son ami." Elle regarde par la fenêtre. Il pleut de nouveau.

Il ne parle pas pendant un moment. "Ouais, mais je t'ai obligée à me faire sortir de ce trou à rats."

Elle rit. "Ouais, t'as fait ça, abruti.

— J'aurais pu te dire au téléphone ce qui s'est passé. Je n'avais pas à te manipuler ainsi.

— Qu'aurais-tu pu faire d'autre ?" Elle imite sa voix de gros dur. Il hausse les épaules, toujours aussi renfrogné, mais elle voit bien qu'il la remercie de lui avoir en partie pardonné. Et pour la première fois elle éprouve de la gratitude à son égard. "Je n'ai pas compris que tu me cherchais à cause de lui. Merci.

— Que puis-je faire d'autre ? Tu es tout ce qui reste d'Omar sur cette terre.

— Ne dis pas ça. Ça fait mal.

— Désolé.

— Et ça met la pression. Je ne peux pas vivre pour lui. Je ne peux vivre que ma vie." Une pause. "Qu'est-ce que tu vas faire ? Quand on sera à Londres ?

— Chercher du travail. Éviter la police.

— Il y a peut-être quelque chose dans mon restau. Un cuisinier vient de partir. Tu pourrais aller voir Zelalem. C'est mon patron. Un vrai connard mais réglo."

La pluie tambourine contre la vitre. Le train s'enfonce dans la nuit en grondant.

*

CHERRY

Ça brûle de partout. De brillantes floraisons de flammes orange. Il y avait un feu énorme quand ils ont traversé le fleuve, Cherry ne sait pas exactement où c'était, ça avait l'air d'être du côté de Bermondsey, ou plus loin, vers Wapping. Avec un peu de chance, ce truc qui crame appartient à Rupert Murdoch. D'épais rubans de fumée ondulent le long de la Tamise. Des vrilles noires sinuent autour des temples de verre brillant de la City comme des espèces invasives, salissant les terres financières qui ont pollué ce pays depuis si longtemps. Un lierre nébuleux, sombre, sépulcral, venu abattre les murailles de l'ancien régime.

Le hurlement des sirènes s'élève dans toutes les directions. Des cars de police pleins de visages sinistres foncent sur le pont dans une seule direction, puis quelques instants plus tard le retraversent, les gyrophares affolés, la sirène à fond, les voitures incapables de dégager la route devant eux. Barrages routiers et déviations. Cônes et feux de chantier. Files de voitures et accidents. Silhouettes paniquées en gilet fluo agitant follement les bras dans tous les sens. L'impression tenace que la situation dérape. Et Cherry Bristow qui roule au cœur de l'action dans une décapotable rose vif avec un cadavre dans le coffre.

Ils finissent par se garer devant le restaurant éthiopien. La banalité de l'endroit la choque bizarrement. Le saint graal est juste une terrasse aménagée sur un chemin de terre très passant, quelques couverts derrière une fenêtre sale. Il y a un petit feu pas loin, apparemment dans une benne, mais la fumée venue d'une déflagration plus importante entoure l'église à quelques rues de là. Les cris portés par le vent se rapprochent. Les sirènes.

Alors que Cherry descend de la voiture, un type petit à la peau grasse sort précipitamment du boui-boui avec des plaques de contreplaqué, un marteau et des clous pour protéger la vitrine. Il la voit, lâche son matériel et s'avance vers elle en agitant le doigt pour l'arrêter.

"On est fermé.

— C'est pas…

— Rien à manger. Fermé. Compris ?" Il montre le panneau blanc dans la vitrine. Comme elle ne bouge pas tout de suite, l'homme panique et commence à pousser Cherry vers la voiture.

"Allez, partez maintenant ! Partez !

— Me touche pas !"

Jakubiak sort de la voiture tel un ours affamé hors de la tanière où il hibernait. Le type gras se fige sur place et recule. Cherry profite de l'occasion pour le raisonner.

"On cherche une fille du nom d'Asha."

L'homme se montre un peu plus courageux. Il cesse de reculer et déclare en remuant le doigt.

"Non. Pas de Asha.

— Elle travaille ici.

— PAS DE ASHA. S'il vous plaît. Partir maintenant. Vous partir."

Une des fenêtres sales au-dessus du restaurant s'ouvre en grand et une fille passe la tête dehors. Pendant un moment éblouissant de joie, Cherry croit que c'est elle, mais la forme du visage n'est pas la bonne, l'énergie est trop revêche. L'homme lui crie quelque chose, mais elle ne se laisse pas faire.

"La ferme, Zelalem", dit la fille. Elle reporte son attention sur Cherry. "Vous voulez quoi ?

— C'est toi, Asha ?

— Non, moi c'est Khadija.

— Mais tu connais Asha ? Elle travaille ici ?"

L'homme crie de nouveau, mais se rétracte bien vite sous le regard de basilic de Khadija. Elle se retourne vers Cherry, contemple le tableau : la femme inquiète, l'homme massif, la voiture de sport rose complètement hors de propos. Quelque chose l'interpelle. Elle hoche la tête.

"Elle est là ?" demande Cherry. La fille secoue la tête mais ne les chasse pas.

"Pourquoi vous demandez ?

— On a quelque chose à lui montrer."

CHAPITRE 16

DANIELLE

C'est la chose la plus étonnante que Danielle ait jamais vue.

La foule est une anguille électrique, qui palpite et crépite avec rage et vitalité. Des éclairs en fusent, répandant des frissons de vie chez ses participants et des frissons de peur dans les fourgons de police garés en travers de la rue, qui n'osent pas intervenir. C'est un organisme vivant, qui se multiplie à chaque seconde telles des cellules sous un microscope, grandissant en quelque chose d'inconnu, quelque chose qui échappe à l'évolution normale. C'est la créature de Frankenstein avec des boulons dans le cou et un picotement dans les veines, mais belle et non laide, et nettement supérieure à la somme de ses parties spontanément assemblées. Le beau monstre fait rouler ses muscles tout neufs, craquer ses ligaments et ses tendons, éprouve sa puissance, sent sa force ductile.

La chaussure n'écrase plus sa nuque. Le bras n'étrangle plus sa gorge. La chaîne a été brisée, la laisse a glissé.

La sensation est de celles qu'on ressent en haut des montagnes russes quand le wagon s'apprête à plonger dans l'inconnu : grisante et fascinante, mais avec l'estomac qui se retourne sous le coup de la peur, de l'adrénaline et de l'allégresse. Les gens se regardent avec incrédulité, voire timidité, se voient sous une nouvelle lumière, comme de nouveaux humains. Nous n'interagissons pas ainsi. Nous ne nous voyons pas ainsi, comme de joyeuses additions et non des menaces, enfermés comme nous l'avons été dans notre petit rituel métro-boulot-dodo. Nous sommes coupés du flux sanguin de la connectivité humaine. Et quand elle est restaurée, ça fait mal au début, comme la douleur dans votre bras quand vous avez dormi dessus trop longtemps.

Danielle se tourne dans tous les sens, essaie de tout voir, avide de révélation, d'illumination. De la fumée noire, des odeurs âcres de plastique et de métal qui brûlent. Des clichés irréels, hallucinatoires. Des nœuds d'ombres humaines et floues qui s'emparent des flammes. Une canalisation éventrée qui recrache de l'eau. Un homme debout sur la souche d'un lampadaire renversé, qui harangue la foule hurlante, tout de noir vêtu et portant un étrange masque crochu comme dans les carnavals italiens. Un médecin de la peste, venu purger le corps politique d'une maladie virulente qui dure depuis trop longtemps. Venu appliquer des sangsues pour aspirer le sang des noires humeurs mélancoliques du capitalisme tardif.

Elle écoute une Babel d'arguments. Certains sont banals, grossiers – quoi voler sans se faire choper –, chaque marée révolutionnaire charriant ses débris de profiteurs et d'opportunistes. Mais il y a des discussions plus importantes aussi, constructives, philosophiques. Devrait-on incendier ou devrait-on construire ? Que faire en premier ? Peut-on avoir l'un sans l'autre ?

Des moments de ce genre, des fissures dans le mur, des failles dans le système quand un changement radical est momentanément possible, sont toujours improvisés. Ils surgissent hors de l'histoire comme des monstres de l'obscurité, inattendus et effrayants, et il faut les capturer et les dompter comme des mustangs sauvages, les chevaucher et s'élancer dans l'avenir avant qu'ils disparaissent, avant que la porte de la cellule se referme brutalement de nouveau. Mais que faire en premier ? Et comment décider de notre sort ?

Un beau garçon aux yeux dorés émerge de la folle mêlée, accompagné de ses potes. Ces derniers se jettent dans la foule mais le beau gosse croise le regard de Danielle et se fige un instant.

"Ça va ? dit-il.

— Ça va ?" dit-elle.

Elle fait instinctivement un pas en avant. Une main ferme la retient par le bras. C'est son père. Quand elle se retourne, le beau gosse a disparu.

*

ABDI BILE

Ce n'est *franchement* pas le Londres dont on a parlé à Abdi Bile, sur lequel il avait compté pour faire fortune. Tout d'abord, la ville semble globalement en feu. Hébétés, incrédules, Asha et lui regardent par la vitre du train les écheveaux denses de fumée noire qui montent et se tordent dans le ciel obscur, les lumières rouges et bleues des cars de police qui hurlent en tous sens comme des bourdons autour d'une ruche brisée, paniqués et chassés. Une pleine lune calme et dorée brille étrangement au-dessus de tout ça.

Leur train est un des derniers à arriver, après moult retards et grincements. Les autorités ont arrêté tous les services : des intrus sur les voies, disent-ils, des feux allumés sur les rails. De folles rumeurs d'accidents, de bastons sanglantes et de gens poignardés à bord des trains, cinglent la gare comme des papiers dans un vent déchaîné. Mais Pret et Oliver Bonas sont toujours ouverts, les gens font patiemment la queue pour acheter un cappuccino et des bougies parfumées. Une étrange conjonction d'ordre et de panique.

Une fois descendus du train, Abdi et Asha doivent se frayer un chemin parmi la masse de voyageurs en costard qu'une muraille fluo d'employés des chemins de fer et de policiers empêche d'accéder à leurs quais. La terreur franche sur les visages, les yeux écarquillés, les cris et les postillons rappellent à Abdi Bile les migrants de la classe moyenne qu'il a croisés en venant ici. Les riches Syriens polis, surtout : arrachés à une vie confortable et plongés dans une tourmente à laquelle ils étaient tout sauf préparés, au niveau émotionnel plus que pratique. Ces choses-là arrivent, bien sûr, ce monde n'est pas tendre. Mais elles ne sont pas censées arriver à des *gens comme nous*. Et pourquoi pas ? La lèvre d'Abdi se tord de mépris.

Ils forcent le mur solide de la foule et émergent dans la rue, parcourent à pied la longue distance qui les sépare du lieu de travail d'Asha et d'une éventuelle embauche. Un incendie fait rage un peu plus loin dans la rue, des camions rouges garés de travers lancent des jets d'eau, mais des Blancs en costumes bleus et chemises roses restent attroupés devant un pub au carrefour, une bière et un téléphone à la main. Mais c'est quoi, ce pays ?!

Le téléphone d'Asha sonne. Son visage s'éclaire alors qu'elle répond. Abdi Bile détourne la tête, entend un cri étouffé et le craquement de quelque chose qui heurte le trottoir. Il se retourne. Asha est déjà dix mètres plus loin, elle court aussi vite qu'elle peut, écartant brutalement les gens sur son passage, les envoyant carrément bouler sur la chaussée.

“Asha ! ASHA !”

Vingt mètres. Trente. S'il ne s'élance pas tout de suite, il va la perdre.

Abdi ramasse le téléphone fêlé, le glisse dans sa poche et se met à courir.

*

ROBERT

“Pas de ça, dit Robert.

— Je ne faisais rien, proteste Danielle de façon peu convaincante.

— Oh que si. Ne disparais pas, s'il te plaît. Si tu pars toute seule, je ne pourrai jamais te retrouver.”

Il se fige sur place et essaie de tout voir. Toutes ces années de formation et d'expérience policière font que cette… chose, quelle qu'elle soit, lui reste en travers de la gorge. Il a déjà affronté des émeutes de ce genre par le passé (mais rien à cette échelle, pour être franc), même flanqué quelques coups de matraque quand ses supérieurs estimaient que c'était nécessaire pour la sécurité de la population. Ce n'est pas quelque chose qu'il approuve, casser des vitres, s'en prendre aux autres. Il y a de meilleures façons d'exprimer son mécontentement, son désaccord.

Mais il regarde alors dans les yeux de sa fille, et y voit une lueur d'extase qui excède le penchant des jeunes rebelles à faire la nique au système. Quelque chose qui est au-delà de l'excitation immédiate et du plaisir d'occuper la rue. La lueur dans les yeux de Danielle est la lueur de la justice. La lueur de la vérité. Il repense aux raves de l'Orbital. La conviction absolue qu'ils avaient tous eue ensemble qu'un monde meilleur se profilait. Il le fallait bien, parce qu'ils l'inventaient de toutes pièces ici même. Et c'est peut-être un équivalent maintenant, le mieux que puissent faire ces gosses dans ce monde qu'on leur a refilé.

Robert est lui aussi tout chamboulé. La semaine dernière, il a lu un truc à propos d'un glacier, réputé pour ses accidents d'escalade, qui s'était mis à fondre et dégorger des corps d'explorateurs, de guides et de randonneurs, gelés depuis longtemps, certains dans des conditions presque aussi parfaites que le jour où ils avaient disparu mais dans des fringues vieilles de cinquante ans, voire plus. L'âme de Robert est pareille. Il sent d'énormes plaques de glace craquer autour de lui, se changer lentement en eau, libérer des fardeaux longtemps contenus, déstabilisant ce qu'il avait cru solide et permanent.

Il y a eu aujourd'hui cette histoire avec Charlie. Il l'avait toujours appréciée et elle l'avait toujours apprécié, la chose était entendue depuis le début, avec ou sans lifting abdominal. Des professionnels endurcis, des limites personnelles, et ça s'arrêtait là. Mais il s'est passé aujourd'hui quelque chose qui n'existait pas avant, et n'a pas existé avec Cherry depuis longtemps. Robert n'a jamais envisagé, même aux pires moments après Liam, de laisser son mariage partir à la dérive. La fidélité a toujours été sa pierre de touche. Mais des choses ont eu lieu, des choses que Cherry a dites et faites, pas dans cette récente folie mais avant, des choses bien plus banales et pourtant pénibles auxquelles il se met à penser, qu'il commence à ressentir... Des banquises remuent et craquent en lui.

Mais comment pourrait-il se rapprocher de Charlie sans que ça paraisse lié à son opération ? Parce que ça serait gênant, si elle pensait que c'est juste à cause de son poids qu'il n'a pas...

Il y a soudain comme un flou alors qu'une fille aux longues anglaises bondissantes passe à toute vitesse. Robert ne voit pas son visage. Danielle pousse un cri, se retourne et court après elle. Robert rattrape sa fille en quelques foulées.

"Je t'ai dit de ne pas..."

Un gamin trapu de l'âge de Liam les percute, manque tomber par terre, se redresse et continue de courir après la fille. Furieuse, Danielle tire sur le bras de Robert et se dégage, désignant les deux fuyards.

"C'est elle. C'est elle."

Les yeux de Robert lui sortent de la tête. Et tous deux se mettent à courir.

*

CHERRY

Tous les quatre – Cherry, Jakubiak, Khadija et Zelalem – sortent le cadavre d'Omar du coffre de la voiture, enveloppé dans des draps. La puanteur qu'il dégage est insupportable même en plein air, mais personne ne râle. Même Zelalem est devenu grave. Jakubiak semble concentré, presque fraternel. Khadija a le visage baigné de larmes.

Soudain Cherry se redresse. Une silhouette fonce vers eux dans la rue aussi vite qu'elle peut, la tête droite, les bras se balançant. Technique correcte, pense Cherry, depuis un lieu lointain. Pourrait mieux faire si elle détendait un peu ses épaules. Avant même d'être assez proche pour voir son visage, elle sait que c'est la fille du dessin. Un énorme poids cesse d'oppresser Cherry et ses poumons se défroissent. Ses genoux plient et des larmes jaillissent de ses yeux. Les autres s'arrêtent et regardent dans la même direction.

Puis Cherry ouvre grand la bouche et tend le cou. Derrière Asha, comme une équipe de relais du 4×400 mètres qui a complètement perdu la tête et le rythme, se profile un type trapu ayant à peu près l'âge de Liam, avec derrière lui la fille de Cherry, suivie de son mari. Qui tous courent dans sa direction aussi vite que leurs jambes le leur permettent.

Cherry reste bouche bée et immobile et attend qu'ils arrivent.

*

ASHA

"Innaa nahnu nuhyil mawtaa wa naktubu maa qaddamoo wa aasaarahum ; wa skulla shai'in ahsainaahu feee Imaamim Mubeen."

C'est Nous qui ressuscitons les morts et écrivons ce qu'ils ont fait ainsi que leurs traces. Et Nous avons dénombré toute chose dans un registre explicite.

Le corps d'Omar est allongé sur des tables. Les fenêtres ont été condamnées par des planches de contreplaqué, le monde extérieur exclu autant que possible ; des bougies allumées et de l'encens confèrent un semblant de sacré à la salle principale du restaurant. Mais c'est le chant qui permet d'insuffler un peu de sacré au moment. L'imam lit le *Ya-sin*, la sourate de la création et de la résurrection. Il insiste particulièrement, comme on s'y attendait, sur le retour à la vie.

"Wa Aayatul lahumul ardul maitatu ahyainaahaa wa akhrajnaa minhaa habban faminhu ya'kuloon. Wa ja'alnaa feehaa jannaatim min nakheelinw wa a'naabinw wa fajjarnaa feeha minal 'uyoon."

Et un signe pour eux est la terre morte que Nous avons fait revivre et d'où Nous avons fait sortir des grains, dont ils mangent. Et Nous y avons placé des jardins de palmiers et de vignes, et Nous y avons fait jaillir des sources.

Les hommes lavent le corps d'Omar avec de l'eau chaude puisée dans des bols. Abdi Bile s'occupe de tout, exactement comme elle l'attendait d'Abdi Bile, donnant des ordres à des hommes trois fois plus vieux que lui et faisant des allers-retours à la cuisine pour rapporter de nouvelles serviettes comme s'il travaillait ici depuis des années. Elle sourit, car désormais elle comprend pourquoi Omar en avait fait son ami. Abdi est resté longtemps à fixer les yeux secs et aveugles d'Omar avec des yeux tout aussi secs, sa main cramponnée à l'épaule du mort comme s'il allait l'arracher. Puis il a hoché la tête et s'est mis au travail.

Personne ici ne fait le moindre commentaire sur l'état du cadavre, ni ne tressaille en sentant son odeur, mais il est vrai que l'encens aide. Asha ne sait pas d'où ils viennent, tous ces hommes, comment ils sont arrivés là aussi vite. Ce ne sont pas des clients du restaurant. Elle ne les a jamais croisés dans la rue. Et pourtant ils sont là. Elle ne sait même pas comment ils ont été mis au courant, vu le chaos qui règne dehors.

Mais c'est pareil au pays. Asha se souvient du jour où son frère aîné est mort, les hommes ont afflué depuis des kilomètres à la ronde, depuis de lointains villages situés à des heures de marche à pied. Chez elle, les gens ne s'attardent pas, vu la chaleur ; le corps est enterré le jour de sa mort. Comment la nouvelle se répand, ça, c'est un mystère.

Les femmes ne sont pas censées laver le cadavre d'un homme. Les femmes ne sont pas censées participer du tout aux rites funéraires, mais Asha a dit à Khadija qu'elle voulait en être, et Khadija est allée voir l'imam et, deux minutes plus tard, nettement plus pâle qu'avant, l'imam a laissé Asha entrer.

Asha ferme les yeux et la bouche d'Omar. Elle étend ses bras et ses jambes. Elle les frotte avec un *kafan* blanc puis étale l'*adar* rouge, le parfum de l'enterrement. Enfin elle entoure ses jambes, son cou et sa tête de tissu blanc pour les maintenir en place pendant que les hommes entreprennent d'envelopper le corps dans du coton blanc, en commençant par ses pieds et en finissant par la tête. Cette dernière n'est pas recouverte. Et quand le corps est recouvert ensuite du tissu vert brodé d'or pour le *Janaaso*, la prière d'adieu, un accroc est pratiqué au niveau du visage afin qu'il puisse rester en contact avec la terre. Omar sera enterré pas très loin, sur un terrain qu'utilise la communauté, dès qu'ils auront pu traverser les rues.

Le chant rythmique de l'imam, et les *duas* en réponse des hommes, apaisent Asha et l'enracinent, lentement elle oublie l'horreur et le dégoût, puis la culpabilité et le dégoût, qui se sont emparés d'elle la première fois qu'elle a vu l'état du corps d'Omar, et a été obligée d'affronter la réalité de sa mort. La colère et la tristesse et le dégoût l'abandonnent. Elle est reconnaissante qu'il soit là et qu'elle soit là.

Elle respire lentement et profondément, et regarde le drap de coton l'envelopper. L'imam finit de dire la sourate.

"Fa Subhaanal ladhee biyadihee malakootu kulli shai-inw-wa ilaihi turja'oon."

Louange donc à Celui qui détient en Sa main la royauté sur toute chose ; et c'est vers lui que vous serez ramenés.

*

OMAR

L'esprit d'Omar regarde Asha préparer son corps pour l'enterrement. Le cadavre est une étrange chose roide, une masse bouffie et méconnaissable, rien à voir du tout avec lui. C'est juste un objet, simplement l'ancien réceptacle de l'humain, et il est déconcerté en se rappelant son désir désespéré de réintégrer son corps, depuis la morgue jusqu'aux drôles de voitures.

Un brouillard semble envahir la pièce. Quelque chose tourbillonne au centre, une nébuleuse qui se densifie, d'abord jaune pâle, puis bronze, et maintenant or terne. Il sait que le portail est pour lui, que bientôt il le passera et sera emmené quelque part et il n'a pas peur, même s'il ignore ce qui l'attend. Mais c'est sa dernière chance de voir Asha, et il veut en profiter avant que ça soit fini.

Son cœur s'est brisé quand elle a dévalé la rue jusqu'à lui. Il regarde ses mains s'activer rapidement sur sa peau abîmée, la laver et l'apprêter, des mains apaisantes et familières. De très belles mains. Délicates mais fortes. Il a toujours aimé les mains d'Asha. Il ne se rappelle pas s'il le lui a jamais dit.

Il sait que l'heure est venue. Il s'éloigne. Il ne quitte pas des yeux les mains d'Asha.

Omar franchit le portail doré, et entre en paix.

*

CHERRY

Cherry se tient sur le toit plat et goudronné du restaurant, et contemple Londres autour d'elle. Des incendies jettent du magenta et de l'orange dans la nuit aussi loin que l'œil peut voir, s'épanouissant, étendant leur parfum telles des fleurs au printemps. Elle se rappelle avoir regardé, ahurie, les émeutes de L.A. à la télé après le passage à tabac de Rodney King, les yeux rivés à l'écran, le cœur au bord des lèvres. ("Ne peut-on pas tous nous entendre ?" a demandé Rodney plus tard, lors d'une conférence de presse. Il est mort de façon tragique à quarante-sept ans, donc la réponse était très clairement "non".) Se demandant ce que ça voulait dire, et ce qui allait arriver après. Elle se demande aussi quel sens aura ce qu'elle voit, comment le monde va changer après ça. Parce qu'il doit changer, c'est sûr.

Elle a réussi. Contre toute attente, elle l'a ramené chez lui. Elle a achevé son odyssée pour qu'il puisse finir la sienne. Elle a découvert son véritable nom : Omar. Asha, qui elle aussi est vraie, une fille de chair et de sang, un être humain ayant pris soudain vie à partir d'un dessin, Asha qu'elle a serrée brièvement contre elle, a révélé à Cherry l'identité de son fardeau, du garçon qu'elle a sauvé de l'oubli. Aussi Omar est-il désormais dans les mémoires, pleuré et commémoré, et non balancé dans une fosse commune pour y pourrir parmi les ossements, oublié. Elle n'a jamais été aussi fière de sa vie.

Les incantations funéraires s'élèvent et se mêlent aux murmures réguliers des rues, aux chants, aux cris, aux hurlements et aux bruits de verre brisé, au vacarme d'une voiture prenant feu de temps en temps. Tout ça se fond dans un grand chant de consolation, une consolation effrayante, excitante, puissante et nécessaire. Une commémoration d'Omar, et de Matthew, parmi tant d'autres de nos nombreux morts récents, certains identifiés, mais beaucoup anonymes, tous emportés par le Covid, l'austérité, le racisme, la politique migratoire et la cruauté psychotique fanatique d'une classe dirigeante malveillante, mensongère, profondément mauvaise. Et elle, Cherry, a réussi à corriger le tir, même de façon infime. Elle a joué un rôle. Ce à quoi elle aspirait depuis le début.

Elle ne crie pas victoire pour autant, n'exulte pas, ne déborde pas de joie. Elle ressent surtout de la tristesse. Celle qui surgit au terme de toute grande quête, la déception éprouvée en comprenant que le voyage est fini. Et voilà que la vie normale, cette brute domestique, sinistre et grossière, pousse la porte en braillant et rotant, en se curant le nez et se grattant le cul et se moquant : "Dis, je t'ai manqué ?"

Mais il y a aussi la peur du maintenant, ô combien reconnaissable. Et maintenant ? C'est ça, la vraie question. La question qu'elle n'a jamais eu à se poser à cause de l'adrénaline libérée par sa mission. Mais soudain sa mission est terminée et la vraie vie, et plus encore les vraies gens, l'ont rattrapée.

Un étrange face-à-face avec Robert dans la rue sinistre. Le fait de réaliser qu'il est venu jusqu'ici pour la rejoindre, la protéger et pourtant, maintenant qu'il l'a trouvée, il semble n'avoir rien à dire. Elle non plus ne trouve pas les mots. Elle vient de comprendre dans un sursaut de culpabilité qu'elle a à peine pensé à lui depuis leur dernier appel, et qu'est-ce que ça veut dire ? Qu'elle le considère comme faisant partie du passé, le passé qu'elle a fui ? Sa folle odyssée n'a-t-elle donc vraiment rien changé entre eux ?

C'était plus facile avec Danielle, bizarrement. Cherry n'est nullement étonnée que Danielle soit ici avec son père, en fait elle soupçonne qu'il ne serait pas là sans elle, et une rassurante tendresse pour sa fille irrigue sa poitrine de chaleur, une tendresse qui, comme elle le découvre avec plaisir, tient de la fierté. Une sorte de compréhension ? Ou de respect, à l'échelle de la folie de Cherry ? Ils auront le temps de parler de tout ça, quand le chaos autour d'eux se sera calmé.

Mais est-ce si sûr ? Cherry sera peut-être en prison et les seules occasions qu'ils auront de se parler, ça sera pendant les heures de visite.

Que va-t-il advenir ? Et que reste-t-il ?

Elle scrute la rue pleine de gens. De nombreux jeunes, de tous les milieux, qui se mêlent et se mélangent, presque l'impression d'un festival, quelque chose de bachique et festif au milieu des flammes. Elle repère Danielle dans la cohue, en train de parler avec animation à un beau gosse à la peau claire. Ils semblent de toute évidence s'apprécier énormément.

Un pincement de jalousie s'empare de Cherry. De nouveau le désir de cette jeunesse, cette excitation inédite, ces vagues de sensation libres et à vif qu'elle sait ne plus pouvoir ressentir mais ne supporte pas d'abandonner pour les conneries banales qu'on lui propose à la place. Cherry Bristow ne sait pas comment revenir dans le monde ordinaire, à supposer que le monde ordinaire veuille encore d'elle.

*

DANIELLE

Le garçon aux yeux dorés s'appelle Damian. Danielle l'a aperçu depuis la fenêtre de l'étage et l'a montré à Khadija, qui lui a donné des coups de coude jusqu'à ce qu'elle se décide à le héler. Il s'est arrêté, a levé les yeux, leur a décoché un sourire espiègle et leur a fait signe de descendre. Encore quelques échanges de ce genre, et les deux filles ont dévalé l'escalier, s'attirant les regards noirs des hommes présents à l'enterrement, en espérant que les garçons les attendraient encore quand elles sortiraient. C'était le cas. Khadija parle à un des amis de Damian, un grand aux cheveux incroyables. Ils semblent très bien s'entendre malgré l'obstacle linguistique. Danielle est avec Damian.

L'ambiance ici, loin du commissariat, est différente. Moins crépitante et vengeresse, moins Ancien Testament, plus joyeuse et plus exaltée. Ils célèbrent la rue de nouveau à eux, leurs rues. "REPRENEZ LE CONTRÔLE ! REPRENEZ LE CONTRÔLE !" hurle la foule moqueuse, en agitant des bières pillées et des joints. Un parfum de marie-jeanne prédomine. Quelqu'un a installé un générateur fonctionnant avec un vélo ainsi que des haut-parleurs, et balance des airs ringards que la foule reprend en chœur.

C'est elle. C'est sa place. C'est une Londonienne. Emmenée à la campagne très tôt, même si elle n'a gardé quasiment aucun souvenir de la ville. Mais c'est là qu'est sa place, pas juste dans la ville mais ici, au milieu de tout ça, la folie, l'ambiance et tout qui explose. Parmi la foule, la colère, la joie et ces gens qui font valoir leurs droits. Ils savent, eux, ce qui se passe, merde alors ! Les garçons de sa campagne sont sympas, certains même sont mignons, mais ils savent que dalle et ont l'air de s'en foutre. Plus que tout, Danielle a toujours voulu faire partie de quelque chose qui a du sens.

Mais ce qu'elle veut *vraiment* en cet instant, c'est être connectée à Damian. Elle dit quelque chose de drôle, il rit, et un frisson parcourt le dos de Danielle, une décharge de pure excitation électrique. Ils se rapprochent de quelques centimètres, se touchent presque maintenant. Son cœur bat fort dans sa gorge et ses yeux s'embrasent. Elle espère qu'elle ne transpire pas. Elle jette un coup d'œil aux mains du garçon. De belles mains. Elle les imagine autour de sa taille, sur son dos, à d'autres endroits.

Quelqu'un bouscule le garçon dans le dos. Damian titube et s'écarte, lève une main pour s'excuser. Le type recommence. Damian se tourne et serre le poing (et Danielle mentirait si elle disait que ça ne l'excite pas un peu) mais le type pose les deux mains à plat sur le torse de Damian et s'excuse. Quelqu'un d'autre pousse le type en question. Puis quelqu'un d'autre pousse celui qui le pousse. La foule entière est poussée.

Ils se dressent sur la pointe des pieds, tendent le cou pour voir ce qui se passe.

Une sorte de fourgon.

*

BARRATT

Encore quelques minutes.

Freddie Barratt est dans le véhicule de tête alors que le convoi de fourgons se fraie lentement un chemin dans la foule des raclures et des émeutiers. Il tressaille de joie et bande d'impatience dans sa carapace blindée. Il a regardé le défilé d'Africains se déverser dans le restaurant sur les écrans de surveillance avec des yeux avides, un investisseur aguerri qui voit ses actions grimper en flèche, compte les profits qui s'accumulent.

Allez, venez, connards. Approchez, approchez. Ce sont des clandestins, et il va tous se les faire.

Ça ne pouvait pas mieux se passer. Plus il arrête de migrants, plus il a de l'influence au ministère de l'Intérieur auprès de ses gratte-papiers pointilleux et de ses esclaves du diagramme. Ça devrait lui permettre amplement d'influer sur son supérieur et sur le galonné régional, suite à toutes les questions désagréables concernant les soixante-douze dernières heures. Et cette salope d'infirmière est là, ainsi que Jakubiak, fringué allez savoir pourquoi comme une tantouze. Ce qui les disqualifie grave comme témoins fiables.

Même ses prévisions concernant Londres se réalisent partout autour de lui. Ce qu'il avait annoncé depuis des lustres se déroule désormais devant lui en temps réel : les wokes, les nègres et la plèbe qui mettent le feu au monde autour d'eux, parce qu'ils ne sont bons qu'à ça.

Tout lui arrive sur un plateau. Il se balance d'avant en arrière sur son siège, à peine capable de contenir son excitation.

*

ROBERT

Cherry hèle Danielle, mais celle-ci ne l'entend pas. Elle crie plus fort.

"Elle va bien. Laisse-la tranquille", dit Robert, qui a décidé de laisser sa fille partir à la recherche de sa femme, et se demande une fois de plus s'il a bien fait.

Cherry lui décoche un regard dont il a plus que l'habitude ces dernières années : un agacement déraisonnable devant son côté raisonnable. De l'impatience. De la déception à son égard. Il a partagé pendant un temps sa déception, le sentiment qu'il n'est pas l'homme qu'il était avant. Mais cette fois-ci, une vibration se fait en lui qui ne résonne pas normalement, comme une déchirure au cœur, une colère et une frustration qui lui sont propres.

Il ne savait pas trop quoi dire quand soudain, bizarrement, inévitablement, elle est apparue, se tenant au milieu de la rue, imposante, avec le cadavre dérobé. Il n'avait pas réfléchi à ce qu'il ferait, ou ressentirait, quand il la retrouverait, s'il la retrouvait. Son seul but avait été de suivre sa piste. Et ils étaient donc restés là, gênés comme des ados timides pendant que le chaos de l'émeute et l'enterrement et tout le reste se déroulaient autour d'eux. Puis elle avait disparu, et il avait mis du temps à la repérer sur le toit et aller la retrouver.

Il regarde en bas Danielle et son galant potentiel, et un vaste sourire chaleureux fend son visage. Vas-y, petite. Cherry secoue la tête et marmonne quelque chose. Il finit par se tourner vers elle.

“Alors, tu rentres à la maison ou pas ?”

Elle ne répond pas tout de suite, puis elle sort une vanne.

“En passant peut-être par la prison de Holloway.

— Holloway a fermé.

— Ah bon ? Depuis quand ?

— Y a quelques années.

— J'ai vraiment décroché ces temps-ci. Je suis même pas au jus pour les prisons.” Elle se tourne à moitié vers lui. “Je ne sais pas trop encore. Je suis désolée. Quand je reviendrai. Si.”

Il y a une pause.

“Je vois.” Il hoche la tête. “Bon d'accord.”

Plus ou moins la réponse qu'elle attendait, apparemment. Il enfonce alors le clou, et il mentirait s'il disait qu'il n'en tire pas un peu de plaisir et une profonde tristesse :

“Je ne sais pas si je serai à la maison.”

Cette fois-ci, elle se tourne vraiment vers lui, fait volte-face, même. Le choc et l'incrédulité se lisent sur son visage. Elle s'apprête à dire quelque chose sauf que Robert ne la regarde pas, il regarde dans la rue en bas.

Quelque chose ne va pas. Les gens sont bousculés, inquiets, de plus en plus serrés et comprimés. Le mouvement vient d'une seule direction. Danielle est poussée et écrasée.

Plusieurs grands fourgons percent la foule, heurtant les gens, sans prêter attention aux cris furieux, aux poings contre la carrosserie. Les cars sont blancs avec des rayures en diagonale rouges et jaunes sur la partie inférieure. On dirait la police, et plusieurs personnes détalent au cas où ça serait elle, puis s'arrêtent en lisant l'inscription. En haut et sur les côtés, au-dessus des vitres en verre fumé, en grandes majuscules noires, les mots MINISTÈRE DE L'INTÉRIEUR : CONTRÔLE DE L'IMMIGRATION.

*

CHERRY

Ils vont enterrer Asha.

Tout le monde sait, ou tous ceux qui veulent savoir savent, ce qui arrive aux migrants pris dans les filets de la lutte contre l'immigration. On les enterre. Elle va finir dans une cellule en béton. Ensevelie sous la paperasserie et les procédures. Inhumée sous l'administratif et les changements de règlements et les appels sans suite et zéro avocat. Ils creuseront sa tombe à Yarl's Wood ou Brook House ou Harmondsworth ou dans un endroit encore moins connu et plus éloigné et plus difficile à trouver. Et puis un beau jour, au bout de plusieurs années, ils l'exhumeront et la déporteront.

Ils vont enterrer Asha vivante. Et on ne la reverra jamais.

C'est la seule pensée qui occupe son esprit alors que Cherry descend à toute vitesse l'échelle d'incendie.

Elle sort en trombe de la cuisine par la porte du fond et déboule dans le restaurant et la cérémonie funéraire, Robert sur ses talons. Les hommes protestent, l'imam fait un pas en avant, mais elle fonce vers Asha avant qu'ils puissent l'arrêter et lui dit :

"Faut qu'on parte."

Et au moment où elle pose ses deux mains sur les épaules de la jeune fille surprise, Danielle entre en trombe par la porte principale.

Le seul mot sur ses lèvres est : "Maman !"

Cherry et Danielle échangent un regard qu'elles seules sont capables de déchiffrer tant il vaut toute une bibliothèque. Normal qu'elles ne s'entendent pas, pense vaguement Robert en ce moment figé. C'est la même personne, putain.

Cherry pointe le doigt vers la porte d'entrée ouverte.

*

DANIELLE

Danielle repart par où elle est venue. Les membres de la section d'assaut du ministère de l'Intérieur s'abattent brutalement sur la foule, matraquent les gens, massifs et intimidants dans leurs armures, leurs casques lourds munis de visières opaques. Des mutants humains, mi-hommes mi-bêtes.

"C'est une rafle !" s'écrie-t-elle, mais c'est dur de se faire entendre par-dessus le vacarme, les cris, les chants et la casse. Damian et ses potes sont les seuls à lui prêter attention, et ils ne savent pas trop ce qui se passe. Damian a un demi-sourire sur le visage, comme s'il s'agissait peut-être d'une blague. Les mutants sont presque à la porte.

Danielle fait la seule chose dont elle est capable, la seule chose qu'elle a appris à faire dans les livres d'histoire.

"C'EST UNE RAFLE ! C'EST UNE RAFLE ! C'EST UNE RAFLE !" hurle-t-elle à nouveau de toutes ses forces, et elle se jette dans les genoux du premier flic, qui trébuche et s'écroule par terre.

*

CHERRY

Les hommes fuient l'enterrement, traversent en trombe la cuisine et sortent par la porte de service qui donne dans une réserve crasseuse pleine de boîtes de graisse vides, passent par-dessus une palissade délabrée et filent dans une ruelle qui longe les maisons et donne dans la rue suivante. Leur vitesse est incroyable, ils ont presque tous déjà disparu. L'imam reste parfaitement immobile, le visage serein, les mains en l'air. Le pauvre a déjà vécu ça, pense Cherry.

Elle saisit une Asha perplexe par les épaules.
“Faut qu’on y aille.
— Où ça ?”
Cherry lui montre l’arrière de la cuisine, par où s’enfuient les hommes.
“Par là.”

*

ROBERT

Danielle a déclenché une réaction en chaîne. Ses paroles se propagent dans la foule, composée de particules sur le point de faire masse, l’informant qu’une nouvelle infamie va avoir lieu, une autre violence infligée à des gens ordinaires par un État qui les déteste. Si vous n’arrêtez pas de dire aux gens à la moindre occasion combien vous les méprisez, que vous pensez qu’ils sont de la merde, inutiles et ne méritent que des souffrances, et en outre que cette souffrance est leur faute parce qu’ils ne sont pas nés meilleurs… Eh bien, un jour ils vous prendront au sérieux. Faites bien gaffe alors.

Les gens s’amassent devant la porte du restaurant. Ils empêchent les flics du ministère de l’Intérieur d’entrer. Ils prennent les coups de pied, de poing et de matraque à la place de gens qu’ils n’ont jamais rencontrés, qu’ils ne connaissent même pas, et pourtant ils font front, se dressent avec une sorte de violente allégresse pour affronter les bottes et les matraques, parce que la force à laquelle ils résistent a tort et ils savent qu’elle a tort, un point c’est tout.

C'est bien beau, tout ça, pense Robert, sauf que ma fille est là-dedans. Robert est au cœur de la mêlée, il pousse, piétine, donne des coups de pied, un demi de mêlée essayant de récupérer un ballon entre les corps, quand soudain il voit un éclat de son chemisier. La chemise préférée de Liam. Il se penche pour l'attraper mais quelqu'un le tire alors en arrière par la gorge. Un flic cuirassé l'a saisi par le col si violemment que le tissu entaille son cou et l'empêche de respirer correctement.

Robert se retourne et voit le visage réjoui de Frederick John Barratt.

Barratt tend la main vers sa ceinture, sans se départir un instant de son sourire. Il s'empare de son taser, qu'il approche lentement et implacablement, malgré Robert qui se débat, paniqué, des yeux de sa victime.

Le taser est presque tout contre ses yeux.

Soudain, Barratt disparaît.

*

JAKUBIAK

Andy Jakubiak a aimé l'émeute, ce à quoi il ne s'attendait pas il y a disons quarante-huit heures. Vraiment aimé, pour être franc. Les gens n'arrêtaient pas de lui passer des canettes de Red Stripe tièdes et autres articles pillés, et il a eu un peu de mal à accepter la chose au début. Puis il a dit : "Excusez-moi, monsieur, mais s'agit-il d'articles volés ?" de sa meilleure voix de policier pompeux, en s'adressant à un type qui s'est pissé dessus de rire et a proposé à Andy de piocher une ou deux ecstas dans un sachet en plastique.

Au commissariat, on sait que certains agents se servent dans les saisies sous scellés, surtout quand il s'agit de drogue. "Uniquement pour contrôle, mec ! Je dois vérifier la qualité !" avait lancé un sergent tordu du nom de Marvin dans le couloir, en se mordillant furieusement les lèvres. Andy n'avait jamais eu les couilles. Mais c'est tant mieux, parce qu'il vient de découvrir dans les meilleures circonstances possibles que la MDMA c'est génial et que les gens sont globalement étonnants.

Andy Jakubiak était donc en train d'évoluer dans une brume agréable, en se demandant ce qu'il y avait de différent chez lui, ce qu'il avait découvert d'autre au cours de son périple, quand les cars de l'Intérieur s'étaient enfoncés dans la foule et que les forces d'intervention antiémeutes en étaient sorties. À leur tête se trouvait un homme que, même cuirassé, Andy aurait reconnu n'importe où. Et la brume agréable s'était dissipée.

Il a suivi Barratt dans la masse de la foule, compacte, l'a vu disparaître dans la mêlée et se jeter sur un type. Le Noir qui courait dans leur direction quand ils ont sorti le cadavre de la décapotable rose. Le mari de Cherry, impossible de se rappeler son nom. Une étrange loyauté envers Cherry, sa ravisseuse et dans le même temps sa véritable mentor, s'empare de lui.

Andy Jakubiak attrape Freddie Barratt et le tire en arrière, il lui arrache son casque. Il savoure pendant une longue seconde le choc sur le visage de Barratt, tel un connaisseur appréciant la subtile profondeur d'un millésime particulièrement rare qu'il a mis de côté pour une grande occasion.

Puis il pète la mâchoire de Barratt en quatre endroits.

*

CHERRY

Cherry est à califourchon sur la palissade qui donne sur l'allée. Elle tend une main à Asha. La fille hésite.

"Viens."

Bien sûr qu'elle hésite. Pourquoi n'hésiterait-elle pas ? Cherry n'a pas la moindre idée d'où elle va, pas de plan, ne cherche qu'à éviter des ennuis à Asha.

Le truc, c'est que si elle hésite, si elle réfléchit, ne serait-ce qu'une seconde, elle aussi va s'arrêter. Et c'est pour ça qu'elles doivent partir. Maintenant.

"Viens, putain."

Asha attrape sa main.

Elle se retourne. Toutes deux se retournent. C'est Danielle.

Sa chemise, la chemise de Liam, est déchirée et pend à une épaule. Son visage est salement écorché, son œil gauche enfle et un filet de sang coule de sa lèvre inférieure qui est fendue.

"Je viens aussi."

Cherry regarde sa fille pendant une seconde, puis acquiesce. Elle hisse Asha et la fait passer de l'autre côté, dans l'allée en contrebas, puis fait pareil pour Danielle. Enfin, elle saute à bas elle aussi.

Les trois femmes partent en courant.

CHAPITRE 17

OMAR

Ils sont sept à pousser le bateau loin de la côte rocailleuse, enfoncés jusqu'aux genoux dans l'eau froide, se débattant contre les vagues qui se succèdent, quand le téléphone d'Omar sonne.

"Faut que j'réponde.

— La marée monte !

— Je serai pas long."

Abdi Bile lève les bras. Omar prend l'appel, l'appareil protégé du bruit et des vagues.

"J'arrive, dit-il, avant même qu'elle parle.

— C'est moi, baby, dit Asha.

— Je sais, j'arrive.

— Je t'aime.

— Moi aussi je t'aime. Faut que j'y aille. La marée monte et on doit pousser le bateau.

— J'ai peur.

— Tu n'as aucune raison d'avoir peur.

— Parle-moi juste une minute.

— C'est rien, bébé. Une mare. Un petit ruisseau. Plus on parle des choses moches, plus on les fait arriver.

— Je veux juste que tu sois ici.

— Je le suis. Je le serai. Je t'appelle dans quelques heures.

— Tu promets ?

— Bien sûr que je promets.

— Comment peux-tu promettre ?

— Je peux promettre parce que je t'aime.

— Moi aussi je t'aime, dit Asha, et il peut entendre le sourire dans sa voix.

— Je te promets, Asha : tu n'as aucune raison d'avoir peur.

— OK, dit-elle en riant. OK. Je te crois. Appelle-moi dès que tu touches terre." Et elle raccroche.

Omar regarde son téléphone avec un grand sourire.

Abdi Bile le fusille du regard. "Autre chose, ducon ? Tu veux envoyer des e-mails ? Peut-être lui écrire une putain de lettre ?"

Omar lui sourit. "Pousse le bateau, gros."

Ils s'y reprennent à plusieurs fois avant de réussir à pousser la petite embarcation au-delà des premières vagues moutonneuses, et les voilà partis, ils s'éloignent de la côte, et Abdi agite son téléphone, le petit point bleu qui les représente entouré par un bleu plus clair et infini. Il les dirige dans la bonne direction et le bateau entame son voyage.

Ils s'élancent dans l'avenir.

REMERCIEMENTS

Vous pouvez reprocher l'existence de ce livre (et non son contenu, qui est clairement ma faute) à deux femmes géniales, mon agente Eugenie Furniss et ma première éditrice Hannah Chukwu, en binôme avec mon éditeur actuel Simon Prosser. C'est Eugenie qui a eu l'idée que je me mette à la fiction. Il y a longtemps, avant que je me fourvoie dans l'écriture de pièces de théâtre pour des détenus et d'autres gens, j'avais vaguement envisagé comme toutes les personnes cultivées sur terre de m'essayer au roman. Mais les romans sont très longs, et l'idée d'écrire quatre cents pages susceptibles d'être de la merde ne m'excitait guère. Eugenie a lu ma pièce intitulée *Lampedusa* (composée de deux monologues en prose) et m'a demandé d'écrire dix mille mots – elle déciderait alors si ça valait la peine que je continue. Je vous laisse juger si elle a eu raison.

Hannah a été la première personne dans le monde du roman, voire au monde, à lire en entier ce que j'écris. Je ne manque pas d'assurance mais ça a été incroyable d'avoir quelqu'un d'autre qui croie en moi comme je crois en moi. Mon travail est inhabituel et nécessite un lecteur spécial pour aller à contre-courant de l'orthodoxie. Simon m'a également soutenu et encouragé, et toute l'équipe de Hamish Hamilton, dont font partie

Ruby Fatimilehin et Rosie Safaty, a été incroyablement douée et professionnelle. J'ai beaucoup travaillé dans le théâtre en plus d'écrire (y compris mettre en scène mes pièces, ce que je fais très mal) par nécessité, aussi ce fut une révélation de travailler avec des gens intelligents qui produisent rapidement des trucs super.

Un grand bravo à Laurenz Bolliger de chez Hoffman und Campe en Allemagne, qui a été en fait la première personne à s'engager sur le livre et qui est un type hyper cool en outre. J'ai écrit la seconde et dernière version de ce livre (je travaille extrêmement vite, à vous de décider là encore si c'est une bonne chose), tout en étant bénévole dans une lointaine station de recherches dans la jungle du Costa Rica, sur un ordinateur portable en fin de course alimenté par des panneaux solaires installés sur le toit. On se levait à 4 h 30 du matin, pour éviter les grandes chaleurs, nettoyer la station, balayer les sentiers, aider les chercheurs invités à dénicher des aras rouges et le mono congo, puis Greivin me laissait me reposer l'après-midi et réécrire mon roman. Fortement recommandé comme forme extrême de retraite pour écrivains, mais pas idéal si vous préférez l'électricité / l'eau chaude / un lit fait autrement qu'en planches ou si vous n'aimez pas les fourmis balles / le travail physique / les nombreuses espèces de serpents hyper venimeux. J'espère qu'on aura une traduction espagnole pour que les potes puissent le lire.

OUVRAGE RÉALISÉ
PAR L'ATELIER GRAPHIQUE ACTES SUD
ACHEVÉ D'IMPRIMER
SUR ROTO-PAGE
EN JUIN 2025
PAR L'IMPRIMERIE FLOCH
À MAYENNE
POUR LE COMPTE DES ÉDITIONS
ACTES SUD
LE MÉJAN
PLACE NINA-BERBEROVA
13200 ARLES
contact@actes-sud.fr

DÉPÔT LÉGAL
1re ÉDITION : SEPTEMBRE 2025

N° impr. : 107268

(Imprimé en France)